U0695080

此书入选"衢州市文艺精品扶持工程第八批项目"

布偶

姜波 著

九州出版社
JIUZHOUPRESS

图书在版编目（CIP）数据

布偶 / 姜波著. — 北京：九州出版社，2023.4
ISBN 978-7-5225-1754-4

Ⅰ.①布…　Ⅱ.①姜…　Ⅲ.①长篇小说－中国－当代
Ⅳ.①I247.5

中国国家版本馆CIP数据核字（2023）第060985号

布　偶

作　者	姜　波　著
责任编辑	周红斌
出版发行	九州出版社
地　址	北京市西城区阜外大街甲35号（100037）
发行电话	（010）68992190/3/5/6
网　址	www.jiuzhoupress.com
印　刷	天津中印联印务有限公司
开　本	710毫米×1000毫米　16开
印　张	19
字　数	280千字
版　次	2023年4月第1版
印　次	2023年4月第1次印刷
书　号	ISBN 978-7-5225-1754-4
定　价	68.00元

★版权所有　侵权必究★

目录

第一章　忆旧友

1

一座西洋自鸣钟正不知疲倦地摇头晃脑。秦乐婕醒了，湿热的天气令她头疼欲裂。屋外突然下起缠绵的雨来，雨滴溅到百叶窗上，又忍不住似的，一直向下跌堕。窗面即脸面，它哭了，哭得慈悲。

她终于想起：这不是在上海方家，而是和梁溪在香港薄扶林道的洋房里。秦乐婕看看被梁溪撕下的日历，是 1941 年的圣诞节。香港总督杨慕琦在这天向日军宣布无条件投降，香港沦陷。

轰炸的声音停了。之前它们像成群结队吵嚷的孩子，一边未歇，一边又扬着，此起彼伏的。两人逃去防空洞躲了三天三夜。待得警报解除回家后，梁溪给了她两枚安定片，她的一次性睡眠却不知天高地厚，照旧顽皮。

秦乐婕一直记得，她是在上海女中的同学梁惠家见到的梁溪。梁溪是梁惠的堂哥。他祖籍在北平，是新加坡华人，家中开了一爿西药房"荣生堂"，也有多处分店生意在中国及马来西亚。彼时，他正在新加坡一所医学院研修西医，正好寒暑假回国探亲。

秦乐婕与他相好，是很久之后的事了。正是因为她对他存有别情，故而她才必须予他一种给完红枣又赐黄连的疏离感。

秦乐婕的家庭与梁惠的家庭相似，算是没落的大户人家，祖上是翰林。梁惠在上学时恋上了一位大了她许多岁的日裔音乐老师，生了女儿后就登报与梁家切断关系。若干年来，也只与梁溪这一位堂哥续上过联系。他为了不使长辈难堪，暗中接济了堂妹不少，还替她另租了地方住。

梁惠拥有的一切，正是秦乐婕的慕而不得。

2

章晨光不止一次对自己的女儿小笼包说过，他这辈子成就了两个男人，辜负了一个女人。

章晨光有记日记的习惯——从与妻子分别之时起，在整个中国沦陷之时开始。篇幅或长或短，没有一天有缺。每一本日记本封页上都粘着那一年对应的数字和天干地支纪年：1950 庚寅年、1951 辛卯年……

小笼包也草草翻过：1950 年后，父亲的日记内容以怀念居多，她能理解，可寻不着自己想听到的一桩桩故事。

小笼包又把章晨光早些年的日记本翻了出来，她手中的一本扉页上写着：1938 戊寅年。

其中有这样一段章晨光记载的片段：

我的一只劳力士坏了，停了，老得走不动了，我的时间亦如是。反复倒腾，表面上的针就是没了活力。我跑遍了上海各处的钟表行，匠人们看了都说是好东西，都不敢随意揽这桩生意。

我从这只表说起，只因为它是梅子送给我的。"梅子"不过是一个军统代号，她真名叫杨柳，是我妻子，也是那位被我辜负的女主角。

当然，我现在想说的故事，暂时与她无关。

在那一年的日记里，章晨光把时间拨回至 1938 年，那个身处在上海的冬天。

在章晨光经历过的那些日子里，若杨柳的死是他心中烂了的疮，那梁溪1938 年对他的允诺就是一剂医疮的良方。

章晨光不会记混淆。梁溪对他说过，自己是为了照顾西药房的生意才从新加坡回的上海："家里让我盯着药房生意，我就想着顺路去石库门探望亲戚，给她送些药品……没想到在路上还惹了个麻烦，多亏了师傅出手相救。"

弘光武馆里，章晨光神色平静地望着坐在自己对过的这个青年：瘦高个子，闲闲的碎发耷在额间，像顶着瓜皮帽。或许是眉眼温和又不乏凛然意味，那沉闷的发型搭起来倒不显稚气。若论稚气，怕谁都比不上小豹子。

在章晨光的日记里，小笼包找到了这位和父亲有着极深渊源的人：梁溪。

青年说他叫梁溪。籍贯虽在北平，可因自幼生长在国外，故中文识字能力不佳。他的专业是西医，父亲是南洋一带颇有名望的西药商人梁忆华。

我一开始问他，他的名字是哪个"xi"字。他耸耸肩说："我不会写呀，太复杂了。不过父亲倒是说过，是小溪的溪，river。"

小笼包从章晨光跟在这段后面的文字里得知，父亲已通过这个"溪"字确定了另一个姓名，与自己一位梁姓故人之子的名字相接榫：他的姓氏是那个毫无争议的"梁"，不只是桥梁，更如一支华夏脊梁。而他的名字，却可以是任意一个阴平声的"Xi"。它像一个领导者，背后跟着一长串同音异义的汉字。二十多年的海外生活，令他没能力去认领它，他也无法冒认其中某一个"也许"的、与他中文名字吻合的那个汉字——冒认无异于是另一种变相的语言残疾，对他已不是必需。但章晨光喜欢故人替儿子选的这个"溪"字：不积跬步，无以至千里；不积小流，无以成江海。涓涓溪流，总会自己找盼头，与江海汇合，衍生出无穷的力量。

小笼包接着看下去：

他略带歉意地对我说，原想从堂妹梁惠家出来就直接赶回"荣生堂"药房的，却始终摆脱不掉三五个浅醉的日本巡逻军。自己虽会说日语，长得也像极日本人，但他以为自己的优势在乱世中不值一文。

"谢谢师傅了！师傅贵姓？"梁溪问道。

我和他说了名字："你要是不见外，就喊我光哥好了。"他不曾得知，我与他父亲早在奉天就结为了忘年交。梁忆华先生这些年一直暗中资助着上海的地下党组织。我想，若他儿子也能与我结为好友，便可为上海地下党组织注入一股新鲜血液了。

或许碰上日军真令他害怕至极。梁溪一面扶着挎在右肩的医药箱，一面一路小跑跟着我道谢。他不善言谈，行为略略笨拙，带着一股无争的憨态与果决。我一开始以为他只有二十出头，压根儿没把他年龄往近三十了提。

"我过了年就二十八了。"梁溪告诉我。我从他口中得知，他堂妹梁惠今年是二十三岁。

"你是1910年生人？"我问他。若真是，那我大他六岁。

"1911年。"他对我说。

"哦，民国元年生人。"我说。

过了一会儿，我还担心他听不懂，直到耳朵里听进一声来自他的"对啊"，这下子，倒是打消了我与他交流中的担心。

梁溪站在弘光武馆门口，从随身皮包里抽出一根金条，硬是要答谢我，我立马制止了他。我只是匀着眼，将目光落在了武馆对面的小吃摊上——战争厚实的硝烟味仍盖不住馥郁的食物香气。我撇撇下巴，引着他的视线，随即又笑笑，暗示他我的实际需求。

我听见他笑着说："这些没什么好吃的。我带你去租界吧，有家晨曦饭店不错的，中餐西餐都有，我刚回国时天天吃来着……"

"你还真是个少爷。"我拦住他，"就吃这个。"他拗不过我，便走近铺子去和老板打招呼，表示愿意做东。

在这篇日记的结尾，章晨光和梁溪闹了不愉快。

梁溪对章晨光的食量有些气恼，不过他还付得起这一顿。

梁溪不太习惯章晨光的吃相，正自皱着眉，突听一声女孩子的尖锐呼喊堪堪地掠过耳膜——一群日军正拿着一对母女取乐。显然，母亲已被凌辱，不过哭求着留个活口。一名日军听不懂她的话，却对她的绝望颇有兴致。女人的反抗无效，霎时断了气，嘴角还挂着一丝血涎。

　　章晨光别开眼送进了一勺豆腐脑，不动声色地咽下："看样子是没命了。"他压低声音对梁溪说。梁溪僵在当场，满桌的食物令他倒了胃口，几欲作呕。

　　女人身边的小姑娘嘤嘤呜咽着，另几名日军也围住了小姑娘，其中一名巡逻兵正薅着她的辫子，表现得却是面善，还从兜里摸出糖块哄她。小姑娘满脸布着惊恐，母亲的死亡让她的初步断定没失准头，欲挣欲抗。哀哀的哭泣与狰狞的假意搅作一团，梁溪再也坐不住，正待起身，却被对坐的章晨光按住了肩头，强自压下了冲动。

　　章晨光向他摇了摇头，不过是示意梁溪别轻举妄动。他猜到梁溪的医药箱里压着一批盘尼西林，这当口真不宜损失过重。

　　那小姑娘被刺刀刺死了。她的碎花薄袄上血迹斑斑。三五个日军朝着他们落座的小吃摊走来："你的，吃！"带头的一名日军用刺刀扎了一只包子，停在章晨光嘴边。

　　章晨光凑过嘴去将包子咬了大半，未及咽下，就用日语道了谢。

　　梁溪觉得他的吃相更难看了。

　　那军官看起来十分满意，掉过头又刺起一只包子，逼着梁溪吃下。

　　章晨光望着梁溪，见他在犹豫，自己便不动声色地丢给他一道暗示，左手却不由自主地攥成拳头。他怕梁溪忍不了，自己也不想为他的忤逆买单。

　　好在梁溪貌似能懂得章晨光的用意，他跟着章晨光做出了相同的举动，保下了旁人糊口的小本生意。

　　待那一行日军走远后，章晨光咽下最后一口食物："我饱了，我送送你吧。"他对梁溪家的"荣生堂"并不陌生，武馆里也常备着西药。

　　"你给多了……"结账时，章晨光看着梁溪掏空了裤兜里的银圆，又忍不住加了一句提醒。那小贩自然喜笑颜开，连声道谢。

　　章晨光问他："战争时期用钱的地方不少，你何苦对一个小本生意人穷大方？"

　　梁溪瞥了一眼死去的小姑娘和她母亲，故作轻松地说："银圆放在兜里沉呢，不如腾个地方多塞颗子弹……"章晨光就在那时生出一个主意。

章晨光还有没写进日记里的事情：在梁溪晚年的回忆里，总是漏不掉与他在小吃摊上交谈的这一牙片段。梁溪亦渐渐懂得：在乱世中，如若仍能存着一颗平常心为个人爱好践诺之人，才不失是有魄力之人。梁溪将它定义为英文中的"charming"。章晨光也笑纳了这一观点。

他对梁溪说，个人魄力算不上什么，整个华夏才是魄力十足的。这份魄力将会使一个国家、一个民族起死回生。

这正如梁溪的职业使命。

3

秦乐婕重新住回秦家已满五个年头。一日，她房中的陪嫁丫鬟小桃给秦家人带来了一份口信：方世藩因注射过量吗啡死亡。"方少爷生前娶的那位戏子，婚后不久也染上了烟瘾。后来说是烟瘾一大，两人总黏在一起，那戏子的肚子也跟着起来了，这回一尸两命……"口信中的另一层意思是想让秦乐婕回方家，替方世藩过继一个儿子。而秦乐婕本人则会被拨在方家看守祠堂，守着那个过继儿子生活。哥哥嫂嫂们一合计，觉得万分划算，便又私自找了母亲秦老太说明心意。秦老太自然晓得两个儿子拨拉的算盘，只说还是要秦乐婕亲自拿主意。

全家人都聚在厅堂里，虎视眈眈地等着她拿主意。秦乐婕只轻笑一声，她一个女人家能拿得起什么主意？若果真自己能拿主意，五年前也不必受哥嫂们的摆布了——他们是在逼她作出他们众望所归的答复：回方家去过继个孩子，总短不了她们母子一口饭。更何况，方家已明确表态：只要她愿意回去，他们也愿意照应着秦家——毕竟是亲家。

五年前，秦乐婕揣着回家度余生的那笔钱被老四老五觊觎，二人分别托他们的正室轮番出马，撺掇着，欺哄着，一步步盘走了她大块的钱，做金子，买股票，狮子大开口，且永不餍足。

他们的想法是：如果秦乐婕不能令他们满意了，下一个就轮到秦乐怡，然后轮到五哥正房的双胞胎女儿……秦家大宅不啻狮笼，女儿们都是狮口中果腹的美味。

"家里头如今处处在将就，以前倒还罢了，我只当六小姐一跟家来，无非多张闲嘴多副筷子……现在米是什么价钱，菜是什么价钱，我这肚子里头还揣着一个——"四姨太捧着六个月的肚子尖酸地叹气。

秦乐婕故意装傻，只是呆呆地提着剪子，剪着烛芯。剪子一掐，烛光就变得苟延残喘，一如她目前的处境。

她想起七妹秦乐怡的话："六姊，不是我说你，你得留个心眼，别太惯着他们，从前你让他们得的好处还少了——你手里现在捏着的钱，可是要过完一辈子的。"

于是，由秦老太出面，气定神闲地主持大局："我原来的意思，是不希望女儿同姑爷处成这样的，甚至，我希望她能跟她孩子一块儿去了，这样也不用闹到离婚——"七小姐秦乐怡的脸上有一种几不可察的震惊。她难以置信。

秦乐怡回头去看秦乐婕：六姐貌似不卑不亢，实则心中强撑着一丝傲骄。黑色绣花的缎面旗袍外罩着一件白色的绒线衣，像是一个欲与过往决裂的送葬者，了无生趣。

秦老太知道秦乐怡的意思："乐怡不用觉得生气。可如今大家也都看到了，乐婕没了孩子，姑爷从来也不成器。纵然这样，日子也还是得过下去。大伙儿把各自的卧房让出来，挤一挤，收些租金，比住石库门要强上许多……"俩兄弟素来拿不动大主意，连连点头称好。

四姨太冷着脸，拿眼睛去横住四爷——孩子没几个月就落地了，若真是挤着一个屋子，大人不能休息好不说，将来还要整日与四太太抬头不见低头见，白白磨掉自己的心情和胃口。

四房一家被分到堆书籍的屋里去了。秦老太还特意好脾气地说："要不是看着晚秋快生孩子了，就该是你这个做哥哥的去住堆杂物的房。"

五太太心中也是极度不情愿，在一旁推搡着五爷，一面忍不住强硬反对道："我们女儿都那么大了，过几年就要出阁了，我们四个挤一间房总不是个事儿。"她强调"我们四个"，就是未曾想把五爷的姨太太加进去。

可一大家子人拗不过秦老太。五房一家子没得选，住了堆杂物的房间。

秦老太与自己贴身丫头住一间屋，又着下人将秦乐婕的卧室打扫干净，让她住到秦乐怡房中去。这样，就空出五间屋子出租，维持家用。

秦乐婕倒是乐意回娘家，可重建与乐怡的感情。她主动提出要上街替七妹置办些衣裳。乐怡的一些袍子件件像患了重病，难得几件旗袍是好料子，算脸色不错，都是秦乐婕出嫁前送她的，她还总舍不得穿。

本来约好了就两人去百货公司的，无奈房中丫鬟耳长嘴短，姐妹上街的消息透到了四房五房俩嫂子耳朵里，二位便来找秦乐婕，说不妨大伙儿结伴，硬是跟着一道去了。五太太还带上了她的两个女儿。

那群家人一来二去的，七小姐不乐意了，叫秦乐婕别那么实心眼子，惯着白眼狼，苦果自己咽："六姊，你从前让他们得的好处还少了么——你手里现在捏着的钱，可是要过完一辈子的。"

秦乐婕自有打算，倒是可以找找梁惠的那位堂哥梁溪，问问他现在西药的行情。她离婚获得的补偿里应该撑得起一间铺子。

因为离婚前小产的缘故，秦乐婕患上了筋骨疼的毛病。四爷便哄她抽上了大烟，止痛。一开始她很有警觉，与哥哥言语对打；后因实在被疼痛折磨得无法休息，也就渐渐抽上了。他们的核心目的，逃不出她鼓鼓的荷包。

哥哥们得手，嫂嫂们亦不遗余力，四处替秦乐怡留意着身边条件好的人。

梁溪不幸入选。

4

1940年初春，梁溪住进了秦家。他被安排进了秦乐婕原来的闺房，里面有很多中文古籍。当年秦家为了不输面子，把秦乐婕风光嫁过去，将屋中的旧家具淘汰掉，重新花重金购买的新款式，可称全家最精致的。秦乐婕后来因烟瘾过大，大家唯恐她连累秦乐怡寻不到好婆家，便又将她挤进了阴暗潮湿的下房，不许她和妹妹住一起了。

依梁溪的自我介绍，自己是新加坡华侨，家中是开西药行的，专业西医。

因在法租界的房子需要修缮，才决定暂时租间屋子。看街上电线杆上有招租广告，便来碰碰运气。

梁溪是秦家人眼中祖上积德盼来的摇钱树。他自是难以预测，日后自己也将成为秦乐婕的救赎。

秦乐婕家兄妹八个，她排第六。除了有一个同母三哥和七妹秦乐怡，余下手足皆为父亲的发妻或其他偏房所生。三哥五年前因肺痨过世，与自己同住的除了母亲、乐怡，就剩了隔着一层娘肚皮的老四老五。

秦家祖上虽遗留了丰厚家财，也扛不住老四老五吃酒赌钱娶姨太太。两兄弟就拨了一手好算盘，避过秦老太，作主将妹妹嫁给了上海滩著名新贵方振帆的独子方世藩。

这场在外人看来大好的姻缘，收场于方世藩的声色犬马与秦乐婕的心灰意冷。

秦乐婕虽念了女中，可之前也受了几年严格的私塾教育，受不了方世藩在西洋学校里沾上的恶习，也打心眼儿里看不惯他的散漫模样。在他们的宝宝还未出世时，他就因调戏家中姨娘而被关了祠堂，之后又被方振帆亲自捉住在抽大烟。不用多疑，家中仅姨娘一人抽大烟，定然是她唆使的少爷。方振帆于盛怒之下欲逐走姨娘，没想到她竟提前吞生鸦片自杀了。一来二去，秦乐婕亦饱受打击，胎儿不愿同爹妈受气过活，撇下他们先走了。

秦乐婕无力挽回婚姻残局。后来方少爷又轧上了戏馆的戏子，为了传宗接代将人娶进门。

他们终于离了婚。秦乐婕十分艰辛地得了一笔数目可观的钱，若盘算好了，足够她过完一辈子。

回到娘家后，除了秦乐怡，连秦老太在内，没一个人给过她好脸色瞧——秦家至秦乐婕祖父一辈开始逐步败落，六妹本可助一家子摆脱经济窘境的婚姻也未能幸免，惨淡落幕。

第二章　赴港的秘密

1

梁溪从秦家出来后，拐进了一条古旧的小巷子，迎面传来了一阵绝美的戏腔："原来姹紫嫣红开遍，似这般都付与断井颓垣。良辰美景奈何天，便赏心乐事谁家院……"

他再一次见到了麦馥兰。

"我记得我们第一次见面，就是'布偶'同志麻烦你过来给我打针的。"麦馥兰见到旧友，心生感慨，"我们一别就是两年多，这《游园惊梦》听来倒像是靡靡之音。"

"哪里的话，婺剧是国之瑰宝。麦先生高风亮节，蓄须明志，不为日军演出，梁某是佩服的。"梁溪跟着他客套说。

二人寒暄后直奔主题。麦馥兰将一只小皮箱交给了他："这是你托我带的吗啡。"

"谢谢。"梁溪接过皮箱。

吗啡是留给秦乐婕的。梁溪作为医生，并不赞成秦乐婕用吗啡，但他希望秦乐婕能在一个较为理想的环境下戒鸦片。现下并非好时机，是以他决定用吗啡暂缓对她的戒鸦片计划。

"'布偶'同志的上线来了命令，就在下个月，让我安排你去香港……"

梁溪打断他："香港？"

"没错。现在内地都不算安全，共产党各地的地下组织也受创严重。香港归英国人管，日本人不敢妄动。上面派你去那儿待命，帮着香港的爱国华侨和商人输送物资、药品回内地，并获取重要情报，及时传回上海。你的新代号为"石狮"。这个代号，只有"布偶"同志和他们安插在香港的"象棋"同志知道。换言之，你到了香港，知道你身份的只有"象棋"一人。"麦馥兰一面说，一面将一张纸条拿给他，上面写的正是"象棋"与"石狮"几个字。

"船票我来办。你到了香港后，要去湾仔码头和'象棋'同志接头，具体任务由他和你交代。你需要的翻译，还没有定下来。你留意着，我听说上面这两天就会给你回话的。另外，注意你秘密电台的动向。"

"为什么又选上我？"梁溪不明白。当初自己在任务中节外生枝，连累了一位十分重要的地下交通员。之后是"布偶"亲自命令他歇了一切念头，还禁止自己参与之后的若干活动。

这下怎么还愿意交给他这样重要的任务？

"有些事，不方便你现在知道，你就不该多这个嘴，最好的做法就是服从。"麦馥兰说。他不是共产党员，但却是许多共产党员的挚友，一个爱国人士。

梁溪回到秦家，觑了个空搬出藏在衣柜里的秘密电台。他都是亲自整理行李，不假手他人，为的就是这部电台的安全。

他向"布偶"发出电报：无须另寻可靠翻译人员。还在电报中请求带上秦乐婕一道走。他的理由是秦乐婕的中文够用，方便自己接下去的工作，并添上了一条保证：绝不因私人感情耽误任何任务！

秦乐怡来敲门了。梁溪已把秘密电台收回了皮箱中。

午餐的菌菇鸡汤很鲜美，可梁溪却有些食不知味。

饭后，他借口午休，回房间继续收听电台。"布偶"回了两个字：同意。

2

就这样，他带着秦乐婕乘船到了香港。梁溪在香港也经营着几家不小的米行和西药房。

他在薄扶林道购了一幢二层楼洋房，与上海的梁公馆如一对双胞胎。梁溪只是花重金先添了些重要的家具，没有雇佣人。他这样做，也是想让秦乐婕有一种当家作主之感，免去她心中一些不必要的负担。

梁溪和秦乐婕都以为香港是座安全的、与世隔绝的岛屿。可他们想错了，完全错了。

轰炸的第二日清晨，两人把米口袋倒了个空，随意喝了些稀粥，就分头去张罗吃的。梁溪花高价扛了一袋米回家，又将随身带着的美元、黄金等值钱物让秦乐婕过目。他将它们藏在可拆的木地板下、橱柜的最里边。秦乐婕则上街去采购日用品。百货公司已供不应求。她走近一家副食店，伙计正在往外轰人："已经没货了……没货了……没货了啊……走吧走吧……"这招果然奏效，人群立刻作鸟兽散。秦乐婕提着生了锈的饼干桶在后头等着，在伙计欲上门板之时迎过去。

"哎……这位小姐，我们已经没货了……"伙计为难地说。

秦乐婕不发一言，从小包中拿出美金给他看。

那伙计接过饼干桶，笑逐颜开道："小姐您稍等。"

秦乐婕提着东西路过皇后大道的"绿屋"咖啡馆。傍着咖啡馆橱窗的位子，坐着一位梳着爱司头的洋派小姐：她着一身软缎面的粉红底子旗袍，上面还印着绿豆大的深蓝点子，旗袍外罩着一条白色流苏披肩。她手里正捧着一本书，静静地阅读着。

秦乐婕心下暗自歆羡，又快步小跑回去。

家里断电了。秦乐婕将买来的饼干、罐头、火柴等物放好。梁溪还没回来，她擦亮一根洋火，烛光怯怯地击退着黑暗。她忍不住一阵心酸。

那一晚，梁溪没碰她，一个人躲在另一间房里忙到深夜。

3

秦乐婕受了香岛九龙一带三五个包打听的挟持，以她要挟梁溪。他们想要的只是钱。秦乐婕本对此事不抱希望，没想到梁溪交给他们一沓银票，还放枪打伤了其中两个人，自己也被子弹划伤。所幸秦乐婕无恙。

"你真的给了他们钱？"秦乐婕在梁溪的指导下替他包好伤口。纱布外已经看不出血迹。

"放心。"梁溪的头枕在秦乐婕腿上说，"那些是废票，兑不了现钱。"他顿了顿，犹豫着开了口："其实，我住进你家是有目的的……"

"嗯？"秦乐婕奇怪，但令她欣慰的是她终于快要接近真相了，脱口而出的却是另一句话："你先休息吧。"

梁溪是真的累了。他说："我还是去书房好了。"

他在书房，伏在桌上睡着了。秦乐婕心疼起了他的疲惫，从背后悄悄地贴近了他，凉凉指尖的抚弄让他带着迷糊醒了。

梁溪从桌面上撑起身子转去捉住她的手。他不怪她，可她会怪自己。他正希望她能打消这个念头。战争丛起的国度，触碰着他们个人的高度敏感的神经。他曾经对她的救赎只自己落难期间对她的利用？

秦乐婕就是这样以为：梁溪与自己在一起，不过是将双方当成了浮木，一根或许不会轻易被炮火击沉的浮木。一切都不过是战争在作怪。纵然他们的身或心被击伤了，只要能勉强过下去，双方都不会再挑挑拣拣。两人贪恋的只是生命。

她柔声哄他道："这样睡着难受，去床上睡吧。"他下意识点点头，被她扶到床边，她也被他的一个受力带倒在床上。慌张间她想立刻起身，却被梁溪一把抓回去。孱弱的光线下，他冷峻的轮廓压不住她逞强的神情，一声叹息，终于败下阵去，决意共赴巫山。

秦乐婕做了个很长的梦，梦中有秦乐怡。背景是暴雨。七妹在梦中对她冷笑、辱骂，流着泪质问她为何要抢走梁溪。之后秦乐怡就被一个高大模糊的身影劫走了，她的脸上却无任何不快。秦乐婕能做的只是目送，看着秦乐怡依着那个身影渐行渐远。他们的背影快要消失在视线中，突降了一枚炮弹，炸得二人粉身碎骨。

"乐怡，乐怡……"秦乐婕在梦中挣扎叫喊，睡在一边的梁溪也被惊醒："乐婕，乐婕你醒醒……"他推醒了她。

秦乐婕挂着泪痕醒转，半个身子朝梁溪那方蹭去，浸湿了他的白衬衣。他俊朗的五官仿似也被她的哭泣烫伤了。她泪眼蒙眬道："梁溪，你究竟在做什么事……告诉我好不好……我，我真的受不了这样的日子……"他近日总是在夜间在另一个房间里通宵不眠，拿着字条来问她汉字，末了又不让她深究。她觉得自己越来越看不清他了。

梁溪拉着她去书房，先从左边的抽屉里拿出一只丝缎盒子。秦乐婕打开一看，是一只完整小巧的蛋壳，壳上刻着一朵玫瑰，还有"圣诞快乐"的英文。

"我原以为你只会拿手术刀。"秦乐婕惊喜道。

"你喜欢就送你。"他说。

"你还有什么是我不知道的。"她问。

"你不知道的事还多着呢。"梁溪看着秦乐婕的欣喜样子，又从正中的抽屉里拿出一包纸包。他揭开纸包，里面是一粒白色的药片。秦乐婕很吃惊。她不认得那是什么，却知道它肯定不是好东西。

"你不是一直想听故事？"梁溪重新叠起纸包塞进裤兜，"你跟我过来。"

她见他绕过书桌，走到阳台上去。秦乐婕也不顾夜里风大，披了披肩就跟了过去。

4

这天，小笼包又翻到了父亲 1939 年的日记本，里边照旧有她想知道的故事，突然也明白了父亲想拼命留住梁溪的原因。

章晨光有些丧气地想：前些日子荣安中药铺的联络点因几个软骨头出卖被76 号带人捣毁了。叛徒小何在 76 号行动处处长罗倩倩的毒刑下，几个回合就招了，供出了同志们的两三处据点，后被送进了日本医院。同时，他还交出了一批名单，几十名同志白白牺牲了！

据自己人打探来的消息：上级要求章晨光与各个交通员之前碰头的几处长期地下联络点一律作废。

章晨光拣起一颗炒花生，反手用拇指和食指捏爆，投进嘴中咀嚼。吃花生前，他已将梁溪的情况报告了上级。上海地下党的现状正青黄不接，可众多身份级别重要同志的代号仍处于休眠状态：他们有自己需要去完成的更重要的任务。不到万不得已，代号是一律不允许被启用的。

小笼包趁着章晨光在午睡，把 1938 年的那本日记和 1939 年的日记本摊在一块儿读。父亲把一些回忆打散了，所以他的记录是断断续续的。

那天，我和梁溪于返途中又碰上了一场声势浩大的学生游行，差点冲散了我们。我能读懂，他看似满不在乎的神情后，藏着一股不可冲破的坚毅与惋惜。我告诉他，这就是苦难中国的一角，这也是不屈奴役的中国人。我最后放下的话，是希望他也能够站到学生中去。一开始他只以为我是个武馆师傅，后来才猜出我的另一重身份。

在"荣生堂"分别后，我一直盼着能再与他搭上一份交情。我与他父亲早存下了交情。不论梁先生同意与否，他儿子的能耐一定是目前中共地下党员的急需。梁溪就是眼下的最佳人选。我只苦于无充分理由上药房找他。没想到不久后，小豹子的疟疾倒成了我计划中的突破口。

小豹子算是个孤儿，只有十五岁，跟随章晨光之前曾流落街头吃了不少苦头。他既然病重，做大哥的肯定不会袖手旁观，反而会事必躬亲，思虑周全。

章晨光找去了梁溪家的"荣生堂"。

接待他的是一个白白净净的小伙子。他长着一双灵气逼人的眼睛，年龄估摸着与小豹子不差多少，只不过小豹子性子活泼热情，而眼前的伙计略添了几分稳重。

药房伙计端上茶："我叫刘宁。"他告诉章晨光，梁溪去他堂妹家了，可能要过一会儿才回。

章晨光先客气了几声，环顾了一下药房后问："近来这儿生意可好？"他是有意要探探刘宁的口风，进一步确认自己必须争取梁溪的决心。梁溪入不入党不是要事，珍贵的是他的家世，还有他梁家的物资人脉。

刘宁听了，叹气道："从前人总是说，'但愿人世无疾苦，宁可架上药生尘'。我们虽然做医药生意，毕竟还秉着一腔慈悲。中国被日本人糟践得不成样子，可总有投机分子借着战争借着药品大发国难财。一来二去，总是宽不了心的。我们家少爷从小长在新加坡，衣食无忧，功课不错，十多岁的时候还去日本留学，回了新加坡照旧在学堂深造。他虽是洋派思想，一片仁心到底没处投放。这一回回到中国，每天背着药箱冒着危险，走街串巷上门诊治，回店后也不思饮食……"刘宁不自觉朝着章晨光说了一大堆体己话，一时忘了他是不是爱听，"有好多次，少爷打盹时身体会突然抽搐，继而惊醒。到了夜里，还失眠得厉害。他喝不惯中药，就吃这一种西药丸子，才勉强好一些……"刘宁虽是广东人，可主人原籍在北平，所以持着一口勉强标准的北方话。他又将那份西药递给章晨光看，药盒上写的清一色洋文。

章晨光略一思忖后道："Depression……他怕不是失眠这么简单……"

刘宁正欲顺着章晨光的疑惑问下去，忽听店外传来浑厚的一声问候："不好意思，我回来迟了。"

章晨光笑着迎上去说："我弟弟顽皮，在外喝水不注意染了疟疾，还得麻烦你跑一趟。"

梁溪在知晓了章晨光的来意后，二话不说，又带上药箱跟着章晨光去了弘光武馆："上回若不是章师傅挺身而出，不仅我自个儿会丢了命，连我那批盘尼西林恐怕也——"虽说梁惠丈夫的亲哥哥高木千雄是上海特高科科长，但自己藏药总是个不争的事实，纵使高木千雄来护短也无济于事。梁溪突然觉得，这会儿自己倒是在说笑了。他应下章晨光去给小豹子打针，正是为了回报他上一回帮助自己虎口脱险之恩。

章晨光有些明白梁溪的真正心思，反而笑道："这回你是去救人的，是你的职责所在，可不是为了还我的情。上次那顿早餐，已经算是还我人情了。"

5

小笼包可以确定：梁溪伯伯是窝在章晨光的日记里走不出去了——

　　梁溪给小豹子打了一针盘尼西林，开了一些西药，让他好好养上一星期。一星期后，小孩儿总算把命捡回。我后来又差小豹子去了趟"荣生堂"。他从刘宁口中得知，梁溪跟着我回武馆的那天，他堂妹梁惠也受伤了，所幸只是肩头中了流弹，尚在襁褓中的女儿毫发未损。之后，我过了很久才得知，她的丈夫，公开身份是上海女中的音乐教师，另一重身份竟是一名日本共产党员。

　　小豹子的病好了没多久，梁溪又一次为了章晨光来了弘光武馆。

　　章晨光胳膊上的伤口又深又长。梁溪一面做着清创，一面蹙着眉头问他："你这怎么弄的？"章晨光还未答话，一旁的小豹子就抢话，恹恹地抱怨道："还不是几个醉酒的日军在武馆外头欺负幼小，光哥去打抱不平……"他的伤口完成了清创，只见皮肉翻飞。

　　章晨光摆出一脸苦笑，小豹子不禁忧心忡忡地问道："还是需要缝针吧？"他的五官不由自主地挤成一堆。伤虽不在他身上，却落在他眼里，烫在他心中。

　　"豹豹！"章晨光深知小豹子素来怕疼，就打发他去自家的晨曦饭店叫一桌席来，又转而对梁溪说："今儿也迟了，不如就留下一块儿吃个饭吧！"

　　"那就打扰了。"梁溪准备为章晨光缝针。他拿出一支麻醉剂。他不信章晨光能撑得过这种疼痛。

　　"不必了。"章晨光摆手道，"现在的药品、物资一律短缺，将它用在我身上未免浪费了。"

　　梁溪停住手中的动作，半信半疑道："你确定啊？"

　　"总有人比我更需要它。"章晨光趁机引入正题，"上回的事儿，你考虑得怎么样了？"

　　"现在，我的事儿，就是把你的伤口处理好。"梁溪瞟了章晨光一眼，还是给他打了麻醉剂，缝针包扎。

　　章晨光换下了袖口血迹斑斑的灰色长衫。新的黑色织锦缎暗龙纹的长袍与梁溪的白衬衣形成鲜明对比，仿佛两颗黑白棋子，将迎来一场激烈的对弈。

小豹子依着章晨光的要求叫了一桌丰盛的菜肴。梁溪一瞧满桌子的鱼肉时蔬，又一次傻眼。

"不是说只是家常便饭吗？"梁溪皱眉坐下。

"没有关系啊。"小豹子说，"晨曦饭店的老板就是光哥。"

"你不是开武馆的吗？怎么还开了饭店？"

"我开武馆与我是饭店老板有冲突吗？"章晨光反问。

梁溪被问得哑口无言。

章晨光不劝酒也不劝菜，自顾自吃得香。梁溪说过自己是晨曦饭店的常客，这回章晨光请他吃，相信他不会自讨没趣饮罚酒。

梁溪的确很喜欢晨曦饭店的菜肴，可喜欢吃并不代表铺张浪费，平时他吃得简单。

但当下，他面对着这桌美味佳肴，不禁去回想自己上门治疗的百姓家中食不果腹的惨状，便难受得败掉了胃口。梁溪深知，章晨光的好客之举不过是想从自己口中听到他满意的答案。这一点，从他拒绝自己为他打麻醉就看出来了。

"你有什么话就直说，我一天得上门跑三四十号病人，很忙的！"梁溪有些恼了，他还挂念着梁惠的伤势。

章晨光一听，由不得冷冷"哼"了一声："三四十号病人——可我们身后还站着四万万中国人！"他顿了一顿，叹口气继续说，"你确定你一人的纱布能堵完小鬼子所有的枪眼？！还是你以为你的那份仁心能压下他们的狼子野心？！"

"光哥！"梁溪终于坐不住了，甩下筷子，语气硬硬地答道，"我看你今天不是来请我吃饭的，而是来逼我就范的！"二人自小吃摊一别，章晨光为了争取他入党一事，已三顾药房了，以致梁溪再看到他都很糟心。

"呦呵！"章晨光拍了几记掌赞许他，"中文不错嘛，没你自己说得那么差！"说着，他又自顾夹了一筷子樟茶鸭肉嚼起来，露出了孩子般的笑容纠正梁溪道："只不过在我这儿不是就范，而是在尽力争取你来加入我们这个阵营，好为国家医疮医愚。"

梁溪愣了愣，怪气闷声地说："我父亲是南洋的红色企业家，他已通过熟人帮忙，为中国抗战做了不少事了，无偿捐了很多医药用品……"他已在为章晨光缝伤口时得知他是父亲梁忆华的故交，而梁溪这下子搬出父亲的抗战贡献，也是为了章晨光能够放自己一马。

"梁先生是梁先生，你是你。"章晨光打断他。

梁溪心中一怵，正视着章晨光："我只是一个外科医生，有一家小药店勉强挨着度过乱世，手无寸铁，比不得那些战场上的战士……"他不得不诚实，只因不想蹚这趟浑水。梁忆华从小给独子最好的教育，还让他学习了日语，无非是为了儿子能够在危难前自保。满目山河皆破碎，他有这般想法也不是罪。

章晨光的确不可过于勉强。

见梁溪依旧不温不火在推辞，章晨光亦顺着他的话向上攀："不！你若真答应下了，即使手无寸铁也可有大作为。何况，你并非手无寸铁——"章晨光毫不掩饰地一一列举理由：组织看上梁溪，第一不过是他家过硬的经济实力；再者，他的医术的确不差，看他为自己胳膊上缝合的伤口就能判断；三是上海地下党如今叛徒频出，梁溪日语又好，组织可安排他进日军医院打探情报，好及时处理变节之人。

梁溪听章晨光一二三四罗列的一堆无可辩驳的理由，他觉得都可一一成为站不住脚的借口，索性再丢过去一个借口："我会说中文，但看不懂中文的。"这或许会是他入党后潜在的硬伤，章晨光也不是不知道。梁溪便想着他总会放弃的。

谁知，章晨光哈哈一笑："这不是难事，回头我让人找个可靠的翻译跟着你就成。"

梁溪的思虑追不上章晨光的决心。他又沉默了，支起筷子"笃笃"地打着碗胎。

章晨光见状，便替他夹了一块粉蒸鸡，又接着拆他的招："现在举国上下，社会各界人士，包括海外华侨，每个人都在为抗战尽绵薄之力：上街游行、提供物资、抢修铁路，乃至拯救文化，尽皆抗战之举。他们在明，我们在暗；他们在前线，我们在后方；他们在地上，我们在地下……"

梁溪根本不想接章晨光的招，理直气壮地截住他说："我父亲花了这样大的代价培养我，就是为了令我在乱世也能平平安安的。要是我加入你们，无故会给大伙儿添乱呢。我在新加坡时，也在报上看过，共产党的人数不少，也不差我一个。"诚然，眼下这般的时局，不给国家添乱就是好的了。说罢，他低下头去吃东西，咬了一口半冷的粉蒸鸡便皱眉道："这鸡好腻啊，我不太爱吃荤的。"有眼力见儿的小豹子立马为他盛了一碗宽汤细面，又搁上些开洋菜心和龙井虾仁，含笑递了过去。

黑白棋子的交锋愈发激烈。小豹子这时候插不上话。在座二位都是他的恩人，他一时踌躇不已，不知该倒戈哪一方，进退维谷。

章晨光越挫越勇："依目前国内情势看，你想独善其身，我完全能理解，也会尊重你的想法。没错，共产党员的数量如今与日俱增——"

梁溪生怕他误会，只好淡淡地说："我只过好自己的日子，别的事从不过问的。"他的性子有几分清冷孤傲不是假的。章晨光曾听梁忆华提过。

章晨光觉得梁溪又自爆了一处突破口，遂尽力平复语气，斟酌着问："你母亲，据说是在回国探亲途中被——"他一副意味深长、欲言又止的模样。梁溪的母亲在军阀混战时期回老家乌镇探亲，被一支军阀队伍的流弹中伤，不治身亡。那一年，梁溪十二岁。

章晨光收到了心中预计的效果：梁溪这副好模样好脾气的儒雅之人也禁不住暴跳如雷了。

他果真禁不住倏然而起："章晨光！你——"

章晨光又将主题扯回这桌宴席上。他也站起身指着餐桌道："桌上的二十多道菜，几可囊括中国各省的手艺，现在日本人却想将这些手艺据为己有！他们贪婪，是永远不会满足的。我们把这些菜肴吞入肚中，令它们免于灾难，但如果只是我一个人，或者加上豹豹，抑或是再加上武馆的弟兄们，我们都吃不下，护不了它们周全……独木难支，我们需要有人帮我，我需要你来帮我——"章晨光坚信：多一个人加入他们，说不准就能保住更多的同胞。争取一线希望都是好的。

梁溪有些动容了，可依旧未开口应他。

章晨光乘胜追击："我此番的争取，并非为了自己牟私，而是为了这个千疮百孔、隐痛重重的中国，是为了这片焦土上的同胞谋安宁。我不信你会无动于衷。"若梁溪真的无动于衷，他在看到小吃摊旁女孩子遇害时就不会愤愤不平；他在遇上游行学生队伍时就不会深表震撼；他在小豹子受疟疾之苦时就不会慨然相助；他在听闻自己创伤严重时也就不会毅然决然匆匆而来！

"医者仁心。"章晨光走至梁溪身边，拍了拍他的肩头，缓缓地说："千万别让你的仁心因为你的私心作梗，变得人人得而诛之。不然，你就是民族的罪人。"

梁溪回转头："我走了。"

"梁溪。"章晨光从背后喊住他，"今晚的菜准备得仓促了，下回你来我这儿吃西餐吧。"

梁溪没有回头，但作了回答："西餐……还是我请你吃吧。"

第三章　你好，月牙

1

秦乐婕自被绑那日对梁溪乞求疑问后，便每晚都同他去阳台，听她要的故事。

这一日，她听完梁溪讲述的一长段，又禁不住笑问："你一定是考虑了很久，最后不得不答应的吧？"她自信对他有相当的了解，可较真起来，也只是含笑道："就你那手艺，怕是还不起章先生的那桌人情。"

"没那么快，还早呢。"梁溪对她说，"倒是豹豹那个小跟班鬼得很呢！"

"他比你会做人啊。"秦乐婕笑道。

自那次不算太愉快的用餐后，梁溪仍旧隔三岔五去妹妹妹夫石库门的家，主要是送食品和送药，还提到他为他俩在法租界找了一套公寓的事。一日，他从梁惠家回返药房时已余晖西斜，照进了上海败壁残垣的缝隙，焦土也披上了浴血的战衣，令他禁不住幽幽叹气。

走至"荣生堂"门口，眼尖的梁溪就在药房墙根下瞟见了身着薄袄、用大面围脖掩住大半个脸的小豹子。

"他来了多久了？"梁溪问刘宁。

"来了有一会儿了。"刘宁答，"他说今儿个一定要请你吃饭来着。"刘宁的京腔打得别扭。他不太使用敬语，梁溪正好也听不惯，双方就都免了客套。

梁溪蹙了蹙眉头，走到门口招手叫小豹子进屋。小豹子脸上却砌出了胆怯又讨好的笑来："梁大哥，你还没吃饭吧？"

梁溪瞧着眼前这个长得像奶娃娃一般的小孩儿，心中已有了应对，可他素来不喜欢为难他人，况且章晨光的确曾为他性命作保。梁溪暗忖，故暂且顺着小豹子的意，也不生别的差池。他笑道："我正准备吃去，你呢？"他有意给小豹子递话头。

小豹子听罢，便兴兴头头地扯着他胳膊道："我知道有一家面馆特别不错，梁大哥你不是不爱吃荤吗，我领你吃清淡的去。"梁溪假意推不掉的模样，放下药箱就同他离开了，临走前还不忘嘱咐刘宁店里关门前别忘了清点药品、清算账目。

小豹子说的那家面店很不起眼，甚至有些丑陋：狭小的走道，拥挤的座位，油腻的桌椅……空气中还弥漫着一股热烘烘的面汤气。梁溪是不习惯的。小豹子却很熟络地同老板打招呼，还让他给找个单间。小豹子给梁溪要了一份黄鱼汤面，给自己点了一份牛肉炒面，又要了四样素菜。

点的东西陆续上来了。小豹子端起茶说："梁大哥，我以茶代酒敬你一杯，谢谢你上回救了我。"梁溪先是顿了顿，继而若有所思地失笑道："上回你病好了不久，光哥不是已经感谢过我了吗！还是你来店里找我过去的呀——"小豹子憨憨地笑了笑，急急摆手说："不，不，不，上回是光哥请的你，这回是我掏钱请的你，不一样的。"

梁溪拂不开他的热情，遂笑问道："你平时跟着光哥，一个月可以领多少钱呢？"

小豹子吃炒面吃得嘴角全是油。他飞快地舐了一圈唇周道："八块钱。"接着拿筷子的手又顿了顿，讷讷地说："我这几个铜板，当然比不上梁大哥了……"

梁溪听了，拍了拍他的头说："以后别乱花钱了。"

"应该的。"小豹子停下筷子笑着说，"我老家在湖南乡下。小时候我妈拿了我八字给人看过。算命先生说我命犯三刑，克父母，他们就把我丢了。那年我才六岁。我在大街上跟着一群比我大不了几岁的孩子讨生活，分食物时候总没我的好。流落到上海之后，那些人为了能够多诓到一些钱，就让我去候外国的汽车，装成被撞的样子，他们再出面……"说着，他倒有些难过了。

梁溪可以猜到，最后是章晨光揭穿了小孩子的谎言并救下了小豹子："光哥也算是你贵人啦。"因此，他喊他出来吃面，不为自己能落到多少好处，不过都是为章晨光排忧。

小豹子嘴甜："你也是我的贵人。"

章晨光的父母是1921年一起入的党，也算是老党员了。1931年起就一直跟着东北抗联的一支部队，两口子在一次掩护大部队撤退的任务中受重伤牺牲了。

"光哥当时在美国念书，得知他父母死讯后就回了老家，之后就遇上了当时为了做生意来奉天的梁先生——"小豹子说着，悄悄瞥了梁溪一眼，怕他疑惑不高兴，就解释道："梁先生，就是梁大哥你的父亲……"

梁忆华当年瞧上了章晨光过人的禀赋。等章晨光在美国毕业后，又出资送他去日本进修。两年后，章晨光回到上海。1937年，因为组织上的要求，他不得已与在美国结识的妻子杨柳分开。

章晨光离开她的时候，杨柳已怀有三个月身孕："章晨光，你要是敢走，我不介意一尸两命！"她放出狠话，迅疾地从他腰间拔出了手枪，将它回转了个个儿，顶着自己略微隆起的小腹威胁道："我数十下！"

章晨光说自己是为了信仰而离开。既然他以信仰作为离开她的理由，那杨柳就用孩子绑住他。她在这孩子还是一团血肉的时候就强行命令它起作用——可惜胎儿面目模糊，未能厘清敌情，最后连着她深爱着的那个男人都变得面目可憎。

章晨光回头了，杨柳转悲为喜。谁知他只是动作轻柔地将妻子握枪的手移开，抱了抱她，说了一句"照顾好自己"就再次转身离开了。

"光哥为了工作真的舍掉了很多。他没法去联系嫂子，也不知道自己与那个孩子有没有缘分。"小豹子瘪瘪嘴说。

梁溪反问他："所以，你是为了你的一个贵人，来求你的另一个贵人了？"

"只要光哥需要。"小豹子坚定地说，"我都会尽全力去为他做到他想做的任何一件事！"

梁溪觉得小豹子真是太性急了。

难道，小豹子就不怕适得其反？

2

其实，我心中有预感，豹豹他一定会瞒着我单独去找梁溪，不过他这回一去却险些惹了个大麻烦：他出门前忘了带自己的良民证，被扣押在特高科了。我四处托人打通关节，去梁溪店中高价秘密买回一皮箱盘尼西林作交换，才将他保释出来。

豹豹回武馆一星期后，"荣生堂"被炸。所幸梁溪当时出门会诊，刘宁上街买米去了，未丧人命。

小笼包才读到这一页，章晨光的声音就在背后响起："小笼包，你看啥呢？"

小笼包忍不住轻轻拍了拍胸脯，对父亲嗔道："爸！您走路咋还不出声儿啊！"

章晨光不语，拿过女儿手中的日记本，接着亲自替她回忆。日记里面还记着他曾意外地收到了一份梁溪亲笔写的英文请柬，邀他去法租界的梁公馆吃西餐一事。

梁溪生长于国外，喜欢西洋东西居多。梁公馆也是清一色的西式风格，简洁又不失暖意。章晨光从前在美国读书时，租的一间公寓房子也是差不多的风格。

"你家的布置我很喜欢。"章晨光真诚地说。

现在，他正靠着厨房的门，看着忙碌的梁溪。梁溪准备了六道菜：蔬菜沙拉、煎牛排、火腿培根卷、芝士意面、黄油煎鳕鱼、洋葱烩羊扒。为了照顾章晨光的口味，他还特地准备了"秋林"大列巴。

"这些东西你餐馆里都没得卖，我还特地跑去霞飞路上那家罗威饭店买的。"梁溪一边处理食材，一边向章晨光抱怨。

他拌好肉酱淋在意面上，又往上盖了一片芝士，静待它融化，同时将火候恰好的牛排铲出，盛在一只骨瓷盘中。

梁溪又将其中一面已在油锅中煎熬过久的鳕鱼翻了个身，带起一缕黄油的香气。看那鳕鱼的卖相，鱼肉竟没有被煎坏。

章晨光不禁打趣道："你可真是救这鱼于水深火热之中了。"

梁溪将煎好的鳕鱼装盘，对章晨光笑道："我们……更应该救四万万同胞于水深火热之中。"

秦乐婕听后，拉一拉身上的披肩，禁不住笑道："亏得你答应了！不然，我们还不一定遇上。"

梁溪听了她这话，心头泛起了一丝冷冽情绪，急急改口："乐婕，我……"

秦乐婕却不合时宜地打了个喷嚏。

"你感冒了？"梁溪搂着她的肩膀说，"回去睡吧，明天带你上街。"他想着替她买药，还得储备一些两人的日常补给。

3

这夜，梁溪没回书房，倒是痴迷地瞧着秦乐婕的睡颜。

她娇憨甜美的侧颜把他拉回了他住在秦家的往事里。

一日，秦家请了一帮戏班子来家里搭台子，演的是婺戏。他却瞧见其中的帮佣小栗没在伺候四爷五爷他们，反而端着一份烟膏往厨房方向走去，就截住她问清了情况：原来这大烟竟是给秦乐婕的。梁溪欲将小栗打发走，说要亲自给六小姐送去。

小栗急忙摆手说："梁先生，这不行的，六小姐离过婚，丢了家里颜面。现在抽上了大烟，更没人管她了。我说句不中听的，丢她在下房也不过活一天是一天。"

梁溪不与她多说，掏出一些钱，让她去买蜂蜜和一些蔬果鱼肉，做好了送到秦乐婕房里。末了，还给了小栗封口费和跑腿费。

小栗忙好了秦乐婕屋里的事，又赶去忙大伙儿的餐食。东家如果起了疑心是要被罚的。她回到厨房，看见秦乐怡正在择菜。战时物价飞涨，秦家为了讨好留住梁溪，倾全家所能，甚至有些打肿脸充胖子。秦乐怡愉快地哼着走板的小调。她很中意梁溪，希望能通过他缓解一大家子的经济窘境。

梁溪踱至秦乐婕面前。她躺在一张有些年头的美人榻中。小几子上散落着几本中文书，看厚度应该是小说。

"六小姐。"梁溪轻轻喊她，"你还好吗？"秦乐婕幽幽睁开眼，回应道："现在这世道，在哪儿不是过呀——"她顿一顿，定睛再细看，这不是梁惠的堂哥梁溪么。她朝他一笑，那一笑，就是似曾相识。

"怎么会是你？"秦乐婕惊诧道。她闻到了一股浓浓的蜂蜜香气飘近鼻尖。睡着之前放在一旁的书已被转移，小几上只放了一只大玻璃啤酒杯，杯里沉着浓酽的蜂蜜。

"嘘——"梁溪向她比了个噤声的手势。他示意她去喝蜂蜜。吸过鸦片后，秦乐婕精神一振，同梁溪闲聊起来。

"你不去前面听戏吗？"梁溪问。突然觉得自己说错了话：她已经是个被秦家遗弃的角色了，外头再热闹也与她不相干了。

"那玩意儿我从小听到大，麦先生也来过，没意思了。"秦乐婕说。她从前女中里也有东北同学，北方口音学得有模有样。

梁溪想：她口中的"麦先生"，指的多半就是麦馥兰。

"我听小惠说，你中文不错？"他想起房间里她的书籍，记挂着这个或许对自己大有用处的女人。

"我嫁了人后，就不怎么读书了。"她说。秦家人埋怨她，上洋学堂把心读野了，野到敢和婚姻叫板。由此可见，女孩子家还是少读书的好。

像七小姐秦乐怡那样就很好。

一家子算计得这样周到，却没算到秦乐怡不争气。他们错怪她了，分明就是梁溪看不上她。秦乐怡三番五次跑到他房中献殷勤。起初有些羞赧，之后愈发频繁。梁溪过许久才算摸清了秦家人的企图。

他着实不太喜欢这位秦家七小姐。看着挺时髦一个姑娘，内心却透着迂。她识得几个字，却没上过新式学堂，说的都是从收音机里听来的，自己与她也没多少谈资：同她聊洋文，她一知半解；同她聊自己硕果仅存的国文知识，她张冠李戴；给她买了"冠生园"糕点，她品尝过程中说出的话，总没几句就出洋相……于此种种，梁溪断定秦乐怡是带不上台面的。相形之下，六小姐秦乐婕倒更能燃着他的好奇。

秦乐婕倒是自嘲道："你以为她是带不上台面的，我却是出不了门的。我是残花败柳，她是待字闺中。光这一点，她就赢了我。"

"可你已经离婚许多年了呀。"梁溪鼓励她，"不怕掉书袋，怕的是掉队。"这话在秦家人听来更是一种负面的鼓动。

六小姐秦乐婕，是秦家人绝口不提、羞于承认的一位存在：她不顾三纲五常伦理人情，小产后容不下姨奶奶愤而离婚；回娘家生活却给不出开支，一人也无处寻事增加进项；为缓解她的小产后遗症而吸大烟，言语风流，举止轻薄。哪怕乱世间，她照旧不愿舍掉优渥生活……这些在家人看来的种种不该，梁溪却觉得可爱。

秦乐婕虚弱地说："你看见了，他们都不喜欢我。"

"他们不喜欢你不要紧。"梁溪故意挑起她对他的瘾，"重要的是，我喜欢你。"

秦乐婕怔住，继而微笑道："你再胡说，可就是给我添麻烦了，乐怡不会轻饶我的。"毫无生机的鹅蛋脸面上，也还是掩不住她令人着迷的皮囊和娇柔不失坚韧的神情。

梁溪去捉秦乐婕的手，贴在自己脸颊上，也对她微笑道："真要这样，我也不会轻饶她的。"

"我帮你戒了鸦片好不好？"梁溪去轻触秦乐婕的手，语气不甚认真，听起来像是一份轻佻的保证。

"我脾气差，可是会和你撕破脸皮的，你不怕？"秦乐婕有种不好的预感：梁溪一定是有事儿求着她。

不然他何必耗着心血呢？自己只是一个失婚无力的女人，浊世中大可忽略不计。秦乐婕的胆子里透出了一股恶——揽过了他的脖颈，整颗脑袋压在他肩头上。她放肆起来，是个男人都怕。

可梁溪偏不是普通的男人。他不怕，反而悄声与她约定道："我帮你戒了鸦片，你教我认中文，好不好？"

瞧！无论炮火炸裂了多少文明，也还是炸不裂双方的私心！几年前在梁惠家里可没觉出他想学中文的趣味，现在梁溪主动提出来，一定是有件要紧事儿作内驱力的。

秦乐婕答应了梁溪的要求。她明白，这是自己现下唯一可逃出秦家宅院的生路。

四个月后的一日，梁溪赶回自己房中，想检查电台是否有消息，果然有了新的消息：他得去见一个人。电报上有一个地址。住在那里的主人是一位爱国婺剧演员，麦馥兰先生。刚收拾停当准备出门，就被秦乐怡叫住："梁大哥——"

梁溪心中暗暗叫苦，强作笑脸道："七小姐好！"

秦乐怡不喜欢这个称呼："叫我乐怡吧。"

梁溪心不在焉地应道："好。"

秦乐怡对他说："今天我让小栗准备了菌菇鸡汤给你喝。"又问，"你要出去啊？"

梁溪不耐烦这位小姐了，匆匆解释了几句就走了，临了答应她中午回家吃饭。

在章晨光的日记本里，真正让梁溪难以忘却的年月，是1939己卯年。

梁溪真正接手一个独立任务的时间，是在1939年，一个飘着薄雨的初春。

4

章晨光为了能及时获取对自己小组有利的一切信息，一星期内，他有三天睡在弘光武馆，四天睡在晨曦饭店。武馆的电台是个临时秘密电台。饭店那边的电台使用频率高些，弊端当然是它更容易被敌方锁定。小豹子在某件事的谋划上不能与章晨光比肩，但他翻译电报的能力还是可以的，虽说这方面又肯定不及程昱延。每当饭店电台发送重要情报时，武馆的电台也会同时工作，由小豹子拍一封简易捏造的家书，来干扰敌方的判断。小豹子一周内都待在武馆，没有紧急情况不去饭店。这是哥俩的约定，也是他们的默契。

冬天是赖床的好时机。章晨光昨夜是候在武馆的，小豹子逃不掉要给他张罗早饭。今日，章晨光起得还比他早。

小豹子脑中似被灌了糨糊，昏昏沉沉的。他从被窝中钻出，顶着一头炸开的呆毛，被他窝在被窝里的汤婆子也凉透了。

他穿好旧袄，在铝制饭盒里拿了几块钱去买早饭。大清早，晨曦中还带着微微的寒意，叫卖者们张口就呵出了白气。小豹子跑了三个早餐摊位，买了白粥、大饼油条、生煎包、粢饭团、豆腐脑，双手被占得满满的。往回走时，迎面冲出了一名报童，堪堪擦过他肩膀，差点撞翻了他手中的食物。

小豹子喊住他："给我一份《申报》。"

那报童见小豹子腾不出手，自己去掏他棉袄口袋里的铜板，末了将报纸卷成蛋筒状，抬手塞进他袄里，奔向另一处高喊："看报了看报了！汪精卫在河内发艳电回应，叛国投敌！汪精卫在河内发艳电回应，叛国投敌……"

章晨光打开了收音机，里面的女播音员嗓音甜到发腻，播报的正是汪精卫在河内发的"艳电"。

小豹子放下早点，将今日的《申报》铺在桌子上。两人拿报纸当食渣的包裹，报上的"汪兆铭"三字已被生煎包的油浸透。

"什么曲线救国？！救他个大爷！"章晨光突然火了，拍下筷子破口大骂，吃进嘴里的食物渣都喷到了小豹子脸上。

还好他不介意，反倒叹了口气说："这也就意味着，日本处处掣肘，我们的工作越来越难了。"

新年不会因为战争而不如期而至。

香港皇后大道的海潮饭店雅间里，坐着两个男子。他们各人面前放了一盘火腿双蛋饭，还有一笼虾饺，一笼豉汁凤爪，一盘蒜蓉芥蓝。

服务生送进两盅冰糖莲子后，鞠躬退出包间，顺手带上房门。

"你这次回上海，不能再用原来的代号'婵娟'了，新代号是'月牙'。"坐在赵越平对面的男子，正是他在香港的唯一联络人"当归"。他朝赵越平笑了笑：

"今天是年三十，广东这边的习俗该吃盆菜的。特殊时期，将就将就吧。"

"这就很好了。"赵越平怀着心思答道。

"想说什么你就说。""当归"直视着赵越平。

"年后，除了回内地参加文物保护商讨会，我还有一个请求。"赵越平还没开始动筷子，眼睛不敢看向"当归"，躲掉了。

"当归"自以为了解，笑着说道："你和蓉蓉也有将近一年没见面了是吧？这次可是个好机会，顺道看看她去。她一个女人家，为了支持你工作，一直独居在内地，也不敢要孩子，怪不容易的。"

"是！她是个好女人，是我唯一对不起的人。"赵越平喃喃地说，"当初，明明之平更能给她幸福，她却偏偏要跟着我……"

他言及于此，"当归"不由得放缓了咀嚼，冷着脸说："我再说一次，你可以去见她，但不能回老家！"

"可——"赵越平心里挂念着他存在老家常山的蛋雕作品"华夏英魂"和"八女投江图"。

"我已经拍电报给负责人'何首乌'了，东西他会想办法的，你大可放心。""当归"对赵越平这种视雕刻如生命的呆头鹅行为既佩服又无奈。

"对不起。"赵越平小声地对"当归"道歉说，"本来，也是之平比我天赋高，只是可惜了他的病，所以我作为家中长子，必须把蛋雕这门技艺撑起来！""当归"是自己的入党介绍人，也是他尊敬的恩师。时局困难之际，他本该以大局为重。

"这是你的家事，不用同我解释那么仔细。当归当归，怎么着也应当回去看看家人，这无可厚非。""当归"想了想，还是问出了口，"如果有一天，让你去为不是蛋雕的任务做出牺牲，你会答应吗？"

赵越平一时语塞，又着急自我辩解："老师，我……"

他的反应在"当归"意料之中。"我知道，你不会。""当归"开始吃东西，"快吃饭吧，火腿鸡蛋饭凉了不好吃的。"

两人分手后，"当归"四下里回顾，防止在港的眼线。拐过两条街巷后，他便警觉地知晓身后一定有尾巴，凭着自己过硬的能耐甩掉了几个。可他却不知，自己是只爬墙虎，断尾重生，越长越长。尾巴们死死咬住了他。枪声回响在1939年潮湿的香港空气里，弥漫的是新的硝烟味。

"当归"的齿间咬着一粒子弹。他的枪膛空了，他的腿部与背部均中了弹，走不了了。

他背靠着一处石柱，将齿间最后一粒子弹重新装回枪膛，枪口顶着自己的太阳穴，缓缓扣动扳机——

"我宣誓，终身为共产主义事业奋斗……党的利益高于一切，百折不挠，永不叛党！"

而此时，即将登船离港赴沪的赵越平不会知道，之后等待着他的，将是一场又一场严峻的考验。

第四章 双管齐下

1

在梁溪晚年的回忆里，一直觉得小豹子比他更有血性。

弘光武馆的储藏室里，章晨光摘下包耳耳机，将旁边做了数字记号的便笺递给小豹子："这是加急密电，马上译出来。"小豹子是章晨光一手带出来的，译电能力深得他信任。

没一会儿，小豹子说："'菡萏'同志说，上面需要她紧急提供一批盘尼西林和吗啡。"

"我们还有足够的药吗？"章晨光问。

小豹子正欲答话，电台又亮起了信号灯，章晨光冲他伸手叫停："你先等等——"小豹子知趣地收住话头，将答案含在嘴中。

这封电报的发报人是"海妖"尹晓深。他在电报里说，"百灵鸟"因为个人原因，接受了日本人的盘尼西林，叛变了。

章晨光听完电报，和小豹子一道傻在当场："百灵鸟"的叛变，间接导致广州来沪接头的同志"东施"牺牲。

章晨光的手停在半空，若有所思地说："信仰，果然是件易碎的东西。"他愣了一会儿，还是回到原来的话题上，问小豹子药品是否宽裕，小豹子摇了摇头。

又有电报进来了："何首乌"约他在虹口区闵行路的老地方见面。

章晨光心中飞快盘算：让小豹子发电报给"盘尼西林"，叫他想办法从外路拿一批盘尼西林。眼下，药品贵如金，弄药品虽然有一定难度，却还不算过分危险。"盘尼西林"是最好的人选。

章晨光拿上帽子出门去了。

站在章晨光面前的是一个健壮魁梧的男子：小眼睛，单眼皮，肿眼泡，长着个狮子鼻，双颊凹下去两湾浅浅的酒窝。可他在与章晨光并肩走一块儿的时候，却不敢以身高倨傲。若不是十分熟悉他的人，一定不觉得他比章晨光还年长四岁。

他叫冯子佳，是弘光武馆常年的在册失踪人口，是晨曦饭店的头号财神爷。这当然是章晨光和他开的无伤大雅的玩笑。实际上，他是"丹青行动"的总负责人，代号"何首乌"。

"丹青行动"的任务不止一项工作——要随时根据上级指示抢救稀有文化艺术作品，并将它们及时、安全地转移，避免后世失传。

"除了那些指定被保护的物件儿，还包括赋予了物件儿灵气的人，他们也是我们要保护的人。"这句话，梁溪是用英文对女儿解释的。

章晨光需要领导一大批下线，但他在上海的唯一单独联络的上线就是"何首乌"冯子佳。

二人简单寒暄后，冯子佳进入正题说："现在各路风声都很紧，加上盯梢的特务，泄口风的包打听，军统里也不缺觊觎的人……文物转移的工作是越来越难了！"他重重叹了口气。

"需要我做什么？"章晨光问。他问得心不在焉，只是记挂着"菡萏"和"海妖"发来的电报。他在心里快速盘算了一番后，认为运送盘尼西林任务的最佳人选还是"盘尼西林"，也就是梁溪，尽管他经验不够。

他在来见冯子佳之前就决定了。

"就是，'布偶'同志——"冯子佳开始有些犹豫，缓缓开口道，"你还得多多注意浙西一带的绝版文物。"

"浙西？"章晨光马上悟过来，"您说的是不是金衢盆地一带？"

"对。"冯子佳端起小几上的茶杯，嘬了一口茶点头说："自'九一八'以来，东北有大批的文艺工作者都往上海跑。现在上海沦陷了，他们又得被转移去香港。这些大城市、大事情应该被重视，浙西的这批宝贝不差，也应该被重视，让它们珠玉蒙尘是罪过。"

冯子佳又展开一张《申报》道："'布偶'同志，你看这里。"他点着一则新闻说："你看看，年前浙西一位蛋雕工艺师赵越平，他创作的'华夏英魂'和'八女投江图'都引起日军方面的关注了，特高科的高木千雄对它们有极大的兴趣——"他说，"香港那边的'当归'同志来电报与我约定好了，近些日子赵越平同志会作为代表来与会，他的掩护身份是上海美专老师。"

章晨光还是在报纸上知道的赵越平名声："我记得他的这两组作品，几个月前还被运送至马来西亚和新加坡参展了，他是跟蛋雕作品一起去的。"

新加坡那一场蛋雕展颇为轰动。赵越平还得到了与自己相识、欣赏自己的收藏家老友梁忆华的鼎力支持。如今，章晨光听冯子佳说起了这事，心下便更是了然。

"华夏英魂"是赵越平镂刻的五位为国捐躯的抗日英雄头像：有佟麟阁、赵登禹、郝梦龄、萨师俊和高志航；"八女投江图"就更不用多加赘述了，她们不畏倭寇的铮铮英气早已家喻户晓。

冯子佳告诉章晨光和小豹子，赵越平的师傅是刘富全，上个月在天津被杀。日军一直封锁着这一个消息。

小豹子看了章晨光一眼，一拍脑袋说："刘富全，是不是就是天津那个著名的'蛋雕刘'？就是刻出长城的那个？"

冯子佳点点头。师傅一蹬腿，敌人的下一个目标必然是徒弟了："'蛋雕刘'的那组长城雕刻据说也被抢走了！"

冯子佳还对章晨光说，赵当初打磨这些工艺品的初衷，也正是为了能有机会赴东南亚展览，"他想通过它们让海外的华侨了解日本人犯下的罪行——"

同样的，赵越平的这两样杰出的作品，对日军方面既是个极大的诱惑，也是个莫大的威胁——新马的蛋雕展览后，诸多华侨纷纷为祖国抗战而募捐。这引起了日军方面的恐慌。

"对了，我看报上说，新马一带的华侨为抗日的募捐，我们这边也分到了一份？"章晨光想，正是因为赵越平的这一举动，才使得国内外侨胞结成一心。

冯子佳点点头道："因此，我们的任务，就是要在会议过后，把他的这两份作品，连同他这个人一块儿安全送回至香港。还有，赵越平同志在上海的安全，也得引起重视。"

"具体要怎么做呢？"章晨光带着疑问请示上级。蛋雕作品易碎，运送不便，很容易就成了敌特分子的目标。不过，一旦确保了赵越平的安全，就等同于确保了更好的蛋雕作品的再生——留得青山在，不怕没柴烧。

章晨光又问起了那两组蛋雕的存放地。冯子佳说，"当归"在电报上说了，东西存在浙西常山县，一处叫青石镇的地方。

"这地方就是赵越平的老家，具体的地址写上了。"冯子佳递给章晨光一张字条说，"我们必须抓紧时间派同志去常山，把蛋雕作品找出来。"

"这样精美的好东西，要是落到了日本人手里，那我就太对不起赵先生的手艺了。"冯子佳敛容对章晨光说。

章晨光神色一敛，正色道："看样子，到必要时候，可能要启用'樱花'同志。"

"具体的行动方案你安排就好。"冯子佳说，"为安全起见，找到了蛋雕后，第一时间走常山江水路去广州，再取道香港。到了香港，自会有我们的同志接应他。"冯子佳说。

章晨光点点头。他临时决定，将梁溪换到这项任务中去。

"另外，你得留心弄堂口的那家钟表行。我查过了，那个英国老板其实是个情报贩子，你要利用好了。"

"我知道了，你多小心。"

与冯子佳道别后，章晨光独自一人走在路上。虹口区是日租界，聚集了众多日侨，因此，这附近也少不了鱼龙混杂地住着一批领着日本人薪水的包打听。

两旁的商铺不可谓不繁华，只不过是没有英美公共租界那般奢美惹眼罢了。

其时，一位美少妇走进了弄堂口的钟表行。她被一个包打听盯上了，还不自知。

2

梁溪最近心情不错。

他前两天刚接到了"布偶"发来的一份英文密电，又是自个儿独立用辞典看的中文。虽说写下的字体结构不算端正，可到底剔除了之前的大小错误，一并还看懂了其中之意。这让他对这份充满无尽可能性的工作有了底气。

这是件值得高兴的事。梁溪给组织上派与他的翻译章程拨去了电话，让他准备与自己一道同行。章程知道这小子得意劲儿上来了就收不住，就顺着他的心思，在电话那头嘿嘿笑着说："看样子，我这个徒弟真是挺有慧根的。"

"那是你这个师父教得好。"梁溪回一句，意在向师父表态，自己并未取得了小小成绩就生出了傲气。

虽隔着一线听筒，可章程不会感受不到梁溪的激动，笑说道："得了，你可别给我戴高帽子。"顿了一顿又问他，"你这周六有空吗？"梁溪的食指绕着电话线笑道："我还能去哪儿，不都听你的安排，你让我在家待着我就待着，叫我出去做事我就出去吗！"章程便提议周六上梁公馆聚一聚："到时候我去晨曦饭店买些熟食再过去。"

梁溪的笑声藏不住了："哪儿不好去，非上我家？"他觉得章程是在借着老师之名蹭他已有的各种便利。

"外头太吵了，我不喜欢。"章程有理有据，且不过分牵强。

梁溪反驳说："我们要是去晨曦饭店的话，倒也还好吧。"他其实听得明白，章程是觉得外头喉舌耳目太多，不安全。

"你出钱啊。"章程没好气地对他说，"我们没条件一趟趟地跑过去。"

在结束通话前，他提醒到时会检查梁溪译出电报的准确度："那份信息可千万别对不上号，否则后果很严重。"章程这样告诉他。

他说的实非儿戏，梁溪也清楚其中的利害关系。

"欢迎检查。"梁溪轻轻地说。他的声音很好听。

章程去梁公馆与梁溪小酌的那天，喝了不少酒。梁溪拿出看家本领，做了一顿丰富的西餐。章程头一回吃，吃了不少，尤其爱吃炸翅根。

"说好了明天在火车站见面，您可别把这个约定也给吃了。"用餐结束后，梁溪送章程出门，还斟酌着开他的玩笑。

"放心，不会的。"

"你要是不跟着我，我怕把事情做砸了。真要那样，我自己没什么，不放心的可是上面，砸的也是你教国文的这块招牌。"

第二天一早，梁溪接到了章程的电话。

"我闹肚子了，实在爬不起来，这次任务恐怕得你自个儿去了。"章程在电话里对梁溪说。梁溪想，或许章程是昨天的炸翅根吃多了。

梁溪回道："好。"他平静地挂下听筒，在白衬衣和驼色开司米坎肩背心外罩了一件粗毛呢大衣。他的脖颈下方悬着一根坠子。

他胡乱吃了几口三明治，一边看着纸条上的英文。那是他到了浙西后与接头同志"长笛"互通的暗号。

他在心中最后默诵一遍暗号之后，擦了根洋火烧着纸条，弃在烟灰缸里，就提起皮箱，雇车赶往火车站了。

"你为什么不和他说实话呢？"弘光武馆里，站在章晨光一旁的章程问道。

"他现在就是个在母语恢复中的病人，而你，则是一根辅佐他的拐棍。"章晨光走到桌边坐下，剥着茶叶蛋说，"如果每一次的任务，他都带着这根拐棍，自然就会在心理上产生依赖性，反倒削弱了他自身的能力，往后他的语言病灶只会越来越重。相反，我们只有将棍子藏起来，他才能得到一番我想看到的蜕变。"

3

杨柳比起一年半前胖了些，气色也好了很多。她左臂上挽着一只半满的菜篮子，吃力地从一家欧派钟表行出来了。钟表行旁傍着一家裁缝铺，杨柳踏进铺子去，许久才出来。

她再出来时，肩上兜了一件簇新的猩红色立绒斗篷，篮子里装着几匹布料子。

章晨光眼尖，也只看出了一匹葱绿色的缎子和一匹湖蓝色的缎子。想来是因为杨柳生产后腰身渐变的缘故，需要重新置几件衣服。算算日子，那孩子现在应该有一岁多了。那也是他的孩子。

章晨光清楚，杨柳到底还是留下了那个孩子，自己只是不知性别。那么，她买新料子也可能是为了给孩子制新衣。

杨柳右手还提着一只纸袋子，里面或许是成衣。章晨光见她下颌的瘦被撑开了，只剩下丰腴，一副鹅蛋脸面，不减娇色。

"你真是太瘦了。"章晨光想起从前，两人在美国时的如逝光阴，如梦岁月。

"我要是胖了，你不就抱不动我了？"杨柳向他娇嗔道。

"你这是瞧不起我啊？"他无视杨柳的讨饶，上手就将她扛了起来，满屋子乱转。

现在，她倒是甘愿为了留下他的血脉，不顾身形走样了。

章晨光瞧那个猥头猥脑的包打听跟在杨柳身后。她拐进弄堂后，他就四下扫视了一圈，正准备往回走，突地就与章晨光撞了个满怀。

那包打听吃了一惊。他自诩不算矮个头，但在眼前这个青灰长衫的男子看来，自己就如故事中的小矮人。他叫方博豪，是武汉人。

方博豪是一名"江兴轮"的幸存者，后来在一位老乡帮助下逃来上海。刚来时候没做上这一行。他手边没多少盘缠，人又饿得发慌，想去铺子捞个包子，被店主抓了问询，最后还是在一旁啃包子的小豹子给解了围。两人生日只差一天，方博豪便喊小豹子"豹哥"。后来他自己在上海滩找活儿，做起了包打听。

一遇上为难之事，小豹子第一个想到的就是方博豪。

当然，章晨光若有需要也会找他帮忙。最近他的工作，就是帮章晨光跟紧杨柳。

方博豪指着钟表行，打着哈哈跑远后，章晨光走了进去。英国老板正在修表，见来了客人，用英文欢迎。章晨光用英文与他闲聊了几句后，告诉老板想选一条表链，要配得上自己的传家怀表。

"纯金的还是贵了些，就这条银的吧。"他换成了中文，将怀表一并交给了老板。

章晨光突然问道："刚才有个女人来你店里干什么了？"他又换成英文，大致描述了杨柳的相貌特征。

英国老板不开口。他拿眼斜睨着他，又默不作声地掏出一把短枪："看样子，我之前的礼还是轻了，真得下血本，送你一份厚礼了。"

"先生——"英国老板又说起了英文想推辞。章晨光又说了几句英文，意思是让他不要磨蹭。

老板瞥见章晨光单臂撑在柜台前，半弯下腰，单手脱了左脚的一只老北平千层底布鞋，从中取出一个约有一指宽的信封，一把掼在英国人面前："不薄吧！"

最后，章晨光如愿以偿，知晓了杨柳进钟表行的目的。

杨柳向钟表行老板贩卖了一则重要情报：李公博欲为蛋雕大师赵越平弟弟赵之平举办生日宴，其中目的也对准了之前冯子佳同他说一定得保护完好的这些蛋雕作品。下月15日，赵之平将回老家常山青石镇溪口村提走蛋雕。

"赵之平……"章晨光喃喃念着这个名字。

章晨光从美琪大戏院出来。他不爱看电影，之所以跟进去完全是为了"偶遇"杨柳。

她买好了电影票。章晨光问了售票员，也跟她买了同样一部电影的票，是胡蝶演的一部片子。谁知电影还未放映至一半时长，就被全民抗战的宣传片给占了。

观众纷纷作鸟兽散。

戏院门口有卖烟卖零食的小贩，有拉黄包车的脚力，也少不了擦皮鞋揽客的一帮人。

"给我擦擦皮鞋吧。"章晨光落座在一位擦鞋匠的小马扎上。

那擦鞋匠抬头一看，立马语无伦次起来："光……光哥……你看……你这已经找到杨小姐了……我这就是给人擦鞋赚几个铜板……糊口啊……"

章晨光对方博豪咧嘴一笑："你紧张什么？我当然知道你是在这儿干活的，不然我坐这儿干啥？"

方博豪应下了。到了午饭点，他身边的同行们开始喝水吃饭。章晨光说："等会儿跟我去一个地方。"

"没看出来，你还会掌鞋呢。"章晨光重新穿上旧了大半的皮鞋，给了方博豪一件半旧的西装，带他去了晨曦饭店。

方博豪头一回来这么高档的饭店。他一口饭搭三口菜，吃得狼吞虎咽："除了擦皮鞋，我还会修自行车、修手表、看八字、懂奇门。"

"你是啥来钱懂啥啊。"章晨光笑他。

"技多不压身嘛。"

"我把你找来，是想向你打听个人。"章晨光不确定地开了口。

方博豪喂了一半的食物没进去嘴，半道放回了盘子里："这是我专业啊！说吧，是谁？"

"赵之平。"章晨光又问，"大概需要几天？"

"就他呀？"方博豪差点被食物呛到了。

他喝了口水说："我这马上可以同你说了——"

4

有欣喜之人做主角，自然少不了发愁之人作陪。

这位发愁之人就是汪精卫身边的头号走狗李公博。他欲向上海特高科科长高木千雄献媚，故投他弟弟高木千智所好，在家中设了简单的家宴款待他。

"高木君，中国有太多珍宝了——书法、丹青、雕刻、瓷器、古籍……数不胜数！我呢，也真是不知道高木科长还喜欢什么。"李公博苦恼地向高木千智说。

高木千智不答话，专注地弹着钢琴。在李公博家，他唯一有兴趣的只有那架施坦威钢琴。那一屋子的收藏，他倒是可以视而不见。

"既然公博君是有心送给我兄弟的，那应该问他去，不该花心思在我身上。"高木千智停下弹奏，"我们两个兄弟，自小独立惯了，从我这里打不开他的心扉。"

李公博沉默着，提起宜兴紫砂壶嘬了一口茶，目光落在了上个星期的《申报》上。

章晨光赶回弘光武馆换衣服。在换衣服之前，他亲自给梁溪打了一通电话。

他还告诉小豹子，自己的晚饭不在武馆吃了："你自己随便应付两口，我给你买了你爱吃的绿豆糕。"

小豹子扁了扁嘴："几块绿豆糕就想把我给打发了——下次我一定说爱吃鱼翅！"他央着章晨光，说还是想和他一起去下馆子。

"我去喝花酒，你去吗？"章晨光打好领结，坏笑地看着他。

小豹子立马知错："得了得了，还是你一个人去吧。"

章晨光在西服与长衫间的取舍素来不假思索。当他衣冠楚楚地走进自家的晨曦饭店时，他的莫逆之交苏咏辰已在二楼雅间等候多时了。

"分明是你做东，还让我等你，真是不讲规矩！"苏咏辰对他笑嗔道。半年前，他曾与如今远在东北的"大提琴"同志在延安鲁艺相识，后来，他因工作需要被调回了上海，进入了国立音乐专科学校。"大提琴"也从苏咏辰口中知道晨曦饭店的名气，拿它当菜摊子随意进出。

苏咏辰生得一副斯文书生样，个头一米八左右，鼻梁支着一副金边眼镜，架起了一张温煦的容颜。这会儿，他见章晨光推门拉椅落座，忍不住埋怨了几句。

苏咏辰也曾与章晨光合力掩护过赵越平在饭店内安全撤退。赵越平心存感激，离开上海前，给苏咏辰留下一块刻有"高山流水"的青石。

章晨光却一副从容姿态道："这整个上海，怕也只有你苏咏辰，可容我这样插科打诨了！"他这样说，就是已表明苏咏辰在他心中的分量了。很庆幸，苏咏辰亦是这样想的。

"你知道就好！"苏咏辰佯装没好气地说，"也只有我受得了你总这样对我招之即来挥之即去。"他小心翼翼地舀起一勺炒鳝丝："说吧，找我什么事？"

章晨光有些不好意思地笑了笑，递给他一张便笺，上头用小楷写了若干行字。

"这是什么？"苏咏辰问。

"接头暗号呀。"章晨光顺着这一纸暗号说明了来意。

"你既已让他出场了，何故又要让我出马？"苏咏辰听完章晨光的邀请目的后，皱着俊眉再次发问。

章晨光脱口而出："因为你和赵越平是金兰之交呀。"

苏咏辰回忆起他与赵越平险象环生的相识过程，想起赵越平送给他的那块情比金坚的青石。

苏咏辰嘬了一口馄饨汤，悠悠地开口："但严格论起来，不该是你认识他的时间更长吗？"

"我与他见面不过数次，交情比不上你深。"章晨光回应他，"知音从不以相识时间长短下定论的。"

第五章　他们的妻子

1

章晨光同女儿小笼包一道吃完了午饭，就被她半哄着去休息了。在小笼包做好了一应家务后，听见一阵"窸窸窣窣"的声音从父亲卧室传出来。

他竟是在倒腾着一本琴谱：她亲眼见着它从一只老式的雕花橱中被翻出。脱了线的旧毛衣是它最好的掩护。一道被翻出的，还有那位与它不拆家的搭档——一组绘于硬纸板上的八十八根琴键，无声，可每一指皆能击至章晨光的心窝，每记音符都能淌出完整的情愫。琴谱被打开，那一页正是名曲《少女的祈祷》。

这一年，是 1967 年。为安全起见，小笼包托章晨光一位旧下属处理掉了家中的钢琴。那位旧下属中华人民共和国成立之后被分配在上海音乐学院工作，此事于他而言不难。

小笼包知道，《少女的祈祷》是母亲生前挚爱的一曲乐章。母亲还同她说过，自己第一次听这支曲子是在美国。那时她的身边坐着父亲。后来，她爱上了这支曲子，也爱上了父亲。

母亲是为救父亲而死的。她对他的抱怨与倔强却有股向死而生的意味，临终前认为自己死得其所。她以为对父亲，对国家，对信仰，内心都绝无愧怍。

此时，小笼包唯恐父亲睹物伤怀，便走过去，双手捉着章晨光不再精壮的胳膊，娇气地摇摇它，劝解说："这都过去二十多年了，该化开的疙瘩，总要化开的。"

章晨光从纸板上移开目光，覆住女儿的手笑道："向晖都长这么大了。记得我第一次见你的时候，你还很小，几岁来着？"他慢吞吞地说，"我离开你母亲的那年是 1937 年。"他好似有意忘记，讨好地笑着。

"我出生在那年的。"女儿说。她的学名叫章向晖，这名字还是母亲杨柳取的。

"我还记得，小时候总去程伯伯家里听他弹琴。"女儿回忆道，"您也经常和他一起，演奏《少女的祈祷》。说实话，他弹得比您逊色得多了。"小笼包不知道的是，合奏同一支曲子的两个男人，对他们妻子的思念不亚于彼此，都是浓得化不开。

老旧的怀表又停在了 1939 年 9 月 18 日，距"九一八"事变已过了八年。

那一年的八月末，中共上海地下党情报组组长"布偶"在一通由地下党成员"豆糕"同志拨去晨曦饭店的家常电话中得知：他们的同志"琴弦"突在家中自缢身亡。

"布偶"是章晨光的中共代号，他在军统的代号为"玩偶"。"豆糕"就是小豹子的中共代号，他平素最爱吃的点心就是绿豆糕。

"二伯已经半个多月没来看我了，也没托人给我带绿豆糕。"小豹子在电话中故作不满的情绪十分逼真到位。

只这一句，章晨光即知"琴弦"极大可能已遇难。

他继续听下去。"没想到他是在家里突发心梗，就这么走了。老家没人了，说是都跑外省的乡下避难去了。"小豹子在电话那头仍旧拖着哭腔说，"他平时身体都好好的！"

"他留下什么话了吗？"章晨光问道。

小豹子继续呜咽道："我是看《申报》上登的新闻，人还没过去呢。大哥，我们一起去他家看看吧，你来接我。"

章晨光应了一声，搁下听筒。他心知肚明，刺杀日本高级军官樱木寅三郎的行动失败了。

章晨光进入饭店办公室。他按下书柜旁的按钮，书柜被缓缓移开，现出了一间隐蔽的地下室。

他走了进去。

地下室的办公桌上，放着一部孤零零的备用电台。章晨光通上电，电台没一会儿便有了动静。他迅速戴上耳机，撕了一张白纸记下听到的数字。

"琴弦"本名陈沪平，四十开外的年纪，公开身份是上海国立音乐专科学校的钢琴老师。他是一名优秀的密码破译员，亦是一名中共上海地下党员。

章晨光与小豹子火速赶往陈沪平家中。陈沪平是将床单撕成了布条，吊死在了卧室的窗棂间。

他的模样却是很得体：头发梳得一丝不苟，浅灰色的中山装熨得没有一丝褶皱。中山装的右边口袋却被缝上了，针脚密密的一道红线，像极了摩尔斯密码。经确认，却不是摩尔斯密码。

章晨光捏了捏那只口袋，里面像是有东西。他与小豹子对视，霎时，两人心照不宣。

小笼包在父亲 1939 年的日记本里知晓了程昱延在父亲所负责的事项中的出场原因——

我在"琴弦"中山装的口袋里拆出了一封信，乍一看是四位一组、杂乱无章的数字，但它们对我而言并不难。我突然明白了他自缢的原因。

小笼包也看到了"琴弦"陈沪平的绝笔信全稿，想来那封信是父亲悄悄私自保留了的。

"布偶"同志，当你看到这封信时，我或许已经不在人世了。这次的刺杀行动失败，我有着不可推卸的责任。八名同志落网于刚组建的 76 号魔窟，是我单方面的差错。我错将我方同志的代号"烟霞"，听成了敌方分子的代号"烟花"。

我心中盈荡着无限的愧怍。其实，"烟霞"同志是我的妻子。如今她已遇难，我已无颜面对她，亦无颜继续为党效力，恐另生意外。

但请你不必担心，我有一位潜伏在军统内部的学生，军统代号为"长音"，中共代号为"琴键"。我是他的直属上级，他的摩尔斯密码听力与我相比更为出色，是一位不可多得的密码天才。平日里我俩总在《申报》上登一些演出信息，借此送出情报，还请你密切留意。同时，派身边可靠的同志接替我与他接头，确保他的无虞。他不知我做出的这个决定，但他认得我的檀香木手串，恳请转交令他相认。

你或许认得他，或许不认得。无论如何，请原谅我，无法将他的真实姓名告知你。

我相信你会找到他的。

"琴弦"还在信的末尾附上了一大段接头暗语。

章晨光顿时生起了一股恨铁不成钢的惋惜，"琴弦"的哀痛是懦弱的、病态的。

他怔了怔，转头问小豹子："今天的《申报》带了吗？"

小豹子将之前顺路买的报纸递过去。章晨光仔仔细细查了一遍，在报纸夹缝中看见了一则酒会信息："九一八"八周年晚宴。地点是晨曦饭店，主角正是他们同志刺杀未果的樱木寅三郎。

小豹子探过头看了一眼然后说："看样子，日本人是想借着八周年的由头为樱木压压惊，庆祝他死里逃生。"

章晨光还看见了一个似曾相识的名字：程昱延。听说，他如今可是戴先生眼前的大红人，深得器重。

他不再逗留，摘下陈沪平左手腕上的檀香木手串，就和小豹子离开了。

2

"程老师好！""程老师好！"夏末的傍晚，卷着白衬衣袖口的程昱延夹着乐理讲义走出教学楼。他因长得好、教得好而深受女学生喜爱。上课费嗓子不说，下课比上课更费嗓子，因为总有些女生不断和他打招呼。

可程昱延一定是没多余心思的，他心中只有他的妻子洋子。这会儿，他正骑着脚踏车往家赶。

回到家，看到洋子留的日文字条，说出去买菜了。字条旁边放着前一天剩下的寿司，让他先垫垫饥。

程昱延没去管寿司。他警觉地转着眼珠子，走向后面的厨房。厨房边还有一间小小的柴房。平时这些繁杂的事情，他是不让洋子做的，洋子也乐得随他，就把柴房交给他打理。

他走进柴房，扒开平日劈好的柴火，被柴火掩住的墙面早就剥落得很严重。程昱延抽出其中两块熏得焦黑的砖，反手从里头掏出一只铝制饭盒，里面藏着一只微型发报机。

他一边连接上发报机，一边关心着外面的动静。

外面没有动静，他的内心却极不平静。他截获了一则重要信息，译文的铅笔都差点握不住。

洋子的内心也很不平静。她回想起前田政男刚才对她的威胁，买菜的时候差点忘了付钱，付完钱又差点忘了把菜提走。

程昱延来到了日租界一处居酒屋，对前台的伙计说："麻烦和冯老板说一下，他在程记裁缝铺做的西装，被伙计剪坏了，要请他亲自去店里再选一块料子。"

在日租界的一处不起眼小楼里，程昱延正挨着批评："我不是告诉过你，没有紧急情况千万别来找我吗？"说话的人正是程昱延要找的冯先生，冯子佳。程昱延在居酒屋说选料子的话，正是他们联系的紧急暗号。

程昱延不说一句话，只是默默递上一张字条："这是我译出来的日本人那边的电报。准确来说，现在这已经不是个秘密了。不过，对日方来说，它将永远是个秘密。"

程昱延顿了一会儿，又说："这个秘密，可供我们扳倒前田政男，所以，不到关键时候，可千万别拿出来。"

　　冯子佳看了字条后，若有所思地说："看来，我们开完会后，还得留一留'月牙'同志，让他辛苦一阵子了。"他又看向程昱延说，"只是苦了你了。"

　　程昱延摇了摇头，对冯子佳说："我这边不是问题，就看她能不能接受。"

　　冯子佳很欣慰："你能这样想，那是最好了。"

　　饭桌上，洋子突然对程昱延说："过几天，他让我过去一趟。"程昱延当然知道洋子说的"他"指的是谁。

　　洋子方才就在前田政男家。临离开前，她才恶狠狠地对他说过："你对我虽有养育之恩，可我不怕你！"因为在她看来，夫君程昱延才是她的后盾。

　　程昱延扯着笑说："行啊，我那天正好也有事。"

　　洋子说的那一日，正是 9 月 18 日。

<h1 style="text-align:center">3</h1>

　　程昱延弹得一手好钢琴，常常会在酒会上演奏助兴。

　　《申报》上关于他的演奏信息实则是一则行动信息：刺杀樱木寅三郎及他身边的汉奸翻译官杨思平。

　　"我这边得到新的消息，说是宴会又改地方，定在'蜀腴'了。"章晨光忽然笑道，"我还和戴老板说呢，本来这地点是确定在我饭店里的，但戴老板说，这位樱木寅三郎和杨思平是从重庆过来的，更喜欢川菜。看样子，我还得花重金请几个地道的重庆厨子才好。"

　　"我担心不在我们的场地，动起手来会……"小豹子很小声地说。

　　倒是章晨光安慰他："换个地方也好，我们还少了联络点暴露的危险。"他想：看样子，自己是必须亲自出马的了。虽不敢说自己的参与是运筹帷幄，可总能为同志争取一些行动时间。他也不能完全确定，自己的同志会不会出现在"蜀腴"。

　　"'布偶'同志，你位高权重，不适合抛头露面。"小豹子有些犹豫地说，

"不然，让'盘尼西林'去？"

小豹子的头上吃了一记章晨光的爆栗子："肯定不行！上回让他去浙西取木雕，这么简单的事都办砸了，还连累我们两名同志牺牲！他的反省还没够时间。"梁溪的这个"盘尼西林"的代号，现已作废。

"他当时也只是会错了词意。"小豹子还在替梁溪圆场，不希望章晨光轻易出头，太危险。

"别说了，我亲自去。"章晨光说。

一栋西式洋楼里，灯火通明。

"局座，我已经将电报发给了共产党的'布偶'。"一个女人向他汇报。她虽身着军装，但依旧掩不住恰好的身量与娇俏甜美的面庞。此处，是戴老板上海的私人住宅，也是他的私人办公场所。

女子的身边站着一位高大挺拔的青年。他生了一张英挺却不脱稚气的脸，左颊与右嘴角分别生了浅痣，平添生动之意，透出掷果盈车的气质。

"掷果盈车"是戴老板掉的一句书袋，女子和那青年一时间都没想起对应的典故。

"还有，"戴老板提醒，"要是共产党那边的人先动了手，你们就不必动手了。但他们要是出现了危险，你们必须顶上。"他又对青年交代："杨柳是第一次出任务，昱延你多教教她。"

那女子名叫杨柳，代号"梅子"。

"我才不需要呢。"杨柳将脖子一梗。她才进军统不久，但因情报能力出挑成为"新宠"，只不过屈就，暂时被安排在档案室工作。

对她而言，这一回更像是一次刺杀见习。他们这就互相生了嫌隙：程昱延质疑杨柳的业务能力，杨柳瞧不起程昱延那份音乐才华带来的傲慢。

"你不需要？"戴老板正色道，"等到了'蜀腴'川菜馆，你就会知道需不需要了。"

"局座，请您放心，我和杨小姐都会没事的。"程昱延保证。

戴老板下达最后的指令："这次刺杀行动，只许成功，不许失败！"

"是，局座！"二人微作稍息，朗声道。

杨柳穿了一身鹅黄色缀咖啡色绿豆点的洋舞裙，戴着一顶呢子黑网纱礼帽，立在糖炒栗子担子前试吃。咖啡色的栗子壳裹着鹅黄色的栗子肉，与她的衣饰倒是合衬。

小贩是个孩子，看上去只有十几岁。

杨柳招呼那孩子："给我称半斤吧。"

那孩子说："阿姨，你来一斤好了。这栗子半斤也要一块八角的，一斤的话，我收你三块钱就好。"

"可我吃不了这么多，待会儿就得吃饭了。"杨柳回答。其实她不愿让他看出来自己是在等人，就找个借口搪塞。

"就来一斤吧。"杨柳回头一望，是程昱延。他穿了一身剪裁高级的法式西装向自己这边走来。

程昱延的眼睛没看杨柳，只是嘴上应着她："我请客，今天不是你生日吗？"他从西裤口袋中掏了三块钱法币递给孩子。

杨柳听了，心头一热，却又懒得去理他，也疲于多应付，接过孩子手中浸了油的纸包。她的左手小指粘着鲜红的赛璐珞指甲片，长长的甲片缝里藏着毒药粉末。

杨柳左手抱了盛着滚烫栗子的纸口袋，藏毒的小指翘着，想用右手拇指和食指拣出一颗栗子来。她的指腹才触及栗子壳，便有些泄气地缩回手。看着她的窘迫样儿，程昱延压低声音笑笑说："待会儿的晚宴上，布散佐料也得恰到好处，放少了不入味，放多了菜就坏了。"他等纸包口凉了一会儿，伸进右手的食指与中指，将一粒尚有余温的栗子夹了出来，剥壳时却还是差点烫伤了手指。

杨柳忍俊不禁，揶揄他说："你这算仿版的火中取栗么？"突然间又没了声音，口中被塞进了栗子肉。

程昱延说："是赴汤蹈火才对。现在，我们已没有退路了。火中的栗子，我们也一并要了。"他瞄了一眼对街的"蜀腴"川菜馆，接着说道："哪怕面前是个火坑，我们也得跳。"

程昱延又理了理自己的白衬衣袖口。海蓝色的宝石袖扣十分夺目，像一眼清冷的泉水。

杨柳盯住他的袖扣，冷笑道："程先生对党国可谓是忠心耿耿。"

程昱延没理会杨柳的嘲笑："我倒是很好奇，一个十指从不沾阳春水的女人，竟会买糖炒栗子这样接地气的零食。她原该持玫瑰的手，却握着长枪；她原该着红装的，却愿意换上戎装。"

他顿了一顿，又接着说："众人皆懂做任何事该扬长避短，却还是有人，为了枕边人愿意曝短埋长！"

杨柳进军统时，顺带着一溜的小道情史。

其时，杨柳的脸色已经变冷，程昱延却没有停下来的意思："这样的男人，不仅潜能无限，应该还是魅力无穷的。"

他替她拿着糖炒栗子："你加入军统，其本意并非痛恨东洋杀过来的那群小鬼子，也谈不上信仰，更多的怕只是痛恨那位枕边人——他为了任务不得已要与你割开联系。如今，你选择站在他的对立面，不过成心与他赌气，顺带给军统做个人情。"

杨柳听了，啐了一口道："是个中国人都痛恨东洋鬼子！"

"可你的恨意很复杂，只因他们挑起了战争事端，把你身边的人也卷了进去。这场战争激起了他的赤诚之心，却夺走了他对你的关怀，空空给他挂了一个父亲的头衔，开给你一张空头支票，丢给你一个家的空壳子。"

此时的杨柳感到从未如此厌恶程昱延，只因他点中了自己的心事，还厌憎他那份甩都甩不开的洋洋自得。

"如今的世道，并不是任何一个女人都能活成一朵铁打的玫瑰。"杨柳叹气。

"据我所知，共产党那边就出现过这样一枝玫瑰。"程昱延笑道，"你要有兴趣，闲了我说给你听。"

杨柳轻蔑地说："没兴趣。"

程昱延又问道："到时候，该说什么话，不该说什么话，你没忘吧？"

"让大钢琴师为我剥栗子，我倒承不起了。"杨柳不放过任何一次对他尖酸措辞的机会，丢给他一个冷漠的眼神，答非所问。

程昱延倒不计较，反而漫不经心地说："两人出一次任务，若只回去一人，局座会不会罚我？"他只是担心同伴最终会功败垂成。

杨柳失笑道："都快上台表演了，你不紧张也就罢了，还有心情开玩笑。"她的指尖上也沾了栗子屑。

"谁同你开玩笑？"程昱延拍了拍掌心中的栗子屑，一脸严肃地说："我们要承诺得漂亮不错，事情也得做得漂亮才是。要是累及了无辜，那可就得不偿失了。"此语正不留情面地暗示她：初出任务，不可失手，更不可伤及无辜。程昱延不想将自己也赔进去。

"我自然知道。"杨柳将柔美的面庞一横，将糖炒栗子抱到左手，拿右手食指点着他线条优美的下颌道："你管好自己就成了。"

她沁出了一股浮夸轻佻的笑容："到时不要感情没联络上，反倒演奏时走了音，让我替你收拾烂摊子！"

"那你最好求上天，保佑我们二人的任务得以圆满咯。"程昱延说着，一把捞走了杨柳手中的纸口袋，转身向川菜馆的方向走去。

一开始是杨柳自己想吃栗子，最后反而只吃到了几颗，气得她直跺脚，加紧步伐跟上他。

4

沉沉的暮霭像被缝上的一道深深的伤口。章晨光着一件半旧的青衫，趁着夜色猫进了一只画舫中——很多时候，最危险之处，恰恰是最安全之处。

孙晓铮正在招待客人。她身穿一袭八成新的苹果绿软缎旗袍，荡在暧昧不明的荔枝红烛光里的眼波使人如痴如醉，右臂上绑着的大红丝巾丝毫不影响她的娇柔。

孙晓铮觉得，世界上只有一样东西能压下自己的烟视媚行，那就是章晨光的莅临。

她用一盒上好的哈瓦那雪茄打发走了腻在她身边的客人，转身拿出了一只白罐子，里头装着她用来招待旁人的纸烟，比自己抽的绿罐子纸烟好些。她等章晨光夹了两支烟后，自顾自又抽起绿罐子里的纸烟。

"怎么又受伤了？"章晨光燃上烟后猛吸了一口，夹着烟的手朝她裹着丝巾的右臂点去。

孙晓铮只是告诉他，自己并没有见到那个他很关心的赵越平。

"我听我的小姐妹说，赵先生在上海火车站被几个日本人带走了，他那个弟弟还留在上海。"

章晨光并不感到意外。昨晚，特高科的同志"樱花"已向他传出了此消息。他只是没想到，赵越平会这么快就被捕了。

孙晓铮的风情熄了下去。章晨光推给她一只油布包，笑道："看看会不会短了东西？"

孙晓铮拖过油布包，嘴上手上都在点数："香水、香油、香膏、香粉——"她的眼角里又捎带上他了。章晨光含笑望着她，见招拆招，攻破了她的笑意。

"算你还有心，我以为先前答应我的话都丢到苏州河里去了！"她一向觉得，如若他将这份心思花到杨柳身上去，人家也不至于和他情感决裂。

章晨光逗她："刚才我上你这船前，有好多其他船上的姑娘都馋着我这包东西。"

孙晓铮将脸一沉，呛他说："那你还上我这里做啥？把东西也留给她们么好咧！"

章晨光将烟卷碾灭："她们，她们没有你本事大的。"孙晓铮赶忙截了他的话："算了吧！还是你有本事，大冬天的顶着炮火跳下去救我，不然当年我就成了苏州河上的孤魂野鬼啰！"

章晨光忍不住脱口而出："战士军前半死生，美人帐下犹歌舞。"

"现在这世道，谁又不比谁更坏呢？"孙晓铮叹气道。

章晨光问道，"你伤严不严重？还能撑船吗？"

原来，他是希望孙晓铮在两天后去接应他的两名同志。

"接头暗号我这就写给你。"章晨光拾起一根狼毫落笔。

孙晓铮接过看了看，折起便笺收进怀里嗔道："早知道欠你一命的人情是要替你担风险，还不如当初就还你一条命的好！"

"那我告辞了。"章晨光知道，她这是答应了。

"哎，你等等！"孙晓铮喊住他，递给他一包点心："这里面是小豹子爱吃的绿豆糕、桃酥和栗子蛋糕。他天天为你工作，给你打杂，你也要懂怎么哄他高兴啊。"

章晨光谢过她下了船，到岸边还没走几步，便冷静地开口道："你出来吧，看戏也得买票呀。"

暗中转出了一条婀娜的身影，是穿着一身葱绿色旗袍、系着猩红色斗篷的杨柳。

浙西县城下有这样一处小镇：屋舍大都隐在翠竹绿树之中，林木环绕，葱郁多情，怪石嶙峋，不减妖娆，青砖黛瓦，古意盎然。

中国幅员辽阔，有太多顾名思义的人或事物。衢城怀中的常山镇里，就存下了这样一处地方：青石镇。这里主产青石、花石，石雕工艺品自然也成了全镇的卖点，从中也衍生出了大量的观赏性奇石。这样一来，石头便成了镇上居民的心头肉。纷乱的战火中，中国的多数城镇皆难逃劫数，可偏偏这镇子就长着若干逢凶化吉的能耐。梁溪曾与它有过一面之缘，对它颇具好感，这一地界是他心之所向的居留之处，恣意享受静谧也不是罪过。

梁溪再一次上这儿来，并非慕青石之名，而是执行任务。那时，他还没有做错事，他的首个代号是醒目的四字"盘尼西林"，这是他的上级"布偶"章晨光体恤自己仍蹩脚的中文水平、退而求其次起的代号。按理说，"盘尼西林"这一代号着实惹人注目，亦着实惹人恼怒。

在这座青石镇上，偏生还有一位赛石雕的技艺传人，他醉心苦攻的手艺是蛋雕。

蛋雕是一种高难度的工艺，顾名思义，它必须在飞禽类蛋壳上刻琢成画。蛋雕分浮雕、透雕、阴雕、阳雕等雕刻手法，以蛋壳为基，体现出的是蛋雕师傅的刀法技巧，呈现出的则是精美绝伦的图案。如果说"蛋雕刘"的手艺令人叫绝，那赵越平的手艺亦是不遑多让。

这次，是梁溪首次独自去与"长笛"接头。

他内心还是万分忐忑的。

第六章　翱翔天宇，血映轩辕

1

"你尝尝看，新鲜的麦淇淋蛋糕，味道不错的。"郑迪是北方人，早年是延安鲁艺的学生。据他自己说，还曾上过冼星海的课。

现在，他是"绿屋"咖啡馆的老板，也是梁溪要找的中共上海地下党安排在香港的接头人"象棋"。

郑迪是个瘦高个子，生得也挺俊俏。他是个奶蛋素食者，不沾荤腥，因此最爱的食物是各类不添荤的西式蛋糕。

"我不喜欢吃甜品。"梁溪说。他在心中想，蛋糕应该是秦乐婕喜欢的。

"为什么？"郑迪见梁溪不动叉子，就自己吃起来了。他有着与梁溪不分伯仲的文弱气质，皮肤如他的性情，冷冷的。

"甜品吃多了，只会吃不下饭。"梁溪说。言外之意明显：在这样的关头，更不可玩物丧志。

郑迪笑了，开门见山地说："我这边急需一箱盘尼西林。"

2

"你有任务做了，还不高兴吗？"秦乐婕问梁溪。

一星期后，梁溪到底还是担心秦乐婕一人上街置办必需品会有危险，便决定陪陪她，提议一道出门。他要去买一批盘尼西林。

两人来到香港后，细细一掐时间，也有三个多月了。

他们去了元朗一家西药房。梁溪让秦乐婕先去里间等着，自己与老板私下密谈。秦乐婕对西药兴趣不深，自然随他的便。

药房不是梁溪自家的西药房分店，分店早蒙受损失了，这一家是他事先打听好底细的兄弟店。老板守口如瓶，梁溪确认无诈。

钱货两讫，不拖不欠，双方受益。两人出了药店后，秦乐婕顿住了脚步："孙老师？"她不确定地喊。

她叫住的是一位被店主赶出来的中年男子，中等身材，架着一副缺了左镜腿的深度眼镜，衣衫灰败，头发乱如鸡窝，精神萎靡。

"您是孙仲伦老师吗？"

男子十分意外："这位小姐，你是？"

秦乐婕又追加一句："您以前是不是在上海女子中学教过书？我以前上过您的国文课。"

"是啊！"孙仲伦无奈叹气道，"'八一三'事变后，学校就散了。我和家人也走散了，没多久就跟着一帮文化人逃来了香港……"他又絮絮叨叨谈了许多：现在自己只与孙女相依为命。孙女患上了肺结核，就等着盘尼西林救命呢！

"谁知道连一针都要不到。"他苦着一张脸，给人的负面想法就是有意做给秦乐婕他们看的。

秦乐婕听及此，给梁溪递了个眼色。梁溪并未面露不豫，拿出一盒盘尼西林说："肺结核起码得用上一疗程才能起效。这盒里是十二支，您拿着先救命去吧。"他心中却在想：该补上一笔不菲的款子，对"象棋"才能有交代。

"可我的钱只够买一针的。"孙仲伦又叹气道。

"孙老师，"秦乐婕热心地说，"钱您拿回去，这药，是他送您的。"

孙仲伦立马不住道谢："您可是我的大恩人，请问您贵姓？"

"我姓梁。"梁溪回答。

"谢谢梁先生。"孙仲伦又转向秦乐婕，嗫嚅着问道："这位小姐，方便透露个姓名吗？"

秦乐婕脸上很羞惭："我只是您曾经一个不成器的学生，您还是给我留点脸面，别再问了……"

孙仲伦这才带着药，千恩万谢地走了。

秦乐婕对梁溪说："对不起，耽搁了你的生意。"

梁溪没有去挽秦乐婕，反而面色不善地睨着她，先行一步往前走去。

<h2 style="text-align:center">3</h2>

陆一凡三岁时就没了母亲，而岁月也不曾多怜悯他一分。这不，杭州的小公馆来了信，父亲陆还夏病逝——病魔夺走的并不仅仅是老爷子的生命，还有他对陆宇轩的宠爱。

陆一凡的内心没有波澜。十八岁后，他北上读书，就鲜少听到陆还夏的消息了。信中还有的信息是：陆宇轩小他两岁，生辰是 1917 年。照此推算，陆还夏是在母亲"头七"过后就重新找人了。

纵然如此，陆一凡依然是陆公馆的大少爷，也是江城中安泰药行的财政首席、掌权者。与这两个身份比肩的第三重身份，则是暗中资助中国共产党的红色资本家。他老家在济南。

陆一凡永远记得济南沦陷后那个漫长的寒冬。他没有随国民政府迁都重庆，而是来到了武汉。为了养病，陆一凡在珞珈山附近买下一幢二层洋房，一直住到了现在。

在陆一凡二十五岁的生活经历里，仍有一重被他故意省略的身份：陆宇轩的哥哥，同父异母的哥哥。

陆一凡也容易忘掉自己是个肺结核患者。

此刻，他拒绝喝药，拖着病歪歪的身体，下楼去客厅见了笕桥中央航校毕业的飞行员弟弟陆宇轩。自己之前没找人打听，现在才知弟弟也在武汉。平素有个和弟弟要好的飞行员，叫朱怀明，几年前在武汉保卫战中牺牲。陆宇轩就替下兄弟，定期会来武汉待上半月有余，照料失去儿子、女儿远嫁的朱父朱母。

陆宇轩自小深受陆还夏的关照。自己母亲虽是续弦，可因长在浙江，日子过得也不差，总好于北方。他生得看着高瘦，又不失精壮，刀锋般的锐气蕴在双目底。

而陆一凡只是看起来身体不错。过分苍白的脸上漾起了憨厚的笑，就连他穿的名牌西装都像个沉重的负担。他的五官拆开来看，貌似很随意。相比于陆宇轩的英挺之姿，更像是他强行分走了陆还夏原本应给予陆一凡的关爱。一念至此，眼前这个头回谋面的哥哥就让陆宇轩的锐气折了戟，对他的态度也温和了许多。

陆一凡在沙发上坐下，问站在一旁、身着便装的陆宇轩："你成家了吗？"

陆宇轩不卑不亢地回答："结婚，是战争之外的事；妻子，更是炮火以外的人。我不能太自私了……"他身为军人，要是把不相干的人拖到战争中接受苦楚，那自己就不是一个称职的军人了，更遑论预想做个合格的丈夫。

他的老师当年为了可以继续参加空军飞行，不仅改了名字，连白俄妻子都断了关系。战争中的婚嫁，可以是最牢固的，也可以是最脆弱的。

陆一凡不再过问更多，自顾又猛烈地咳嗽起来。同时他又怕陆宇轩反感，就抽出缩在西服里的手绢，堵住一股挣扎的病态。过了一会儿，他的咳停住了，帕子上黏着浅橘色的血丝。

陆宇轩经部队的锤炼，是不折不扣的直肠子性格，不太擅长表达感情此时小心地问："你……没事吧？"陆一凡喘息定下来，微笑道："笕桥航校……我们家出了个军人。好呀，总算有一个出息了！不像我，整天病恹恹的，吃不好睡不好。"

陆宇轩听了这话，心中很不爽快，只是低下头，难过地说道："我出不出息无关紧要，可我的老师，还有同学们——"铮铮男儿言及于此，也禁不住落泪。

陆一凡又问："那你的老师是？"

"我是第六期毕业的，老师是高教官。他早年留过法的，靳以琴、梁桂东他们是他的爱徒，也是我的同窗。"陆宇轩回答。

陆一凡思索了片刻说："他可是大名鼎鼎的空军教官。那时候报纸上还登了他的功绩，是个英雄。"

陆一凡还知道，民间有一位蛋雕能人也在薄薄的蛋壳上刻下了他的肖像。

那枚雕像是有厚度的：弥漫的是鲜血的厚度，裹起的是历史的厚度，永镌的是忠诚的厚度。

陆宇轩低声说："我没有参加那场保卫战，也还没有真正在空中与敌交战过，总觉得自己不配做他的学生，不配为笕桥中央航校的学生。"其实，这完完全全是陆宇轩想多了，也可默认为是他爱国之心无处投的失落。

陆宇轩又听见陆一凡一阵戗心戗肺的咳嗽，语气淡淡却也关切地说："你应该找个医生看看。"

"用不着。"陆一凡咳了一阵，气息平复后说，"医生，还是留给更需要的人。"前一阵，他收到了自己托人从香港邮购的盘尼西林。细细一数，发现少了一个疗程的药，也没怎么深究。短了药，他的病情当然反复。

陆一凡挤出一个苍凉的笑来，对陆宇轩说："与敌交战，以后你有的是机会。"

陆宇轩看着面前这个病恹恹的哥哥，慢慢道明了此行来意："父亲有很严重的肺病，我还在航校念书那时候，病势便一年重过一年。我穿上这身空军军装的时候，他已病得不省人事了。我早就得到命令，可母亲硬是走了私人关系，将我扣在家中。"说着，他从随身带着的公文皮包中掏出一只盒子，对陆一凡说："里面这支钢笔，是父亲弥留之际，千叮咛万嘱咐，让我一定亲自带给你的。"

陆一凡听了，接过盒子，笑道："这一看就是好东西。"

陆宇轩又说陆还夏希望他带哥哥回浙江。他说自己如今是吃上军饷的人，方便照顾陆一凡。陆一凡从小体质孱弱，有个安静养病的地儿会好很多。

"他这孩子我知道，不会要求更多的。"陆宇轩学着陆还夏说话，又告诉他两天后就可以动身。

陆一凡笑了，是嘲笑，是对陆还夏自以为是的嘲笑："老爷子也是，自己年轻时就背着情债，还处理不好。这又来摆谱，管起儿子的心事了。他就爱瞎操心！"陆一凡让陆宇轩上楼去休息，还在前头带路，领他去客房。

"现在大半个中国都沦陷了，待在哪儿其实都一样。"陆一凡还在和陆宇轩客气。

"尽管山河失陷，也总还容得下我们这样的平凡人。"陆宇轩的语气严肃中兼有乐观。他始终坚信，沦陷之土，终究会有收复一日。这片土地原本就是中国人的容身之处。

陆一凡心念转动：陆宇轩说得也有理。

于是他笑道："也好，我一个人守着这幢大房子，还挺冷清的呢。"他让佣人安顿好陆宇轩，自己则推脱身体不爽而独自回到卧室内。

陆一凡的手指敲击着电报，一心二用，还匀出了心思，警惕着门外的动静……

4

熬过了寒冬，初春削减着阴冷中裹挟着锐意的疼痛。小豹子把自己裹成了一只不倒翁，不离身的围脖也还包在头上。虽说没听着轰炸声，可他照旧睡得不算安稳——章晨光捶沙包的闷响一下下砸下来，像砸在了小豹子的胸腔上，起起伏伏地令他难受。

"喂，你该起来了。"章晨光那如蒲扇般的手掌拍了拍小豹子的薄棉被，"我们今儿个要出去。"他又自顾去拿毛巾擦汗、换衣服。

"去哪里呢？"小豹子问。

"去虹口。我和洋行的冯老板约好了。"章晨光答。

小豹子听明白了："我们吃了早饭再去吗？"他还没有挪地方，只看着章晨光换好长衫，朝自己床铺方向走来。

"有顶头上司在，还用得着咱们掏钱啊——"章晨光笑嗔。

章晨光弓下腰，半拥着被子，宠溺地对他说："好起了呀，离端午节还早呢——你再睡下去，我加条麻绳就能给你裹成粽子！"

小豹子挣扎着爬起来。章晨光从一只掉了漆的五斗橱最底层抽出了一件八成新的阴丹士林薄袄子："穿这个去，之前那件漏了嘴的衣服就别让它出去丢人了。"

小豹子迷迷糊糊地"嗯"了一声，抓过床尾的袄子半披着，蹬着两条腿去找鞋。

"去小椅子上穿呗，你腿又不够长，坐床上累得慌！"章晨光指了指搁在一旁的绿檀小椅子，"我还专程去东阳人店里给你挑的。"

小豹子趿着鞋，后跟被他踩得凹了下去。他一屁股坐在了绿檀小椅上，它顿时哼哼唧唧的，扭动着，很不安分。小豹子还没站起来，就在水泥地上摔了一个结结实实的屁股墩："哎哟，你说才给我买的，这怎么就散了架了呢！"

章晨光回头一看，恍然大悟说："前阵子冯老板来这儿，送了些干货，我就坐在这椅子上和他聊天吃花生来着……"

小豹子瞄了一眼章晨光的大块头，立马摆出了一副似笑非笑的表情。

章晨光拾起一根椅子的断肢，自言自语道："看样子，我们得去再寻寻一些结实的绿檀了。"

"民国三十年。开春了，花草皆醒，独独愚民仍在沉睡。他们头枕着刀枪，身裹着荆棘，明明疼痛不已，却硬要扯开笑颜。他们的笑像是投进了一盅茶水中，不是即冲的茶叶棍子。茶叶棍子立着，他们还深谙待客之道；可他们是隔夜的茶水，茶垢吸在杯子内壁，软软的绿咖色茶身掉了色，形容枯槁，拉着同伙争先恐后，欲浮出水面。最后连同伙都借不动力，一道沉下去了，成了茶尸……"在"何首乌"冯子佳家中，小豹子无意大饼油条水煎包，却唯独对《夜来香》杂志上这一篇名为《茶尸》的小文情有独钟。它的作者是汪锦琳。

《夜来香》这本杂志名震沪上，可谓无人不知，家喻户晓，章晨光买报纸时也经常看到。它的主编是周伟文。

"这主编说得好听是文化人，往难听了说，是汉奸——"冯子佳悄声嫌恶地对章晨光说，"不过他笔杆子是真硬。不然一个乡下来的穷小子，汪伪的人会赏识他？还会给他一个宣传部副部长的头衔？两年前的暗杀，还有近来一次军统对他的暗杀，竟都被他不声不响躲过了。看来，他不仅仅是笔杆子硬，命也硬！"

章晨光淡淡地抿了一下嘴。他想起了苏咏辰婚礼上的那场暗杀，也想起了当时现场汪锦琳的冷漠疏离——她怎么会看上那样一个男人？

冯子佳终于说到了正事："我才接到了上级的电报，是个坏消息，新四军那边的损失惨重……"他将译好的电报给章晨光看，语气中颇含无奈。

章晨光若有所思地道："都说枪口对着自己人，还得犹豫好一会儿呢，他们还真下得去手——"

如此一来，地下工作就变得更加复杂、更难开展了，他们的秘密行动也不得不变得更为小心翼翼。

小豹子本也想多嘴，最终却被章晨光一道凌厉的目光给堵了回去。

"我今天过来，是前两天接到了一封电报。电报上说，有一批明代崇祯年间的儒学典籍'四书''五经'，在从北平转到上海的途中遭人偷窃——"章晨光说不下去了。

历来古籍都是华夏之瑰宝！不可让其毁于战火，不可令之落入敌手，不可不防梁上君子，不可贩之忤逆求荣！

"我只是不知道，接下来，组织上需要我们怎么做？"章晨光没有废话，问得单刀直入。

"我有几个得力的线人，他们原先打听到了古籍的下落，可在跟踪途中，东西被人调了包，线索又断了。我那两个线人也让特务杀了，没有遗言，不过——"冯子佳顿了顿接着说，"你们可以去钟表店高价买些情报，或许能得到些有用的蛛丝马迹。"

章晨光默然不语。他希望能在钟表店撞上杨柳，又害怕情难自禁——不是害怕杨柳失控，是害怕自己失措。

"我想起来了——"小豹子扔下手中杂志，突然大声说。

章晨光对自己的这位小兄弟很无奈："你能不能小点声儿，天天心惊肉跳的日子还没过够？"

小豹子无视章晨光的抱怨，提议道："我的手上不是还有一个包打听吗？"他兴奋地看着章晨光，"就我们共用的那个——"

章晨光也想起了方博豪，向冯子佳保证说："古籍的下落，我这边有人，可以继续追查。"

"那个人可靠吗？"冯子佳问。

"不过是多给些钱，这我有办法。"

冯子佳点点头，接着布置任务："另外，新到不久的秘密电台，在发送情报时，不小心也被破获。其中一名我们曾经安插在程记裁缝铺的联络员叛变了，连累了好几名地下联络员牺牲。这里头，有两名是你'彩虹小组'的成员。"冯子佳有些心虚地看了一眼章晨光，又作补充道："这次动手的，是重庆方面的人。"

章晨光心中顿时掀起了万丈波澜，神情由忧心过渡到伤心，木木地问："是哪两个？"

"是'橙子'和'青鸟'。"冯子佳沉着声音说。

章晨光没再问下去。这样算下来，"彩虹小组"中可并肩作战的同志，如今只剩下了"红袍""黄石""绿檀""蓝钻"和"紫烟"五位了。

"'布偶'同志，你还好吧？"冯子佳问道。

章晨光缓过了神："我没事。"

章晨光不由自主想起了"绿檀"。"绿檀"是"彩虹小组"中的一名成员，也是目前为止，他这个七人小组中休眠时间最长的一个人。

"绿檀"是章晨光的一张王牌，他不肯轻易打出手的。

第七章　舍与得

1

程昱延在小笼包的十六岁生日时，告诉她，刺杀樱木的那天晚上，她父亲救走了她母亲。只不过，杨柳否认了她的存在，而章晨光却猜到了她的存在。

"我事先猜到一点，就在那次任务中才知道……"程昱延语气平静。他正是从那次任务中才知道，杨柳之所以会跟着他去完成任务，完全是为了能见到章晨光。

两人一前一后走进川菜馆的大堂。杨柳因程昱延顺走了她的糖炒栗子而不快，先行走去西式长桌前，报复性地吃小食、饮酒。四处张望下，却见他与三五位日本军需官喝酒周旋，一定讲着客套话。她离他很远，听不着，但懂得他这番动作是行动前的热身。

刺杀目标出现。樱木寅三郎与他的翻译杨思平正与程昱延交谈甚欢。

"我虽在上海身处要职，可之前一直隐居在重庆，是程君家分店的老客户。池州程氏绸缎庄的大名，我可是久仰了。"樱木寅三郎用日语对程昱延说。

程昱延也用日语客套了几句。他十五岁时曾留学日本东京艺术大学，后转去早稻田大学电子工程专业。

杨柳端着酒杯，匀出眼神留心观察着大堂中形形色色的来宾。

程昱延已经走到一架施坦威三角钢琴旁开始演奏了，是那支她最喜欢的曲子《少女的祈祷》。

又一刹，杨柳看见了章晨光。他依然如她印象中那般高大健硕，眉宇间的坚毅与不凡不减两年前。

章晨光走到钢琴前，坐在程昱延身边，四手联弹，流淌出旖旎与令人不可自拔的乐符。杨柳痴了，章晨光就是她心田中最坚实也最柔软的靶心。她被他牵动思觉，任他牵着自己跃进漩涡。

章晨光开口了："我们拉不起琴弦，就只能按按琴键了。"

程昱延接话："先生的手串成色不错。"

章晨光笑道："你小子眼光挺毒啊。"他左腕上的檀木手串泛着一种幽幽的光泽。

演奏还在继续。程昱延对章晨光说："再毒也毒不过家里的母老虎啊！"

章晨光朝着程昱延努嘴的方向看去，正对上了杨柳那双流波顾盼的美目，像是往他心上开了一枪。他迅速别过眼去。

一曲既终，两人互相握手道谢。

杨柳的眼神突然亮了一下。她端着酒杯回座，从小巧精致的坤包中掏出一支"丹祺"唇膏。

章晨光向她走来："小姐，是否能赏光跳支舞呢？"

杨柳幽幽地说："先生方才弹的曲子是我最喜欢的，真可算我的知音了，面子我是一定给的。"

新的一支舞曲响起，章晨光将杨柳拉进了舞池，是那首著名的西班牙探戈舞曲《一步之遥》。

杨柳将下颌够上章晨光的肩膀，心中注满了甜蜜，娇声贴着他的耳朵道："我猜得不错，你果然会来。"她又定定看着章晨光，他似是有些担心。杨柳突地"噗嗤"笑着说："放心，国共合作时期，除了日本人，谁都不会对你不利，我更不会。就算真的有人不给你们活路，不还有我吗？"

"如果你也不给我活路呢？"章晨光有意躬身在杨柳耳边低语。伴奏的管弦乐没过了他们你来我往互不相让的交谈。

"如果我都不给你活路，那你就去自寻生路吧。"杨柳又来气他了。

"原来你也来了，我以为见不着你。"章晨光淡淡地说。

章晨光随着律动，与妻子将舞步呈现得淋漓尽致。他压低声音，隐隐含着警告道："你怎么会在这儿？"

杨柳愉悦地问他："你想知道？"

"告诉我。"章晨光的语气里满是哀求。他想知道自己当年离开妻子后，她所经历的一切，包括那个胎儿。

杨柳忽而神秘地笑笑，踮起脚尖就往他唇上吻去。

章晨光堪堪避开她的吻，无奈笑道："打住，地方不合适。"

杨柳笑得更欢了："我来这儿，是来杀人的——"

"那个杨思平？"章晨光注意到了她长长的赛璐珞指甲片。

杨柳斜睨着他缓缓说道："你都知道了还问我呀。"

"听我说。"章晨光无意间箍紧她的腰肢，跟她咬耳朵："他们都是狼！真要出了问题你斗不过他们的！你得听我的话，快走！"

"你自己在狼窝里打转，这么久都对我不闻不问的，现在又凭什么来管我？！"杨柳不禁提高了分贝，死命挣开他的手。

"砰！"一声闷响炸开在宾客耳边，大堂顿时乱成一团。没一会儿，枪声四起。

"快跟我走！"章晨光在这片突如其来的黑暗中捉住杨柳的手，借乱势悄悄从馆子的偏门溜出。

两个人跑至一条冷清的小巷中。

二人跑乏了，双手撑着膝盖半蹲着，相视而笑。

"哎呀！"杨柳失声叫道，"那钢琴师……"谋杀任务失败了，戴先生不会轻饶他们。

"你还不相信他的能力？"章晨光笑问她。

"那樱木寅三郎——"

"你还是担心担心你自己吧。"章晨光说。言下之意就是告诉她，他今晚需要知道关于孩子的真相，她躲不了的。

"怎么？"杨柳有意装傻，却突然揽过章晨光的脖颈，硬塞给他一个绵长的吻。

章晨光有些失措，却也将百炼钢化成了绕指柔，回应了她。

杨柳停下了。她娇喘未定，朝着眼前这个朝思暮想的男人展开一个不设防的笑容。杨柳弱弱的气息喷在章晨光耳边，令他不由得生起心驰神往之感。

迎面走来一位小贩，是板栗挑子。杨柳因下午没吃上糖炒栗子，故目光一直追着它跑，倒是使章晨光幽幽忆起了妻子以往天真的模样。

章晨光喊住栗子小贩，付了钱，捧着温热的油纸包递给她："生日快乐。"他的嗓音还是醇厚、极富磁性的，很讨杨柳喜欢。

"自从你离开后，我就不再过生日了。"杨柳剥开栗子感叹，不可自控地落下泪。真是除了章晨光，再没人记得起她的喜好。

章晨光用拇指擦落妻子的泪水："今儿你过生日呢，可不许哭。"

她将栗子肉送到他嘴边："你吃一个。"

章晨光重新剥出一枚栗子喂她："我不爱吃，这包都留给你。"他右手替她提着小包，换了左手托着栗子纸包。

杨柳内心很满足。

章晨光忽然踌躇着开口："杨柳，当年那孩子……"

杨柳的手顿在纸袋子外，缓缓地说："生下来三天就夭折了，是个女孩子。"这回答是她稚气的一厢情愿，是她假意的试探。

章晨光在听到这个答案后，喃喃道："这个积贫积弱、残筋断爪的中国，她见不到也好……也好……"

杨柳内心大震，抢过章晨光手中那包栗子，又直接掼到他身上。

杨柳的神情难以置信。她声音发颤地问他："你究竟是谁？你究竟有没有心？！"口中栗子的甘甜倏然化为了黄连的苦涩。

章晨光平静地说："我有很多身份，我是你的丈夫，也是孩子的爸爸。"

正因他身负多重身份，它们鸠占鹊巢，才挤掉了他丈夫与父亲的身份。杨柳冷哼了一声道："从前我只当你出言不逊，没想到你还很厚颜无耻！"

经年的思念，她本以为会是相见两欢，没想却演变成了一拍两散的残局。

杨柳在夜风中瑟瑟发抖。

章晨光除下自己的呢子西服，替妻子披上，杨柳很抗拒。

"杨柳，这算我留给你的。"章晨光与妻子道别，朝反方向走去。他得回晨曦饭店去。冯子佳会来，章晨光后面还有其他任务。

不远处的角落，出现了一个顾长的身影。他目送着这对夫妻重聚、龃龉、分离，未发一言。

2

在秦乐婕偶遇她国文老师孙仲伦的当晚，梁溪又通过黑市完成了一笔盘尼西林的交易：他高价买进了两皮箱药，留了一箱子，另一箱又转手，以高于他买进价两倍的价钱小赚了一笔，且坚拒秦乐婕插手，竭力维持着两人灰败环境下的体面生活。

她轻轻地道："对不起……"若不是当初在药店外碰上了昔日的国文老师等着盘尼西林救命，梁溪还能多赚不小的一笔。

梁溪的秘密电台有了动静："象棋"让他去绿屋咖啡馆交盘尼西林。"绿屋"二字一时间欺生，梁溪走到卧室去，问秦乐婕："这两个字怎么念来着？"

秦乐婕看了看梁溪手中的纸条，先是狐疑地瞥了他一眼，却又耐心告诉他："绿屋咖啡馆，Green House Cafe。"

梁溪得到准确答案后，捏了捏秦乐婕的脸颊："谢谢，你早点睡吧。"

秦乐婕拦住他："你又要去哪里？"她若有所思地道："今天你给盘尼西林的时候——"

"乐婕，"梁溪一把抱住她安抚道："别担心，只是和买家见个面，不会有危险的，等我回来给你带点心吃。"

秦乐婕突然吊着他的脖子去吻他，被他半开玩笑半厌弃地躲开了。他明白，自己如今能做到的只是往她肚子里头填食物，而不是阴差阳错地往她肚子里头填孩子。

他们的洋房被流弹炮火轰得生了缺点，经过秦乐婕连日来的收拾清洁，房间又恢复了往昔的秩序。电灯吓破了胆，在橘色煤油灯光的衬映下，墙上新刷不久的鹅黄色漆也被屋外的尖锐洗礼，变得柔润起来。房子里的各色物件都有了生气，夹着大病初愈后的恹恹倦容。

<h1 style="text-align:center">3</h1>

程记裁缝铺属于程昱延家的产业。程昱延于1934年加入中国共产党后，便将一间在上海的分店当作中共上海地下党的秘密联络处。现在，由于"彩虹小组"成员"橙子"和"青鸟"的暴露，这一处据点也得作废。

章晨光说："丢了一间裁缝铺，得另想办法找一处新的联络点。"冯子佳来晨曦饭店，除了和章晨光讨论新的联络点，还有另一桩必须安排的事。

他们原先使用的电台也必须放弃："我们得马上派同志去浙西的'碧菡茶行'，去拿新的密码本和一个新的秘密联络电台，以确保我们的同志不断线。"冯子佳告诉章晨光，接头人代号为"碧螺春"。

小豹子听了，心中愤愤道："都是一帮软骨头！"

章晨光轻微叹了口气，一副劝慰他放宽心的模样，拍拍他的肩道："现在说这些有啥用——马后炮！"他也算泄过愤了，倒显得很平静。

碧菡茶行——章晨光还是想起了"绿檀"。他对小豹子和冯子佳说道："就是再宝贝的东西，该舍出去的时候，你也要舍得出手啊。"

小豹子勉强收起自己的丧气问："那咱们该找谁去处理这件事？"

"容我再想想。"章晨光答，"这个'碧螺春'同志——"冯子佳深知章晨光的顾虑，赶忙接口说："他的党龄不短，你大可放心。"

"我想再加一些筹码。"章晨光的目光变得坚定。

"一切谨慎为上。"冯子佳对章晨光说，"其他的我不来干涉。"他从房间里拿出一只包装精致的礼盒："提前给你的生日礼物，生日快乐。"这次接头过后，他们可能很长时间不会联系了，这期间有章晨光35岁的生日。

章晨光接过，打开一看，盒子里躺着一支M1911的手枪。

"呦呵，好东西啊，谢谢咯！"

接近中午，两人告别了冯子佳。章晨光给了小豹子一些钱，又把空礼盒扔给了他，让他先去之前他们总去的一家东阳木雕店等他，可以先挑挑中意木料的小椅子。他自己则将新手枪揣在长衫中，转身朝钟表行走去——刚才出弄堂时，他看见了一抹熟悉的背影，是妻子杨柳！

章晨光估摸着杨柳又是进去交换情报，就躲在钟表行不远处观望：她提着小包出来了，又去了对街的一家典当行，好久才又从里头出来。

这一次，他买到了一条重要情报：日谍"夜莺"不日将抵沪，交易儒学古籍，望党国同志齐心合力袭杀之。

章晨光不由得心头一亮：情报中提及的古籍，有极大可能是上面要求保护好的崇祯本"四书""五经"。

至于日谍"夜莺"，有军统的人看着，也不必他们的人操心了。若此日谍真能被军统的人制住，就是间接保存了组织上的实力。

章晨光肩担重任，素来心细如发。他满以为这一次也一样运筹帷幄，但却失手跌得很痛。救他的人，正是他的妻子杨柳。

4

"光哥，你这次是真的打算让'绿檀'出来活动了？"在晨曦饭店的办公室里，小豹子万分忧心地开口。

"不然怎么办？新的密码本和新的电台都在他那里收着。"章晨光发完了电报，苦笑着一摊手。

"那我们得托谁去找他？"小豹子又问，"该不会又是你？"可章晨光却说出了一个他意想不到的名字：程昱延。

"'彩虹小组'的成员走得差不多了，现在'大提琴'在奉天，远水救不了近火；'紫烟'前一阵来信，说是病又加重，和亲戚躲回乡下了，没有办法动身；'红袍''黄石'和'蓝钻'现在都不在上海，也还没法亮身份——"

章晨光布排了好几个回合，能担此任的目前也只剩程昱延了："上回在川菜馆，我确定过他的身份了，是'琴弦'的学生。现在，他也是我们在军统唯一的战友。"程昱延被戴老板准假了，在老家池州待着，返工军统局的时间是赶得上的。

"怎么会！不是还有——"小豹子正想说什么，半道刹车，没有说出口。

章晨光将自己的顾虑说了出来："她是个女人，不顶事儿！"小豹子是小人精，怎能听不懂其中之意：正是由于光哥过分在乎，才不舍让她以身犯险。

他也只好钝钝地笑道："也是！她又不是我们这边的人。"

章晨光起身拍了拍小豹子的肩："有很多时候，将宝贝藏着掖着，反而是此地无银三百两，所以，我们也要适当放出真本事，让他们掂量掂量自己究竟几斤几两。"

章晨光对小豹子说："今天你可以睡在饭店里，不用管武馆的事。"自己则换了衣服，赶去军统局上海站的办公室。

5

军统上海站站长在戴老板的办公室做汇报："戴先生，这是我们的发报员截获的共党分子密电。"一位五官俊朗的男子阴着脸，说着一口有浓重乡音的国语，双手呈上了一纸电文。

他叫舒念琛，是戴老板的老乡，也是黄埔毕业的，毕业后机缘巧合投奔了他。他能力不俗，深得戴老板信任，可地位与程昱延相较，差得还不是一星半点。杨柳之前总看不惯程昱延事事出风头，待得与舒念琛相处久了，同程昱延倒相处得舒服了。

当然，军统中令她既爱且恨的人，只有代号为"布偶"的章晨光。她对他不是不担心的。不为自己，这份担心是为了女儿。

舒念琛从不喊戴老板"局座"，而是直接喊"戴先生"。

"戴先生，共党分子将会在一星期后，去碧菡茶行接头，交新的电台和密码本。"戴老板举手制止了他，有些向往地说道："浙西呀，我已经很久没回老家了，想念那里的糕饼……"

舒念琛只得等戴老板把思念之情抒发完，即刻说出了自己之前的怀疑："根据发报员的描述，共党'琴键'的发报手法很像我们内部的一个人——"

"那你说说看，这个人是谁啊？"戴老板双眼放光，饶有兴致。

"是'长音'。"舒念琛说，"戴先生，我请求带队去开化的这家茶行围堵他们——"

"仅凭这一点就要大老远跑去，你的手伸得也太长了吧？"杨柳不知什么时候进来了。她是来送前一阵子在程记裁缝铺被他们端掉的那群共党分子的档案的。

"你不知道进办公室要先敲门啊？"舒念琛没好气地说。

"可门是敞着的啊。"杨柳撇了撇嘴，白嫩的手点了点敞开的门。

戴老板说话了："念琛啊，除了你我二人，还有谁是我们老乡？"

"资历老的章晨光是张少帅的老乡；刚到不久的杨婷婷和杨柳小姐一样，是上海人……您这一提，好像的确只有情报处的程昱延——也就是我们的'长音'，只有他是开化那一带的，离您老家也近。"舒念琛本还想提两个人，可他知道自己没资格提。

"程昱延的老家是在安徽池州。你说的浙西开化是他外祖母那儿，他那外祖母祖上出过前清状元。老家住着一幢徽式大院，在霞山古村落那边。"杨柳听舒念琛这样张冠李戴，索性将程昱延的档案在顶头老板面前背出来，借此打击打击这位轻浮狂妄的舒站长。

令杨柳没想到的是，戴老板竟然批准了舒念琛的请求："你要带队去也好。琴键能按出长音，长音也必须依附琴键，是它的影子，跑得了人也跑不掉影子。你有什么办法把他揪出来？"

舒念琛说："我有一个线人，他打听到'碧螺春'有个相好的叫阿珍，顺着她这条线追下去，顺藤摸瓜，女人嘛，总有死穴——"说完扯出了一抹阴阴的笑。

"那好，辛苦你了。不过忙完这一趟，可以赶回来过年。"

"为党国效力，念琛在所不辞。"舒念琛对戴老板行礼。其实，他心中久久无法释怀的是两年前错失"金陵十二钗"根雕的耻辱，此次是想一雪前耻罢了。

杨柳见事已至此，她不方便再多说什么，只好悻悻退出去，临了还狠狠剜了舒念琛一眼。

"除此之外，我还想趁机找出'布偶'。上回杨小姐说接到了'布偶'的电报。虽是国共合作时期，但我们一直明白上面的意思……"杨柳正带上门，还未离开，她尖起耳朵听下去："'布偶'的发报手法我还没摸得很透，做不了排除法。不过只要跟住这个'琴键'，想来能很快将他拉出来。我猜测，两年前在'蜀腴'刺杀樱木寅三郎那回，他也在场，我记得还是他发的电报。只可惜当年人多眼杂的，我们并不清楚哪个是他——"杨柳听得冷汗落下。

这时，章晨光出现在她跟前。

杨柳吃了一惊，章晨光示意她别作声。

第八章　护　航

1

赵越平的故事，倒是要从他弟弟赵之平身上讲起。赵越平自己是没法作回忆的。只是为了对一位同志践诺，他不得不选择自戕丧命。

高蓉蓉答应与赵之平见面，其实下了很大的决心。

赵之平双手不停地来回交搓，一副紧张的模样，是撞上爱情的模样。

他为高蓉蓉点了她爱吃的菲力牛排和蘑菇鸡茸汤："我记得我哥第一次带你回家，吃的菜就是西式做法。"他没敢再回忆的事情，是她倾心于赵越平的蛋雕手艺，这个上海玛丽医院的护士长愿意下嫁至浙西小镇。也好，谁让自己先天不足，没精力继承手艺呢。

可自己今非昔比："蓉蓉，你看，汪主席的人已经在一星期前替我举办了生日宴。宴会上不仅有各界名流，还有上海派遣军司令官前田政男将军。只要等我回老家，拿到了我哥的蛋雕，再交给日本人，他们就会对我青眼有加，我将会有无限的前途。"赵越平与高蓉蓉结婚多年，赵之平却始终不愿叫她一声"嫂子"。赵之平不把她当嫂子，高蓉蓉很忌讳，能躲则躲。

"之平，现在时局这样乱，你哥现在和我断了联系，他又不太会照顾自己。我正想着，过阵子我就辞掉玛丽医院的工作，托关系去找找他。这一次同意见你，也是为了跟你告别，毕竟，从前你对我的关心不比你哥少。"高蓉蓉歉疚地说道。

高蓉蓉不会忘记，战争刚开始那会儿，自己与赵越平就已分居两地，赵之平在杭州读书。他排除万难，每周会坐火车赶到上海去看她；物资匮乏时，总是他这个做小叔子的冲在前，替她殷勤地跑前跑后，好似代行丈夫的职权。

但感情，永远不是这些能替代的。

赵之平拿出一只盒子："蓉蓉，你看！"盒子里躺着一只上了色的蛋雕，上面是玫瑰花的图案。

"很漂亮。"高蓉蓉夸赞赵之平的手艺，但这句夸奖仅限她对他能力上的认可，却并无情感上的成全。

"送你的。"赵之平高兴得像个孩子。

"之平，对不起。"高蓉蓉不想做恶人，就没法再给他希望。

赵之平明白了。他突然暴怒："我就知道，你打心眼里就没瞧得上我，就因为我这病，你就可以忽略掉我的真心！"

"不，不，这和你的身体状况没关系。"高蓉蓉慌忙解释。

"那你说，我有哪点比不上他赵越平，就因为他有这手绝活——我不比他差！"赵之平很激动。

"赵之平！"高蓉蓉真的也恼怒了，她不再多解释一句，扬长而去，独留赵之平一人在二人桌旁发呆，食客与来往不绝的服务生纷纷侧目。

赵之平流泪了。

那是撞到爱情枪口上的模样。

赵之平的故事结束了，赵越平的故事开始了。

2

梁溪很谨慎，待在火车上也并未发现任何不对劲的地方。下了火车，他进了一家不起眼的食铺，要了一碗加荷包蛋和大葱段的索面，淋上香油陈醋吃起来。

没吃几口，他瞥见一个瘦高个子坐在他对面，手中拿着一本英文原版的《茶花女》。那位瘦高个子看起来像是教书先生，左臂上还缠着绷带。

"常山索面加进辣椒才是开胃，比只浇上醋好吃多了。"瘦高个子的索面也上来了，上头只有少许的葱花香菜。他没有加任何佐料，直接吃。

"你才说这面得加了辣子好吃，自己又怎么不加辣子？"梁溪嘀咕道。

"先生，我手臂受伤了，你有盘尼西林吗？"瘦高个子的话锋适宜地拐了个弯。

"要多少？"梁溪眼皮也不抬，加了一勺辣酱，继续吃面。常山的索面鲜滑可口，饶是他不爱吃辣，佐以辣椒的热面着实更可口。

"两支就够。"瘦高个子压低了声音。在熙熙攘攘的喧哗中，他的声音几可忽略不计，"我是因为这伤才没加辣子的。"

"那种东西，我从不随身带的，请跟我来吧。"梁溪说着将面钱放在桌上，起身离开。瘦高个子没有立刻跟上去，反而招呼来老板，买了十几只鸡蛋，付了钱，才远远地跟在梁溪身后。

他们刚才对上了暗号："你好，我是'长笛'，苏咏辰，歌咏的'咏'，星辰的'辰'。"苏咏辰自报姓名。

梁溪与他握手："我是'盘尼西林'。"他也报了自己的名字，还解释是河流的意思。他听得懂苏咏辰的名字的意思。

"'布偶'同志总夸你，说你主意大着呢，我希望我的搭档不负我的期待。"

梁溪也听得懂苏咏辰掉的书袋，却没再说话了。两人并肩走着，镇上的一家花圈铺子开始了营生。听着店中传出一阵阵呼天抢地的悲号，听起来主角应是殁于疟疾。

二人总算相聚在青石镇上。

3

虽是开春了，可因浙西气候湿润，天还是阴着一张脸，像是才哭闹过，无意地带起了丝丝沁人的寒意。饶是梁溪与苏咏辰扛得住冻，冷风也还是不留情面地将两人的脸颊冻得通红。路经一处荷塘，只瞥见田田的伞面都坏了，枯残败叶就如同当下剑拔弩张的形势，总不由会激起战栗，漾出阵阵肃杀之意。

梁溪与苏咏辰来到了溪口村赵越平家门前。这是一扇朱漆剥落的旧房子。

两人目光越过旁边的徽式瓦片，可见着一幢普通的二层住房，窗棂还看得清晰。

苏咏辰微一踮脚，伸出了行事更为方便的左手，向朱门上方多砌出的水泥窄梁顶上摸去。赵越平在那儿藏有一把备用钥匙，这的确只有他知道。正是因为这一点，章晨光之前才总劝说着叫苏咏辰跟去。

可这次，苏咏辰却在心中大吃一惊："备用钥匙不见了！"他又一脸懊丧地半弓着腰去关注锁孔。

梁溪在一旁略一思忖，对苏咏辰说："你先让开。"他一面放下随身携带的箱子，一面从自己的脖颈处勾出一枚金制坠子。它是一把钥匙的造型，钥身又细又尖。

苏咏辰眼尖，一瞧便笑道："好东西呀，是个名牌吧？"

梁溪摆手，轻笑一声道："我可没那个闲钱。"他只是照着那样子，回国后跑去金店请人打的。原想只是戴着玩，没想到还能在重要任务中派上用场。

他用那枚坠子的尖端部位拨开了门锁。四下看了一眼后，两人悄声闪进屋内，并上了门闩。

屋内的陈设很简单：一楼有个小客厅、厨房和餐厅，但它们的模样灰败，蛛网肆无忌惮在屋角喜结连理。

"卧室和工作间都在二楼。"苏咏辰对梁溪说。

"咏辰哥，那我上楼去看看。"说罢，梁溪提着箱子上了楼。木地板年久失修，皮鞋踩上去咯吱作响，像是哑着嗓子在哼着曲儿。

梁溪的腰间别着一把枪，坠子也未从刚刚的工作状态中出来，仍旧跃跃欲试。

二楼也没什么惊喜，不过一间简单的卧室。卧室对角就是工作间：一张斑驳脸面的书桌，上面放着零零落落创作蛋雕用的一应工具和一些作废的蛋壳。桌上还摆着一张合照，合照里的一对男人看着像是兄弟。

梁溪记得，自己上一回与赵越平见面，席间赵越平说起自己有个双胞胎弟弟的。印象里，他弟弟叫赵之平。

离书桌没几步就是一只博古架。这东西梁溪熟悉：新加坡家中，父亲梁忆华的书房里也有，不足为奇。

再有就是一幅醒目的中国画了。梁溪不知道，那幅画叫《高山流水》，画中人物是俞伯牙和钟子期。

忽然，他觉得有一件冰冷的东西贴在了自己的后脑上，不由得心中"咯噔"作响，倏然间酿成了如暴雨般的鼓声，重锤不止。

"原来梁伯伯也使过手枪啊。"章向晖对父亲说，"我只当他拿得起手术刀。"

章晨光也笑了。他对女儿说，你苏伯伯没摸到备用钥匙，就留下心眼，没想到门闩是个摆设。

毕竟，梁溪有途径搞到重要的医疗资源，这是很多人都做不到的。他必须活着。

章向晖也是在章晨光之后的描述中想象：梁溪被特务威胁了，并且，他以为自己即将丧命——

来不及了吗？梁溪下意识地缓下了动作，紧闭双眼，满以为自己就要交代在这宁静宜人的小镇上了。

倒下的却是那个特务——苏咏辰又补了一枪令他毙命。

"没事吧？"苏咏辰收起枪问道。

梁溪摇摇头。书桌旁有一只略低于它的小几，上面放着一只菜篮，上头蒙着一块蓝底白花的布。揭开一看，是一些刻坏的蛋壳。

苏咏辰慧黠一笑道："他们既然愿意守株待兔，我们就来个偷梁换柱。"梁溪不算太明白苏咏辰说的成语，但他清楚，他们是有脱身机会的。

苏咏辰拿出在火车站面食店里买的鸡蛋。他选中了一枚壳子看着光滑鲜亮的蛋，抓起一支秃了的铅笔，画了一个似吸管子大小的洞，之后丢了铅笔抓起一把手工刻刀，挑开了那一圈蛋壳。

"帮我个忙。"苏咏辰头也不回地对梁溪说，"把里面的蛋清蛋液弄干净了。"说完，他又专心对付下一只鸡蛋去了。

梁溪向来是个少说多做的人。他打开自己的皮箱，里面是他用剩下的针筒器具，全是应付陌生人的幌子。他麻利地接上针头，从蛋壳中抽出蛋液。

苏咏辰得了空觑着梁溪的做法，有些意外地说："你挺厉害啊。"

"多谢，职业而已。"梁溪回答。

苏咏辰看梁溪将清洗后的蛋壳交给他，便接过去在上面刻着图案。当然，只是糊弄人的图案。

梁溪看不懂，忍不住问他："你也会做蛋雕啊？"

"术业有专攻，我这只是障眼法而已。"苏咏辰说，"赵越平的能耐，是赋予这群蛋壳生命；我的能耐，只是确保它们的平安。"

大大小小的蛋壳，上面繁复精致的纹路花样，囊括了一份无以复加的传承。它不再只是脆弱的一层壳，也是中国苦难的亲历者。如今，正是它那小小的、薄而脆的身躯，承载着这番生灵涂炭的苦难。因此，才有一群人想要保护它，让它的身份变成了旁观者，由保护者来接棒蛋雕印刻下的苦难。

"你挺厉害啊。"梁溪由衷地夸他。

"那你就学着点。"苏咏辰刻一会儿，吹去附在蛋壳表面雕刻后的残壳。

梁溪猜出了搭档即将开始迷惑敌方的恶作剧，若有所思地说："我想，你之所以会答应光哥，不只是为了任务，一定是和赵越平关系很好。"

"我和他是金兰之交呀，有共同语言。"苏咏辰的视线又转到了那幅醒目的中国画上。

梁溪与苏咏辰从赵越平家出来时，已是下午两点多。他们手中各提着一只外观一模一样的箱子，一前一后走回去镇上。

苏咏辰摘下自己的羊毛围巾对梁溪说："拿着。"梁溪一脸的莫名其妙，但还是接过了围巾。

"你长得太扎眼了，用围巾正好可以遮一遮你的潘安脸！"

梁溪用围巾遮住了大半张脸，与苏咏辰并肩："时候不早了，先去吃饭吧。"

"行啊，你说吃什么？"苏咏辰问他。

"刚才面没吃完，还是接着吃面好了。"

苏咏辰正要回答他，又警觉地回头，他们身后果然有尾巴："行啊，不过两碗怕不够吃——"他的话让梁溪心头警铃大作。

"三个人！"梁溪低低地说，随即也加快了脚步，眼见就快到下一个弄堂口了。

"换箱子！"苏咏辰只与他说了这一句。

两人交手过箱子后，又三步并作两步地赶到了那处弄堂口的岔路口："把箱子留下。"梁溪提示苏咏辰。只要过了这处巷口，青石镇的人气就又起来了，那里有一处有凄凉也有热闹的花圈铺子。

待得那三名掉了队的特务看见那两只目标箱子后，真以为可以交差，开箱一瞧，竟是一堆没用的医用废品。

领头者有些丧气，两个跟班建议他打开另一只箱子，里面是两只葱绿色织锦缎盒子。拨开盒子扣，八只鸡蛋壳静静躺着，像是趴着午睡。看着蛋壳上的图案，他们更是气不打一处来。

三人这才心知被摆了一道。领头的一人往一边追，另两人往另一头追去。

4

三人追到镇上，仍不见二人影子。

"老大，怎么办呢？"一个手下问。

"之前我们就把那房子翻了个底朝天，东西没有就是没有。回去高木科长要问起来，我们可是吃不了兜着走。"另一个手下也十分苦恼。

领头的人心下烦躁，忽闻路旁不绝的哭丧声穿过，更是烦躁："有总比没有好，先把东西拿回去吧。"

三人走远了。他们不知道，方才的哭丧队伍中，混进了梁溪与苏咏辰。梁溪掏出一卷法币给照看花圈铺子的小姑娘："谢谢。"

梁溪用坠子重新拨开了赵越平的家门，苏咏辰又重新猫着腰潜上了二楼的工作间：一双红酸枝木椅间，立着一只红花梨木的茶几。茶几已被打翻，应该是特务搜房时破坏的。

可苏咏辰的意图不在此。他看向那幅醒目的中国画，双脚踩在茶几上，伸直双臂，略微踮脚取下画："你小心点。"梁溪在他正后方做接应。

"你别管我，看到旁边的博古架了吗？"苏咏辰问。

"看到了。"积灰的博古架上趴着一套厚厚的《红楼梦》，敞开的书面已经破了。梁溪凭直觉判断，突破口一定近在眼前。果然，移开《红楼梦》后，博古架上被书面挡住的一处现出了一方小小的凸起，不仔细瞧并不能发现。

"它是按钮？"梁溪经过苏咏辰眼神同意后，就按下了按钮。深灰色的砖墙上露出一整面长方形的暗机关石砖，长宽正与那幅打掩护的中国画相吻合。

苏咏辰小心翼翼地抽出八块厚重的石砖，伸进手去，从里头移出了两只姜黄色织锦缎面的盒子。推开扣子一看，二人不禁释然微笑。

梁溪在一旁没说话。他左手捏紧了脖子上的坠子，仿佛有一种大病初愈后的轻松。

他知道：它们就是他与苏咏辰此行的目的——"华夏英魂"与"八女投江图"蛋雕。

它们也是特高科虎视眈眈的猎物。它们九死一生。

5

百里的常山江，算得上是钱塘江源头的重要节点。它的风韵时常流泻在历代各朝骚客的笔墨下，更是点缀了华夏古老的文明。

两辆黄包车前后脚停住了。车上下来两个人，是咳嗽不止的苏咏辰与面容苍白、一手提着一只皮箱的梁溪。他们依照"布偶"密电上的指示：东西到手后就来到此地走水路，会有船娘接应他们。

"这船去香港吗？"梁溪看到了停泊在岸边的一顶乌篷船问船娘。

"本来是不去的，可我是在香港长大的，就送你们一程好了。"船娘答道。

这是暗号，一个很奇怪的暗号。

梁溪如释重负地笑了：面前的这位生得水灵灵的船娘，应该就是电报上那个他原本生疏但苏咏辰和自己提起过的孙晓铮了。

为了掩人耳目，也为了把孤品蛋雕安全地护送至上海，苏咏辰装成染上了伤寒的样子，梁溪刚好以医生身份相伴。

在孙晓铮的乌篷船里，两人各占一只皮箱坐着。

"没想到你还真挺机灵的。"苏咏辰说。若不是梁溪带着他乔装混进哭丧人群中，恐怕他现在已经在特高科被重重赏赐刑罚了。

梁溪呵呵笑着，有些语出惊人："这些办法根本不值一哂，你学着点儿就好。"

6

章晨光再一次从孙晓铮画舫上下来。他知道那夜杨柳在跟踪，本想借此机会与妻子好好谈谈，可天不遂人愿是常事。他有本事部署好地下工作，却不懂如何得体地安抚妻子。最后，他与杨柳的谈话失败，两个人闹得不欢而散。

章晨光又拎着孙晓铮给的点心一路走回武馆。满想着小豹子已经睡下了，想不到梁溪来访。他和几个打杂的徒弟围着人家，叽叽喳喳不知在说些什么。

"梁大哥，这东西怎么好辣呀！"小豹子手中拈着一条南瓜干，一边往嘴里灌凉白开，一边被辣得淌着清涕。与章晨光在上海住了十来年，他早已不习惯吃辣了。

小豹子被辣得呵呵呼气，却据理力争："这种东西一般都是下面条配白粥的，从没听说过白嘴吃的。"

"这是南瓜切片晒干后，加进糯米用辣椒腌制的，不是菜，就是当零食吃的。"梁溪对他说。

"我还没吃过这样口味的零食呢，虽然我是湖南人。"小豹子虽早已不嗜辣，可对家乡的味道还是有一层薄薄的记忆。

"那好吃吗？"梁溪问他。

小豹子乖乖点头："很鲜很香，看着像牛肉干，又比牛肉干便宜。"

"那是当然的。"一个徒弟说，"你没听梁大哥刚才说，这是南瓜和糯米做的——糯米还能赶上肉贵？"

"你得了吧，这还不如牛肉干好吃呢！"另一个徒弟发表意见。他的手伸向了一旁的番薯干。番薯干香甜软糯，不仅解辣，也更对他的脾胃。

"不管，我就是爱吃。"小豹子又向南瓜条伸手。

"哎，东西好吃也不能贪吃啊，吃多了糯米制品伤胃的。"梁溪警告他。

"你这回外出都没带我！"小豹子撒娇道。

梁溪无奈地笑着说："我是去办事儿的，又不是去玩儿的，怎么带你？"想了想又出言安慰他："这次太匆忙了，下回一定带你去。浙西的手工面可好吃呢，像蚕吐丝，细滑绵软的。"

"说好了喔。"小豹子伸出小指与他拉钩儿。

"一定！到时候我只带你，我们还去吃咸汤圆和芝麻麻饼，连光哥都不告诉。"梁溪笑着保证道。

大伙儿都开始羡慕小豹子。说到时候你别忘了多吃点，把我们的那份也吃了。

大家伙笑成一团。这要不清楚谈资的旁观者乍一看，一定以为他们围一堆，在说一些不可为外人道的秘辛呢。

"哟，你们吃东西怎么还落下我了呢？"谈笑间，章晨光走了进来，将从孙晓铮那儿带回的点心扔给他。小豹子识趣，一挥手让几个人把桌上梁溪带的浙西土特产拿走，只留下他们二人说话。

"这么晚才回来呀？"梁溪问。

章晨光先是表扬他："这回第一次出马，你做得不错。"他撕下一根南瓜条嚼起来。

梁溪不敢居功："我没想到，你会派人来帮我。"毕竟当初有意支走翻译章程的人也是他，梁溪早应该想得到。

"地下工作是艰苦并且复杂的，你一个人做不到，我也是，所以才需要团结。"

梁溪听得懂，又直奔主题问："还有任务？"

章晨光默默点头："收尾工作总得弄干净了。"

"根据我们在火车站便衣那儿得到的消息，'月牙'已被抓进了特高科，就是赵越平同志——"章晨光忧心忡忡告诉梁溪。

"没想到啊，我们的人还很多，到处都有。"梁溪是真心佩服，没说反话。

"他虽然被抓，可上面安排的会议还是得照旧，我是不能缺席的，所以，这次救人的新行动就交给你了。"章晨光怕梁溪会生怯意，又补充说，"特高科里有我们的同志，他叫'樱花'。"

夜，依旧静谧如故。

7

梁溪是个轴脾气：他要么不去做一件事，但凡只要将一项任务托给他，他就一定会倾尽全力去完成。

"布偶"向他下达了任务：赵越平已被特高科特务逮捕。梁溪得去愚园路的美华琴行找一位潜伏在特高科里的"樱花"同志，一道救出赵越平，并送他去香港，与中共广州地下党情报组组长"象牙"会合。

这次的接头暗号是一句宋词：无言独上西楼，月如钩，寂寞梧桐深院锁清秋。他只需说出上半句即可，"樱花"会对上下半句。

他花了好大工夫才记下了词。

梁溪已经十分谨慎，可依旧甩不掉身后的日本特务。

因为周末的缘故，街上十分热闹。梁溪见路边摊上有叫卖羊绒围巾的，就挤近摊子，与卖家扯闲篇，问她有没有适合自己用的料子。守摊子的姑娘一脸热情，极力向他推荐了一款纯黑的绒料，一面又夸着梁溪好眼力，说这是香港来的货。梁溪丢下钱，背着日本特务用围巾半包住自己的脸，直接掩面闪身躲进近处的一间公用电话亭。里面有位妇人才用完电话，让他进去。他提起听筒，拨去了梁惠家里——故意拨错其中一位号码，是"荣生堂"的号码。

"小惠，下周末有空吗？哥来看看你……这周啊，这周哥忙着呢……下周高木不在也没关系，就咱兄妹俩……哎，好好好，我一定留下吃中饭……不用上'老正兴'叫菜，省点挺好的……我不想吃草头圈子，最近伤风了，不好多吃油腻……你要是方便就给我做碗炸酱面吧……"他一口气说了许多，眼睛一直向电话亭外斜睨着：三个特务离电话亭不远，瞪着死鱼眼候着。而下一个用电话的女人则站在外头，看着没停过嘴，应该是在抱怨。

而电话那头的刘宁也是一头雾水听完了东家少爷梁溪的独角戏。

终于，梁溪走出了电话亭。不一会儿，一群行乞的孩童跟住了他："大哥哥，我们好饿啊！你就给我们一点钱行吗？大哥哥……大哥哥……"

梁溪突然心生一计，边走边说："你们乖，去找后面三个穿黑风衣的叔叔要钱，他们欠着我的钱呢，还不知羞跟着我，要再问我借。"

他这一哄，一群小家伙立马散了，朝特务们围去。梁溪扯出一丝微笑，加快步子拦住一辆黄包车，吩咐车夫拉起雨篷，去愚园路。

梁溪在愚园路的一家西饼店前下了车，进去买了些时令点心，想着任务结束后给小豹子送去。他正仔细挑着绿豆糕，一旁忽然响起了一个声音：他辩得出，它是来自跟踪自己的特务的。他有意不避着那人的目光，佯作恶狠狠地盯住他，那特务却迅速躲掉了，又作漫不经心状挑着点心。

梁溪提着点心盒走出店门，心中发怵，脚下发虚。他转瞬又拐进一条弄堂，弄堂口三三两两零星地排着擦皮鞋的劳力。梁溪背后传来一声招呼："梁先生，侬要擦皮鞋要不啦？"这句发问采用了地道的上海腔调。

他好奇地回望，发现那人穿着一件洗得发白的马褂，头戴一顶破旧的渔夫帽，脸上貌似还蹭到了煤灰印子，脏兮兮的。他正嘿嘿地向梁溪招手傻笑。他是方博豪。

"侬做啥咧？"方博豪一旁的擦鞋匠拿胳膊肘去戳他，"都告诉你了，他不是你的光哥，你还剃头挑子一头热，个小赤佬！"

梁溪原本还在迟疑，听当地人口中蹦出"光哥"一词时，便走向方博豪，问他会不会掌鞋。他的皮鞋开胶了。梁溪为了不惹人注目，亮出了自己收藏很久的上海话。

方博豪说会。他让梁溪坐在自己备下的小马扎上，将他左脚开了胶的皮鞋翻个个儿顶着，一边做活一边热场："梁先生家在哪个地方的？"

"原籍北平，不过我在南洋出生。"梁溪还在用上海话。

一旁的人听着笑了，用上海话纠正他，告诉他方博豪问的是他上海的住址。

"法租界的福煦路。"梁溪又没再说上海话了。

"哟，那可是好地段啊。"

梁溪顿了顿，没接他的话，只是向他确认："你认识弘光武馆的那位光哥？"

方博豪一听乐了："岂止是认识？我还是他拜把子兄弟呢！"

"小方你个小兔崽子，就欢喜吹牛皮，你不说话没人把你当哑巴！"

又有人加进了这份热闹："你有本事再把牛皮吹大点啊——怎么不说你上头你背后都有人撑腰啊！"

方博豪正欲与他们相争，突然跑来一个小孩冲他喊："博豪哥哥，侬讲过要给我买糖炒栗子的呀！"是住他家楼下的小虎子，家里开烧酒作坊的。

方博豪正在气头上："走开走开，没看见我正忙着吗。"他掌鞋的声音此消彼长。

借着自己掌鞋的声音和巷子外的扰攘，他才压低声音对梁溪说："这条弄堂尽头左拐出去，就是美华琴行后门。"

梁溪重新穿上皮鞋，付了钱向前走去。方博豪招呼小虎子过来，将刚才梁溪付的擦鞋钱给他："喏，拿去，多买一些栗子，请那几个跟着我客人的讨厌鬼也吃点，堵住他们的嘴。"

小虎子接了钱跑了。方博豪担心地伸长脖子，朝着梁溪跑去的方向张望，已看不见人影。而那三个梁溪甩不掉的特务，也统统被小虎子故意失手撒在路面上的栗子绊住了。

梁溪跑至这条弄堂尽头后，不由得左顾右盼起来：拐角处只有用红漆写在水泥墙上的汉字，又正正戳中了他的痛处。他无法确定是否为美华琴行后门，怕中了敌人的计，一时只能如孩子般束手无措。

突然，一个穿着考究的男子从他身边擦过："跟着我！"这句话，那男子是用英文说的。

第九章 "樱花"现身

1

据秦乐婕听来的消息得知：那时的梁溪被这个声音吓得险些一个趔趄，当他定睛看清了为他解除危机的人时，心中更是万分惊诧。

那个人正是上海特高科科长高木千雄的弟弟、上海女中音乐老师、梁惠的丈夫、自己的妹夫高木千智。他将食指印在梁溪唇上，梁溪的质询被堵住了。

"'盘尼西林'同志——"高木千智一字一句地正色道。

梁溪先是愣了一会儿，继而才缓缓、狐疑地开口道："你？"

"我是'樱花'，受'布偶'的命令，与你一道去特高科营救'月牙'同志。"高木千智长话短说，介绍自己是一名日籍共产党员。他的公开身份是上海女中音乐老师，而隐藏的真实身份则是组织上安插在特高科的一枚重要棋子。他近期的任务，就是协助"布偶"，让被特高科逮捕的自己人化险为夷。

"等等。"梁溪打断他，"无言独上西楼，月如钩——"

高木千智回答他："寂寞梧桐深院锁清秋。"

梁溪悬着的一颗心终于落地："需要我怎么做？"

高木千智告诉他，为预防鼠疫，两天后玛丽医院会派人手去特高科消毒："我已经和玛丽医院的负责人打过招呼了，我们就借着消毒水桶的掩护将假死状态的'月牙'同志偷运出去。"

"假死？用药吗？"

"对，只有这样，'月牙'才不容易被发现。"毕竟，赵越平已受了太重的伤。

在营救过程中，他的任何一点不适或许都会随时让营救者暴露，但要是赵越平处于睡眠状态的话，至少能给他们省不少顾虑。

"你知道用来暂时麻痹心脏的药有哪些吗？"高木千智问他。

"普鲁卡因和利多卡因是用得最多的两种。"

"药理你比我懂，你想个办法把药弄到手，不用多。"

梁溪若有所思地点头："里头就我们俩，能确保不失手吗？"

"放心，我买通了一个叫佐田喜一郎的人。我曾经救过他的命，这点面子，他会给的。"

"那就好。"梁溪说，"我一切都听你的安排。"

赵越平的双手被粗长的铁链缚住，双脚的脚脖子上已被镣铐磨得红肿，周围的皮肤断断续续地沁出血珠。高木千智仿佛觉得，自己在脑中绘出了一圈虚线的圆，以赵越平脚脖子的皮肤作载体。特高科昏暗的审讯室里，高瓦数的灯泡已让赵越平无法睁眼，也刺激得高木千智的泪水不可控地迸出。

一旁的李公博当然十分恼怒。他的面前摆着两只箱子，里面放了两组蛋雕，不过它们不是工艺品——根本没资格，倒更像是"捉弄品"，是一群人用决心与日军玩躲猫猫的道具。

"这根本就是废品！"说话的人正是高木千智的哥哥、上海特高科科长高木千雄。他话音虽轻柔，却可从中析出杀意。李公博的恼怒在他暗潮涌动的语气中认了怂，转脸赔笑。

赵越平的面孔早被重刑伤得糊满了血污，但一息尚存。他的外在狼狈不堪，内里却自鸣得意——在看到箱子里的蛋雕后，他的内心活动比李公博和高木千智的面部表情还有意思。

他知道，自己与组织接上头了。要么是苏咏辰托人，要么是他自己亲自出手，已将如假包换的"华夏英魂"与"八女投江图"蛋雕换走。

"我听说，我们天皇想得到的蛋雕，曾被带离内地，去过香港岛，又在东南亚的马来西亚和新加坡巡展多次，赵先生还亲自发表过抗日救文物的演说？"

高木千雄问。

其实，高木千雄还听说：蛋雕上的精致图案，引得当地的华侨们无不感到惊叹。他们许多人受了作者作品和演讲氛围的感染，纷纷慷慨解囊，捐钱出物资抗日。

没过多久，高木千雄迫于日方压力，费了好大工夫才在上海火车站逮住赵越平。他希望通过这个人质，能一举把中国一群影响力巨大的文艺工作者钓出来。

现在，赵越平目光所及的那组蛋壳上刻着的图案，是一群乌龟王八，隐喻十分明显。高木千雄的盛怒平息下来，去看另一只箱子里的另一组四只蛋雕，蛋壳上分别刻着四帧花草图案，却不甚美观。

"这是'四君子'吗？"高木千雄总算从刻刀线条的走向上，细致、正确地判断出了不算标准的图案。

"一点没错。"赵越平开口了，他轻蔑地笑道，"这组图正是有花中'四君子'之称的梅、兰、竹、菊。可惜，它们并非出自我之手，所以充其量，也只算作'伪君子'！"他此时心中更加清楚苏咏辰一定也在营救之列。因为，只有他会刻出这样呛人的图案，像是整蛊的约定。

若干下毒辣的鞭子又落在了赵越平身上。

陪着哥哥在一旁观看审讯的高木千智不经意间偷笑了，无人察觉。他继而劝着高木千雄："大哥不必生这样的窝囊气，他不过是个匠人。"

高木千雄冷冷打断弟弟的话，轻哼了一声："我只是不知道，他究竟是跟着重庆的姓还是跟着延安的姓，不过不管怎么样，他们都是我们的敌人。"这是他用日语说的。赵越平不明白，也不屑明白。

他没注意到高木千智的晦暗脸色。高木千智心中仿似落了空，"咯噔"了一下，纠成一团乱麻。他快速平复下来，所幸"布偶"在外头安排了人，"盘尼西林"也事先准备好了药。

"说吧，'婵娟'在哪儿？"高木千雄问，"'当归'已死，你就算有心保住'婵娟'也用处不大，早晚特高科的人会将你们一网打尽。"

"他就在……就在这儿……"赵越平气息虚弱地说。

高木千雄忽然狐疑地瞪着审讯室里的所有人。当然，其中也包括谄媚他的李公博与自己的胞弟高木千智。

他命令手下上刑："我知道，对于你们手艺人，最宝贝的不会是作品，性命也可以次之，倒是你们的手——"高木千雄表情阴鸷地开了口。

没一会儿，赵越平的两根食指皆丢了指甲盖，还留着指甲盖的指头也是一团模糊的血肉了。李公博吓得直冒冷汗，不过他本就是只附骨之疽。没有人注意到高木千智，他的表情有不忍，但不可发作。

"都说十指连心，我不知道这种感觉，今天也是长了见识。"高木千智规劝道，"大哥，你既然对他的蛋雕有兴趣，就不该伤了他的手。或许他开窍了，愿意给你做一组新的作品也未可知啊。"

高木千雄说："你怕还不知道，赵越平作品里用到的鸸鹋蛋已经没法再找到了——"

高木千智故作惊讶："是吗？"他当然知道东北鸸鹋养殖基地被日军轰炸一事。正因养殖基地被轰炸，赵越平在方寸之间的巧夺天工的作品才尤为珍贵，成了孤品。

这下，高木千智更加有了阻止哥哥对赵越平施加进一步伤害的理由："我们先歇一歇吧，他人要是不行了，我们可不就扑了空？"

赵越平昏过去了，高木千雄也审得疲乏了，叫弟弟和李公博陪他去饮酒吃河豚。高木千智应声，与哥哥一道并肩走了出去，用眼角的余光睨着李公博。

高木千雄醒来时躺在床上。他回忆不起与弟弟喝酒之前的蹊跷事情，却没忘了审讯室里的赵越平。

可他回特高科看到的，只有断气已久的守兵和瞒天过海的替罪羊蛋雕作品。

赵越平不见了！

2

高木千智在高木千雄的酒杯底涂了无色无味的迷药，那还是梁溪提供的。

他趁哥哥昏迷，赶回了特高科，与梁溪里应外合实施救人计划。

等高木千智再一次独自来到审讯室时，赵越平已经醒了，他的眼神中透着傲慢，沁着孤勇："你们别白费心思了，我还是那一句话，我不知道东西在哪里！"

高木千智放下食盒。里面盛着一碗加了重醋的宽汤细面，一碟麻辣凉拌毛肚丝，一碟麻辣凉拌鸡丝黄瓜，还有一瓣新鲜的柚子。

"听说你吃辣挺能耐的。这是我特地给你买的，也不知合不合你口味。"

赵越平不屑道："你这是海派川菜。赝品永远是赝品，总比不过自家的菜肴鲜香美味。"

高木千智回道："彼此彼此，你不也拿赝品的蛋雕冒充真迹么。"

赵越平吃力地抬起眼冷笑道："你要是想投其所好套出它们的下落，那可就找错人了。"

高木千智凑到他耳边低语道："没有错，我要救的人就是你！"他的语气很坚定。

赵越平脑中一时有些迷糊，而高木千智却又说下去："我是音乐老师，觉得只有音乐是最美的。不管中国变成什么样，至少音乐不会变。我不懂我哥哥想要的东西。不过有句丑话还是想和你说说——你没必要为了那堆破蛋壳，把命给搭上咯。别本末倒置，就怕蛋雕是安全的，到最后你没了安全。"

赵越平听懂了。他的微笑被惨不忍睹的伤口血污盖住，可那又有什么关系——那些蛋雕是安全的，自己身处绝境也有了生机。

特高科洗手间里，只有一名叫竹也一郎的医生在冲着手。忽然，他感到眼皮一重，脑中发晕，身体应声倒下。

袭击他的人正是戴着口罩假扮成医生的高木千智。他试探了竹也的气息后，朝梁溪点了点头，两人合力将竹也抬进了厕所隔间。梁溪迅速脱下自己的大衣，换上了他的医装。

审讯室门口的两位守兵见到梁溪，觉得眼生，心生疑窦。高木千智便用日语介绍道："最近高木科长太累了。我是他弟弟，他就把审讯的事交给我了。这位是我们的表哥荒木泉，从札幌来的医生。这次他带来了美国最新研制出来的吐真剂，有利我们的工作。"

守兵听了，尊敬地放人进去。梁溪为防止意外，准备了一支普鲁卡因，一支利多卡因。演戏演全套，高木千智为避免被怀疑，假戏真做又伤了赵越平不短时间，梁溪才布置好注射器具给他打针。

一针普鲁卡因下去，梁溪本来紧张的动作得以放松，身后却不合时宜地传来了令他后背发紧的声音："你给他打了什么？"高木千智也没料到他们的计划会被戳破。这次来的不是之前的那两个守兵。

梁溪正准备将针头扎进那人的动脉。高木千智快他一步，袖刀直捣他后背心！

但麻烦仍存，方才放他俩进去的守兵听闻动静，心知不妙，欲开长枪，只听得"砰砰"两声，二人倒地——是高木千智之前买通的哥哥身边的心腹佐田喜一郎。

特高科门外，一辆医用消毒车缓缓驶离，伤痕累累的赵越平暂时远离魔窟。

3

章晨光去福煦路的九星大戏院听了场戏。戏散了，方博豪也招呼完了一应的擦鞋客人后，跟着他进了一间环境考究的西餐厅。

"这次要查的人比较复杂，我没见过他的模样，也只是知道他的代号而已。"章晨光给方博豪点了餐。他的脸像极了花猫。

"碧螺春？"方博豪没顾上擦手就夺过章晨光的纸条，"有一点点难度，不过还是可以查到的。"他张开五指晃了晃，表明需要五天时间。

"行！"章晨光拿出了一根金条。这些还是梁溪私下交给他的，说充公，算是以自己名义给组织的。

他又问方博豪，"你吃饱了吗？"一堆食物看着没少下去。

"我能不能把这些打包回去？"

"怎么了？"章晨光问。

"小虎子还没吃过这么好的东西，我想带给他尝尝。"方博豪不和章晨光来虚的。

章晨光这才明白他是有意少吃，便一口答应，还问方博豪要不要另外点一些点心。他说不用，这些就够了。

与方博豪分手后，章晨光又来到苏咏辰家，交给已有七个多月身孕的楚池一束鲜花："头一回来你们新家，我要是给吃的喝的，你们不一定需要。"

"谢谢晨光！比起那些吃的喝的，我确实更喜欢鲜花。"楚池大腹便便，面部线条更显柔和，笑起来比杨柳还像孩子——被苏咏辰宠的。她伸出发福的十指，双手把那束花捧进厨房。

苏咏辰让章晨光坐下："又想让我干啥去？"他自己走到留声机旁，放了一张黑胶唱片，《何日君再来》的旋律缓缓淌出。

"实话说，我不太喜欢听这些个流行曲儿，捏着嗓子，矫情！"章晨光更喜欢听杨柳甜甜的、百转千回的柔媚诉泣，张弛有度。他很沉迷。

章晨光问起苏咏辰能不能联系上何君来："我听你说过，你们以前是鲁艺的同学吧？"

"是啊，你找他？"苏咏辰对他说，"你不是他老乡么，还怕请不动他？"

章晨光点点头，又颇有些无奈地叹气，略微简单说了下组织的困境与接下来的任务："他现在不在上海，还在东北呢！我是请不动这尊大佛的。"

楚池敲了敲门，探进脑袋："晨光留这里吃饭吧？"苏咏辰应着她，让她煮碗面，别忘了加鸡蛋。

他又转头向章晨光保证道："你刚才都那样说了，我一定会把他请出山！"随后又一拳捶在他肩头，"算是提前给你的生日礼物了。"

"不过是个小生日，我自己都快忘了。"

4

十六铺码头边，有两位引人注目的男子在话别。一个高瘦白皙，一股书卷气；一个身量略矮小，带些稚气的脸上架着撑起他斯文模样的金丝边眼镜。

"好好保重，到了那边还麻烦给我来信。"梁溪替赵越平挂上那支坠子，轻声嘱咐。

旁观者或可解读为二人同志情深。可梁溪是摆出私心的：那箱蛋雕是他第一回不出差错地在觊觎者眼皮下交还给原主人的。就连赵越平，也是他同高木千智一道冒死周旋营救出来的。经此一番，他自然对赵越平的一切事情格外看重。

赵越平拍了拍梁溪的肩说："谢谢。"他把坠子收进衬衣，贴身戴着。两只手提了三只箱子，两大一小。小的那只放衣物，大的两只盛蛋雕。箱子里还放了一些家乡土特产，为搁在明面好打掩护。赵越平的英文不算太好，刚才应下了梁溪的话，就得加把劲学英文了，否则给人写信困难。

一艘客轮在红磡码头靠岸了。在上海梁公馆养好了伤、参加完延期会议的赵越平经过多日的海上漂泊，终于来到了香港。它是和浙西差不离的、一处还未沦陷的土地。他的脖颈间挂着一枚钥匙形状的坠子，它的最末端最是尖锐，似乎可以窥探任何人的秘辛。

5

李公博和他已离婚的太太死了。两人都死在了床上。不过不是死在同一个地方，更不是死在同一张床上。

章晨光又来到了孙晓铮的画舫中，他是来道谢的。

那是 1940 年春。梁溪被章晨光安排，进了秦府，同年 7 月经得章晨光批准，和秦家六小姐秦乐婕一道赴港。

章晨光接到上面的任务：务必狙杀李公博！

他想到了混迹江湖的孙晓铮。

孙晓铮有一位十分要好的姐妹，是她将李公博约到了晨曦饭店。在催欲状态下，加之外援接应，李公博一命呜呼，压在他身上的姑娘也被一颗子弹夺去了性命。这就是一场死间计。

李公博的那位前任太太喜好搓麻。自从她抓包丈夫和自己学生好上后没多久，就登报离了婚，和孙晓铮一群要好的姐妹成天混在一起。孙晓铮排兵布阵大半年，终于对她下了慢药解决干净。她在改嫁丈夫的公馆里一睡不醒。

孙晓铮损失颇重，章晨光自然要经常亲自探望。

这样私人的事，一定也在军统内部传得生花。在某一日，在血橙色夕阳被割碎了的傍晚，杨柳找到了孙晓铮的画舫上。

彼时孙晓铮正在待客，与一位满面肥腻的男人摆着狎昵的神态。杨柳远远站着，很拘谨，很不适应的样子。

孙晓铮一眼就瞥见了她。之前二人虽未见过面，可她是看过章晨光随身带着的相片的。她遂收起风尘，打发着那男人。

那男人也看见了杨柳，对她很馋，嬉笑着对孙晓铮说让她再招些新人来："天天大鱼大肉也有吃腻的时候，萝卜青菜也爽口。"

杨柳虽说有过留洋经历，也还是拿捏不了这种男人。孙晓铮赶上去解围，拔尖了声音道："人家家里那位可是开武馆的，侬这个样子，只配待在饭馆，因为侬不过是个饭桶！"

孙晓铮打发人后，叫杨柳随意坐。杨柳此行不过是想给对方一个沉重的提醒："手别伸那么长，不是你的东西别乱碰。"

"我没碰他，是他主动找上我的。"孙晓铮有意留白，让杨柳不放心。

"他果然心里没我。"杨柳自嘲一句，又添一句，"刚才谢谢你了。"她欲离船上岸。

"杨小姐，"孙晓铮喊住她，"他心里没我，才会来找我帮忙，也正是他心里有你，才瞒住你一些他必须去完成的事体的。"

"她还是个小孩儿，很多事情只随着自己的性子来，你别跟她计较。"章晨光来看望孙晓铮，听了她的陈述后说。

"这是送你的。"孙晓铮推过一盒上好的古巴雪茄，"侬还不晓得我呀，我这种身份的人，和谁都没得计较。"

章晨光想，看来得找个机会和杨柳谈谈。可组织上任务不断，章晨光根本抽不开身，这一拖就拖了好长一段日脚。

他已经有一年半被杨柳有意疏远了，这可是真正的一年半载。

第十章 《寻根赋》之祸

1

章向晖，也就是小笼包，下工了，纺织厂门卫处的老大爷叫住了她："章向晖，有你的包裹。"章向晖问："哪里来的？"大爷回答她："北京来的。"章向晖便过去签了自己的名字，拿走了包裹。

还没走进家里，她就嚷嚷："爸，梁伯伯托人从北京寄来包裹了！"章向晖放下包裹，拉开抽屉找出剪子，拆开了包裹。她知道梁溪带着秦乐婕和女儿一道定居在新加坡，但每年总会隔一阵子托朋友给她寄点心。

"啥东西呀？"章晨光从卧室里走出来问。

"是梁伯伯托人寄来的八大件儿。"章向晖又重复了一遍。她知道，父亲好吃，这不算毛病的爱好跟了他一辈子。她瞥眼瞧见父亲吃力地弯下身，翻着灶台下的橱柜："爸，你要找什么我来，当心别又闪着腰了。"

章晨光被女儿扶起来，告诉她橱柜最里面放着两只高筒杯子。章向晖十分不解："外头不搁着景德镇的茶杯吗？"若不是父亲坚持，她都想处理掉那套瓷杯。

"现在喝东西不该流行用搪瓷茶缸啊。"她又嘟哝上了。

章向晖伸手进柜子最深处，拖出了那对父亲想要的杯子。她又看了看拖出来的几只茶叶罐："没有龙井了，龙顶倒还是新的。"

章晨光说："那就泡龙顶茶叶好了。"

"这杯子好别致啊。别说现在这时候，就是往前倒个十多年，也是难得一见的稀罕物。"章向晖抓了一小把茶叶，脱口夸赞，"用这样的杯子喝茶，就是妙玉给我绿玉斗，我也不舍得。"

章向晖不用章晨光催促，抓了三五块糕点，装碟摆到一只插了香的香炉前，把一星期前摆上的绿豆糕换了下来。黑白照上，是小豹子单纯善良的脸。

"行了，把东西放茶几上去，咱俩好好说说话儿。"章晨光说。

章向晖始终记得小时候杨柳对她说过的话：到时候爸爸和你说起的故事，一定会是一个很有意思、你再也忘不掉的故事——她自己也有忘不了的故事，就是和章晨光得闲的缠绵。

杨柳又去了离家不远的一家"王记南货铺"。店主王婆婆曾在自己生产后时不时地接济自己，她也很喜欢依依（章向晖跟着母亲时，小名唤作依依）。因此，之后杨柳只要忙了，就会把孩子托到南货铺里。

如往常一样，杨柳在办公室忙了一夜，天亮后才赶回王婆婆的南货店接依依。依依正坐在桌前，早饭摆在桌上，可她却耍起了小性子不肯吃。王婆婆也觉得这丫头难搞定。

杨柳抱了抱女儿，嘴里哼哼着哄着她："依依乖啦，妈妈这不是来了吗，妈妈就带你回家啦……"她仔细去看女儿的右眼，发现她下眼皮鼓了一个包："哟，你眼睛怎么了？"依依很招蚊子，但现在是冬天。

王婆婆说："依依这丫头，从你送她来那天就一直哭，是哭得眼睛肿了，过敏了。"

杨柳给女儿重新梳了头发，把它盘起来。又拆开成衣的纸袋子，给她穿上新的小呢子大衣，戴上一顶小瓜皮帽。毕竟母女两人在家，她将依依打扮成假小子，不失为一种自卫作用。

杨柳不住地朝王婆婆致谢。末了，还递给她一沓钱，说一定收下。

她牵着女儿出街，买了她最爱吃的粢饭团和小笼包。

"妈妈，爸爸呢？"依依抬头问她。

"依依想爸爸了？"杨柳对女儿，永远是一副笑眯眯的模样。

"你说过你回来接我了，爸爸也会一起回来的。"依依有点不高兴，饭团被她咬得豁了个口子，她也不知用什么方法能团拢。她的嘴角还粘着几粒米。

杨柳弯下身，替女儿擦干净嘴角的米粒说："你不是不喜欢大灰狼小白兔的故事了吗，爸爸还在忙着给你找新的故事。他和妈妈说了，等他找到了新故事，就会回来讲给依依听的。"

"新故事会比大灰狼小白兔更有意思吗？"依依问。

"一定会的啊。"杨柳向她许诺，"到时候爸爸和你说起的故事，一定会是一个很有意思的、你再也忘不掉的故事。"

现在，章晨光正在对女儿说的，就是一个比她小时候听的大灰狼小白兔更有意思的、一个有关根雕的故事。那也是梁溪送走赵越平不久后，带上翻译章程同志参与的另一个重要行动。章晨光将那次行动命名为"寻根行动"："这个故事，还得从你昱延伯伯和洋子伯母的事儿说起。"

真要究根问底，前田洋子的身世背景不是三言两语能说清楚的：她本是清朝皇族后裔，汉姓为金。无奈生不逢时，清帝退位后，家道也随之败落了。其父其时满脑子都以"匡复清室"为大任，就将她送给了前田政男做养女，前田政男把她接到日本念书。前田洋子就是程昱延日本留学期间的同班同学。二十出头的年纪，前田洋子愈长愈妩媚，性情也因与程昱延在一块久了而温柔大方。

昱延，本身含义就是要将一切美好延续下去。

前田政男有着极大的政治野心，也有着与普通男人无二的欲望。

章晨光倒不与女儿避嫌地说："那时候，就差一丁点儿，还好昱延及时赶到，从前田政男手中救了洋子，不然她说自己都没脸嫁给他。"

前田洋子嫁给程昱延后，几乎与前田政男断了往来。直到前田政男以上海派遣军司令官的身份出现在前田洋子面前，她感到了一份沉重的威胁，不光是对自己的，还有对程昱延的。

"程伯伯竟然会跟你说这些？"章向晖一脸的不信。

章晨光望了女儿一眼说："组织上都存着档案呢。"

其实，这些事他也是上个月才知道的。在前田洋子过世多年后，程昱延分别在不同的时间段对两位大哥说起了妻子的身世，一个是丛弈大哥，昱延与他更亲近些，是先说的。另一个就是章晨光了。

时过境迁。纵使他曾经被妻子、被战争、被往事戗得伤痕累累，在暮年也该与之和解，所以聊出来的这些事情，像是他人的故事，一点不觉得是自己生命中的事故。

前田政男即将过五十大寿，前田洋子瞒着程昱延，托人送了他一对根雕做成的杯子。前田政男收到后逢人便夸，不是为养女的乖顺，而是单纯对杯子的工艺大加赞赏。

当时杨思平正极力讨好着高木，想求他在特高科替自己侄儿谋一份差事。高木千雄说这件事还得上报给前田政男，他一个人说了不算。又说起前田最近对根雕大有兴趣。杨思平曾听高木千雄提过根雕工艺，自己也曾在高木的办公室中看到过一张古朴的、价值连城的根雕茶几，的确罕见。前田既然爱不释手，寻找上佳根雕便是刻不容缓之事。很快，他从一个包打听口中知道了黄杨木根雕"金陵十二钗"的存在。

"我当年并不知道，杨思平会为了这事儿和舒念琛相互勾结，舒念琛又和前田政男相互勾结。"章晨光说。

"为了这组黄杨木的根雕，你们怎么又会有同志暴露了呢？"章向晖替父亲添上滚水，茶香氤氲不散。她自己则又拈起一块糕点，吃得津津有味。

章晨光捧起根雕杯子吹了吹，把二十多年前的回忆尽数翻出。

2

"其实，我也猜得到，"秦乐婕对梁溪说，"看到光哥和那个女人的人，就是你，对吧？"

梁溪咬咬嘴，勉力挤出一丝笑容。

没错，当时躲在暗处的人正是代号已被作废、被停职反省、等待新任务的梁溪。

他对她说："你猜得没错！因为那个时候，我犯了错……"

秦乐婕不解道："那批蛋壳，是你和苏先生一起抢在赵之平前面送回来的，赵先生也被救出来了，你怎么还会——"

"那件事只是干大事前的热身啊。"梁溪瞪了她一眼，似乎不想去回忆下面的故事。

3

话说冯子佳那日密见章晨光后，章晨光看见了杨柳走进一间当铺，便支走了小豹子，他想看看这次杨柳换了地点，是要卖什么情报，或又有其他什么动作。

他也担心，会有同志在不明情况下被逮捕。他若可抢先一步拿到情报，不但可保住地下组织的同志，她与孩子也都安全，组织上也无从追究。

杨柳把一件狐狸皮大衣递进去，在当铺里等着掌眼的伙计估价。

"小姐，侬看这衣裳都被虫蛀了好多个地方了，卖不上价钱的。"那伙计盯着杨柳身上的细格子浅灰呢西装说，"侬身上这件西装还可以看看。"

杨柳的神情宛似猛然被烟卷灼伤了，没挂着小包的左手紧紧攥住了西装下摆。这是一年半前，自己生日当晚，章晨光留给她的，舍不出去。她只踌躇了小半会儿，拿回旧皮草，除下了左手的一只玉镯和一枚家传的翡翠戒指，拍在柜台上推了进去："祖上传下来的。"

"这镯子和戒指的水头倒是很好，请等等。"伙计与里头的人交头接耳几句后，交给杨柳一沓纸币和几块银圆。

杨柳站在原地，心中默默盘算了一下，收好钱走出当铺。

她的一举一动也尽收在章晨光眼里，他看着她走进那家钟表行。

杨柳在弄堂口被人截住了去处——是章晨光。

她不知道他一直跟着自己，反而惊喜地说道："晨光——"她欲去拥抱他，不料他神色冷淡地甩开了她的手。

两人自战乱分开后，除开一年多前自己生日的那次见面，杨柳已很长日子没见他了，兴奋得揽着章晨光的腰，十分坚持地踮脚去吻他，赖在他脖颈间不肯走。

这回，章晨光毫不容情地质问她私自贩卖情报一事。虽说借机发国难财的大有人在，可他不希望自己的妻子也成为如此的人。

在无人经过的小巷中，杨柳被章晨光的质问气得浑身发颤，一连串的质问变成了一连串的打击，她局部地承认了自己的所作所为："章晨光，做过的事我不会否认，比如我曾经爱过你；可没做过的事我也不会承认，比如我依然爱着你！"杨柳一点不怕章晨光的气势把她压倒，反倒盛气凌人，眼神尖锐，尖锐中带着伤。

她将一张纸条硬塞在他手里："我是背着戴先生私下贩卖情报，可那又如何？党国上下有多少贪腐的人，你算盘上拨拉得清楚吗？"接着，她又气急败坏地从小包里取出一只盒子："这是我很早之前就选中送你的生日礼物，你要不稀罕，就拿去喂狗！"

杨柳正准备转身离开，却猛地被章晨光拖了回来。他卡着她的腰肢，狠狠地吻了上去。

他的余光分散在了两个尾随着杨柳身后的特务身上。许久，特务没觉出有什么不对，才疑惑地跑去别处。

章晨光松开了杨柳，嗔怪道："你也真不够小心的，被人跟踪了都不知道。"像是父亲在责备女儿的口气。他打开盒子，看见了一只劳力士手表："怎么想起送我手表了？"

杨柳恶心他道："我不给你送表，难道还给你送钟啊——你走开！"

章晨光不拦着她，倒去看了她塞来的纸条。的确不是重要情报："烟斗"和"小妹"是中共逃到中统的叛徒，与他负责的系列行动无关。自己真是冤枉她了。

他正想同杨柳道歉，不料只吃到了她一记热辣的耳光。

4

汪锦琳挂了周伟文的电话，拿上小包就雇车去了"群芳"旗袍店。她总在这里做旗袍，店里伙计跟她很熟了。很多时候，汪锦琳还对现货不满意，自己画了衣服样式，让师傅照着做，师傅要还做不了，她就亲自动手。

这天，她倒真有自己中意的衣服：一袭大红色锦缎的牡丹花旗袍。

"这件是粤绣，但严格说起来是仿的。"伙计和汪锦琳解释说。原样的粤绣图案上还有凤凰，有名字，叫"有凤来仪"。

"这件还是缺点味道。"伙计说，"不过很多太太小姐都喜欢，我们师傅也就跟着做了。"他没文化，但对汪锦琳在上海滩的名头还是有所耳闻的，极力推荐她月白格子纹的棉料子："汪小姐可是大作家，还是别穿太艳的颜色，这款就很衬你的气质，大方。"

谁料，汪锦琳冷冷地说："握着钢笔的就不配穿好衣裳了，我还就要定了这件大红旗袍！"

章晨光快过生日了，三十六岁的生日。这是依着杨柳这边的岁数报的虚岁，若按自己东北老家规矩，他过的是三十五周岁的生日。

杨柳在一间叫"群芳"的旗袍店里挑料子。生完小孩近两年，她基本没怎么为自己做过新衣服。前一阵因成功截获一则文化汉奸携夫人入住晨曦饭店的消息，军统派出的人虽未行刺成功，可戴先生还是给了杨柳一笔可观的奖赏，够她零花一阵子了。

她挑了半天，再加上铺里的伙计大力推荐，却都不符她心意，便打算看看成衣。

"小姐您这边请。"那伙计热情卖力地说，"这件斗篷式的呢大衣是法国的料子，一星期前才到货。这光景早晚凉，穿着正好，肩膀不挨冻。"

杨柳瞟了那大衣一眼，大红色，红得很正。她在身上比了一下，有些恼："这颜色我压不住。"实则是嫌弃大红太俗。

学徒又领着她在店里四下转。她最终被一件鲜红的旗袍夺去了心思：柔滑的软缎上，绣着大朵的或含羞或张扬的牡丹花。西式的立领，脖子下方的位置挖出了一块水滴形的镂空，正可露出女子们柔腻的肌肤。

　　杨柳记起自己出国前，母亲曾给了她一枚水滴状的玉坠子，配这身旗袍应该很不错："这身衣裳很好。"它是女人们的猎物，一堆普通的成衣沦为陪衬。

　　"要不怎么说小姐您眼光好呢。"伙计先是对着杨柳一通夸，但马上又不无遗憾地抱歉道，"但这身衣裳已经被人预订了，上面的图案还是她自己亲自定的。"

　　杨柳一听，只好怏怏地说："那行吧，我就要这件月白色斜格纹的好了。"她自己喜欢鲜艳的袍子，但章晨光喜欢看她穿素净的料子。不为旁人觊觎或其他原因，就是她穿着好看。这样也行，省下的钱还可以略备一桌薄酒。她很久没喝过酒了。

　　伙计接过钱，乐得热情地应了一声，取下旗袍给杨柳包好。

　　店里又亮起了一道声音："我的旗袍好了吗？"杨柳循声望去，是一个梳着爱司头、衣着明艳的女子，看起来约二十来岁，抹着引人注目的大红唇。不算十分漂亮，却自成风景。

　　伙计扔下杨柳过去招呼她："汪小姐来啦——"说着顺便把杨柳第一眼看上的旗袍双手奉上。

　　原来她就是先看上那件旗袍的女人。

　　杨柳心想：这是人家预订的，轮不上自己。她在杂志上看过相片，知道这女人就是汪锦琳。她的一支笔就能挑拨起一众青年男女的陈年旧伤口。

　　杨柳没吭声，走了。

5

　　她漫无目的地走在街上，想遇见章晨光，没想到遇上了小豹子。

　　杨柳知道汪锦琳关于感情的文章中的见解力透纸背，就心血来潮想要好好读一读她过往的文章。

　　"最新一期卖完了。"旧书店的伙计头也不抬，"喏，就这小孩子，他拿的最后一份。"小豹子因为身高没优势，总被人喊小孩子。

　　杨柳正打算付双倍的钱买下杂志，却见是小豹子，倒愣怔住了："你来买书啊？"她印象里，小豹子还真没好好念过书。

"如今这日脚也不适合做学问，我年龄也大了，进学堂也不现实，看看杂志就算学习了。"小豹子说。

杨柳点点头："他，还好吗？"话一出口杨柳就后悔了，更落人口实了，口是心非的口实。

小豹子没答她的话，而是把最后一份《夜来香》塞给了杨柳："光哥不是不愿见你，是他最近太忙。"说完，他就像个小偷似的溜了。他不懂他们之间的感情，也不好说更多。

"晨光，生日快乐。"杨柳穿着新买的月白斜格纹旗袍，醉意很薄，举起银锭大小的酒杯撞上空气，撞上寂寞。

依依乖巧地喝着杯子里的热牛奶，看着杨柳一杯又一杯在灌酒。

杨柳买了些下酒的小菜：今天不仅是章晨光生日，也是大年三十。她很犯愁，一直答应女儿的"爸爸"始终没来见她。

杨柳顾念着女儿，并未酩酊大醉，母女俩睡得很早，没有守岁。翌日，她是被外头一阵阵尖亮的卖报声催醒的——大汉奸成禄被军统特工击毙在法租界的愚园里！

"这次军统算威风了，戴先生都传令在香港嘉奖他们了。"梁溪说。他是从一份英文报纸上看来的消息。

"是刘宁他叔叔杀的。"梁公馆中，章晨光放下报纸，对正在准备早餐的梁溪说，"成禄从前在法兰西的时候，没少拿留法学生的钱中饱私囊，也算是报应了。"

梁溪听了，顿了顿说道："没想到刘宁他叔叔会是军统的人。"他把橙子切瓣装盘，"我就在想，什么时候，组织也能让咱们去杀汉奸就好了。"

章晨光嘲笑他："还没学会走路就想着飞了？"他拿起一块白脱蛋糕。这是梁溪特意为了他生日去"凯司令"订的。

"兴许之后有机会呢？"梁溪调皮地一笑。

"会有的。"章晨光吃掉了白脱蛋糕，又一口咬掉一瓣橙子，只剩下果壳。

章晨光没想着过生日，他的确很忙。中国现在每一天都是祭日，他的生日也已湮没在这连续的忌日里。

6

即使章晨光在无数个忌日中行走，也一定不会忘记善待为他付出的人。

他又如常去了相同的河畔，孙晓铮这回像是专诚候着他。她照章晨光的安排，将乌篷船泊在常山江，接应到带着蛋雕的梁溪与苏咏辰后，走水路密回上海："这眼见着我们的船就快靠岸了，谁都不晓得天上会砸下流弹。"孙晓铮双臂都挂了彩，还好流弹只是擦过，不过休养还需一些辰光。

"你这左边儿的伤才好了些……"章晨光有些怜惜地说。

"这有什么？这是老天爷见不得我能遇上侬这样的大好人，嫉妒我，才让我的手臂轮流挂彩。"孙晓铮笑笑，"还好那堆蛋壳没事体，不然侬就会摊上大事体，侬都不好别别人对付！"

章晨光干笑两声："我嘛，就是粗人一个，不太懂他们那套坚持。蛋壳不是我的命，是别人的命，出大事体的人可不是我。"

7

愚园路的常德公寓里，汪锦琳和周伟文正在悠闲地喝着下午茶。房子是她姑妈的，她识相地让出了空间供二人交流，还将自己从英国背回来的上好茶具拿了出来。

姑妈离开前，将一只信封交给汪锦琳："你愿意和谁好，我跟你妈都管不了。可这种东西竟然躺在我家信箱里！你是不是该考虑考虑攒点钱，别再搬一堆没大用处的衣服口红来家里，搬走了的好——怕你到时候这也舍不得，那也舍不得！"

汪锦琳为了迎接周伟文，穿上了那件绣着一大团艳丽牡丹花的大红旗袍，外罩了一条银灰色的绸缎披肩，像极了扫墓时叠元宝用的锡箔纸。

"哈哈。"周伟文听过汪锦琳在旗袍店同伙计的一番理论后无奈地笑道："你现在可是名震沪上的作家，和一个没念过书的伙计计较什么？"

汪锦琳说："本来没什么好说的！不过就是因为我小时候没穿着好衣裳，都是拣那人姨太太们不要的料子。我从小穿到大，进课堂都没脸面。现在自己写稿子赚钱了，再穿差的我不乐意！"她口中的"那人"，自然指的是她那冷血无情的父亲。

周伟文听了，便宠溺地对她说："你的身材穿什么料子都好看！我要是和你青梅竹马，一定会送你好些好衣裳。"

汪锦琳抽动了一下嘴角："行了，你也别哄我了，买衣裳不要付钞票的啊。"

周伟文将最新一期的《夜来香》拿给她。

"你的文章还是最受欢迎的。"周伟文说。

汪锦琳兴奋地一把抢过，找到署着自己名字的那篇文章看了起来。她有很高的心气，可在周伟文面前，姿态就很低很低。她表姐楚池一针见血，却拉不回迷途不知返的表妹。

"弟弟前几天还总问我讨文章——"

"你给他了？"周伟文问。

"我才不理他呢。"汪锦琳说，"他就是和几个同学办的不知名小刊物，不晓得啥时候就会倒闭的，坏我名声。"她继续翻着杂志。

汪锦琳却又突然收起笑意，"这是？"她翻到杂志某一页，标题是《寻根赋》。

周伟文顺着她的指点看去："哦，这文章是我一个朋友在他的老家发现的。是他的一位亲戚传下来的，说是清朝时期就有了，写在了开化纸上。它可大有来头！"他顿了顿又说："当然，这篇东西现在肯定价值连城。"那篇赋是这样的：

群聚结伴欢游兮，步逍遥以无虞。如是友闻之悦然兮，忘细数昔日之愆欸。娓婳娃动朱唇以徐言兮，琢古根而绵长。友人相携观闻兮，环朴木而发郁香。

根起雕成增歉兮，巧夺画工之颜色。哀其不可复生兮，形容如栩而膋然。锦心予之娇娘兮，纵假寐梦想而允。

庭院葳蕤深藏兮，难独寻为洞房。环抱曲折之玉案兮，遂窃思日月之精光。存芥蒂之机要兮，以为点睛而流芳。镶禅意于可显面目兮，洗肮脏而拂彷徨。凿磅礴亦自省怀恚兮，以为珍木之文章。

日黄昏于返程兮，声色醉于根堂。琴音倚之瑰宝兮，流徽却转以宫商。一曲婉转之离歌兮，因颓思遂就床。

汪锦琳看完后嘲笑道："太矫情了，我不喜欢，白白浪费了你这杂志的版面！"

"也是，我知道汪大作家的文笔最好，能让她看上的才是好文章！而且，她最喜欢的还是钱。"周伟文打趣她。

"不能赚钱的文章就不是好文章！"汪锦琳很赌气地对他说。

周伟文怕惹恼了她，只是叹道："你要愿意在上面连载长篇就更好了，不愁这杂志卖不动。"

"写连载最大的坏处就是总要被催稿，弄得天天像打仗一样，都匀不出多少时间润色稿子。心急火燎地赶出来，很多都不是自己认为最好的。"汪锦琳不由得抱怨道。

"我的杂志，随你高兴。"周伟文从公文包里拿出一只信封，里面是她新小说的稿费，"你又可以去买口红了。"

"对，我就是爱买口红。"汪锦琳得意地笑道，"我十二岁的时候，画了一张简笔画投到报纸上，拿到五块钱就买了口红。"

周伟文听过她说的这件事："对了，你还说你母亲劝你第一次拿到的稿费要存起来做纪念，你还同她理论了，到底不懂事。"他用一种怜爱的口吻对她说。

汪锦琳却含笑道："我不懂事，她就懂事了？交个外国男朋友也不问问我，还拿走我的稿费去玩牌，净蚀本。"

周伟文不愿意见汪锦琳时闹得不愉快，就接着之前的话题说道："你不喜欢前人的这篇东西，不见得瞧不上根据这篇赋生出来的手艺。"

"能入我眼的东西可不多啊。"汪锦琳把稿费用手绢包好，塞在枕头底下。

周伟文告诉汪锦琳：他朋友徐溪谷是个出名的根雕匠人，"他的看家作品'金陵十二钗'就是看了这篇《寻根赋》来的。前阵子人家给我打电话，央着我给块地方登上去。我还听他确认了，这篇东西就是清朝年间的，没有假。他还说，现在好多民间的收藏大家，都紧追着这《寻根赋》呢。"

"你听不出来人家是吹牛——"汪锦琳笑骂道。与她一起比肩出道的女作家中，她的确谁都瞧不起，只瞧得起自己。

"它们用的都是上好的樟木，真是很好看的。如果你愿意跟我一起去拜访这位徐溪谷，他兴许就让你看了，我打包票你一定会喜欢，这一趟不亏。"周伟文见自己说清朝年代的辞赋都没法打动汪锦琳，就找别的角度继续突破。也是，汪锦琳的祖上在清朝就出了知名的外交官，她见识不短的。

汪锦琳曾写过一个系列小说，起名叫《梦醒红楼》，是将《红楼梦》中的一应人物搬到了现代生活中，串起了一个个有意思的小故事。她自己都在散文中说过：讨厌多刺的鲥鱼，讨厌无香的海棠，更不喜欢结稿的《红楼梦》。那有关《红楼梦》的一切，想她也不会乐意错过。

"那种东西不能吃，又不能用，也不是口红，不能擦在嘴上，我要它做什么？它就算是天皇老爷的私藏又如何？我的曾祖父也曾是清朝大臣，后来还做了外交官呢！"汪锦琳轻轻笑了一声说，"名利名利，我是去名存利。花自己赚的钱，最实在不过。"

"在我和钱之间，你更爱谁？"周伟文的突然不怀好意发问。

"更爱你！"汪锦琳放下杂志，靠近他说，"你给我派了钱，我才爱上钱的。"

汪锦琳拿出那只盛着子弹的信封给他："我爱看到你，我爱看到你给我的钱，我也爱为你花钱，但我真不爱看到这个！"

"我倒不晓得我的命这样受重视！"周伟文笑道。连他自己都觉得委屈，汉奸多得是，路上的人偏生就追着自己跑，自己不过写了几篇社评，反而连累了他的杂志销量。还好汪锦琳来救场了。

"先声明，我可不是汉奸，是好的笔杆子让我画地为牢！"

他既然这样说了，汪锦琳也没理由生气了："呸！他们不配同你比的！"

在汪锦琳看来，钱重过一切，是小时候太吃没钱的苦头，周伟文也不好怪她。

"看来是我的稿费给少了，我反省。"周伟文说，"锦琳，你可要信我，我一定会拿徐溪谷的那组根雕来顶。要是运气好，《寻根赋》也是你的。"

"你朋友的那东西也不配！我还是要钱，一分都不能少。"她嘴上不饶他，心中却是甜甜的，"你还不如拿那件正宗的粤绣旗袍来顶《寻根赋》呢！"

"那好，我一定把你喜欢的最正的那件粤绣旗袍找出来，看你还说不说不配。"周伟文笑她。

周伟文向汪锦琳姑妈告辞出门。她姑妈笑道："你倒是很赚呀！"

汪锦琳在装傻："这次的稿费其实不多。"

姑妈说："我才没有说那个。"她知道，侄女是不会在钱上吃一点亏。

她姑妈方才是倚在汪锦琳卧室门边的，这下过来点着她的脑袋提示："这个周先生不简单，你得把你赚钱的劲头拿出来，不然到时候，有你受累的。"

汪锦琳说："你放心好嘞，钱我是不肯吃亏的。人就算吃亏了，我也肯定把吃过的亏双倍还回去。"

第十一章　裙下之臣

1

那一回，在汪锦琳姑妈的常德公寓里，周伟文同她讲起了那卷清时期书写在开化纸上传下来的赋文。汪锦琳虽兴趣不浓，可周伟文这个心有计谋的人总有办法去凿开新的突破口。

"因为它产地是浙江的开化县，所以叫开化纸，纸张的质地细腻洁白，而且不怎么显帘纹，看着薄，其实很有韧性的。说起来，清朝顺治、康熙、雍正、乾隆时宫里的刊书，还有扬州书局刻书，多也是用这种纸。"周伟文自己想得到那卷价值连城的开化纸赋文，就搬出汪锦琳来，想勾起她的兴趣，为自己的自私以及鲸吞这一物品开脱。

"那它为什么叫'桃花纸'呢？"汪锦琳真是没兴趣再聊，不过周伟文花花肠子多，她想拖住他，就佯作有兴致。

"因为这种纸上通常会有一点微黄的红晕，像桃红。"周伟文以为自己找到了与她的共同话题，便更是谈开谈深。实际上，这只不过是汪锦琳单方面对他的一份成全。

"要是有机会，我倒是想去一趟那个县城，见见这样的纸。"那天的最后一句话，汪锦琳是这样说的。

汪锦琳不过是敷衍。可最近真的有人出现在了小城开化，那个人是她童年时期的一位邻居。

丛弈虽说认识梁溪在前，可若论抛开血缘的手足之情，则谁都敌不过程昱延。

马金老街在浙西是夺目的。如果开化的全景整体像一个梳着麻花辫子、穿着碎花衣衫的朴素姑娘，那马金老街一定似娇俏妖娆的妙龄女郎，于不经意间给予异乡人亮点：它在唐穆宗时期就已设镇，纹格窗棂下，画柱雕梁间，可安放每一位男女不绝如缕的绮思，它绵延着徽式建筑别致的风韵。

老街上有店铺几十间：布匹药材、南北杂货、染坊酒铺……应有尽有，令人充满好奇。这其中名声最响的一家铺子却是一间茶行——碧菡茶行。

"绿檀"在上级"布偶"来电之前，这个代号一直沉睡着。他从未想过自己代号被起用的原因，竟是因为一个女人的背叛。不幸中的万幸——他并未被自己的女人背叛。或许该这样说，"绿檀"主动切割掉了凡俗意义中的一切畅快。他为防自己被出卖，而斩断了欢愉。他能做到这一点，程昱延认为是不容易的，最起码，这份决绝式样的断送，自己肯定做不到。程昱延的思路顺着这份断送想下去，也生出了对章晨光的敬畏。

"没错，是敬畏。"程昱延喃喃道。他反复咀嚼着这两个字，艰难下咽，心服口服。

"碧菡茶行"是丛弈祖母手上传下来的一点家业。起初只是个茶油作坊，做得不大，却有口皆碑。后来生意旺了，渐渐扩大店面，做起了茶叶生意，在马金镇上一时风光无两。开化县四周的乡镇邻居口耳相传，会纷纷拥上来采购茶叶，更有甚者，将此茶行的好风评传至十里洋场中，沪上的大小商贩也竞相购买。

老街上有铺子，也少不了住户。茶行对过的一家绸缎庄二楼也是用来住人的，窗台上摆着一盆吊兰。

"酒香不怕巷子深啊。"坐在丛弈对面的人，是上线"布偶"安排给他的情报联络员"碧螺春"。"布偶"告诉过他，"碧螺春"是个老党员了，让自己平时一定要一丝不苟配合他的工作。这会儿，"碧螺春"正就着阿珍才出锅的香椿蛋饼大大咧咧地嘬着小酒。阿珍早晨时去买了些卤味，拎了一瓶老酒回来。

"阿珍啊，你先出去，我和老朋友有话要说。""碧螺春"随意挥了挥手，一副大爷的做派。

丛弈长得一副大爷德行，却最瞧不上这副德行，有倚老卖老的样子。

"'布偶'同志来了密电。"丛弈将一张纸推过去。上面有几十组数字，每组数字旁写着一个字："这是接头人与我们的暗语。""碧螺春"看了看，擦火烧了纸。

"这吊兰长势很好啊。"丛弈看似无意提一句嘴。

"还行吧。""碧螺春"嗫干了杯中酒。丛弈只是喝着陈茶，陈茶淡而涩。

"这一定没你的茶叶好。""碧螺春"干笑了两声。

"现在的确还不到喝好茶的时候。"丛弈起身与同志告别。

他们都没注意，阿珍一直躲在暗处偷听。

2

又一日清晨，丛弈的茶行才开铺，他就听到对面铺子传出的争吵声——从绸缎庄来的！

一声脆响揪紧了丛弈的心：吊兰碎了——被利刃割了——他已经暴露了！

接着又是两声枪响！

他知道，应该是来了自己人，叛徒已被处决。若没猜错，"碧螺春"突发性地成了叛徒。

丛弈不动声色，挂上了店休的木牌。

3

戴老板准了程昱延两周的假。他本打算把日本妻子前田洋子一道带回老家池州，妻子却与他置气——为了孩子。早时他想要孩子，洋子坚决不肯；现时洋子想要孩子，他又不肯了。夫妻俩的想法总是错开。程昱延心下烦乱，就丢了她孤零零在上海。他自己一个人回池州，还在外公留下的祖宅里歇了两天。

穿着学生装的程昱延坐在开往衢县的火车上，一路上还算平静。

他把帽檐压得很低，提着皮箱下了车。

站台上有很多流动摊贩在卖吃食。程昱延四下张望，视线定在了一个高个精瘦、背微驼，带着飞贼笑容的小贩子身上。

那人提不起叫卖的兴致："茶叶——自家种的——"没一会儿，他也发现程昱延在盯他："我也卖现成好茶水的——喜欢喝碧螺春吗？"

不一定是他。程昱延心想，他们的接头暗号容不得漏洞。

"先生，你喜欢喝碧螺春吗？"程昱延听见那小贩把漏了的称呼补上了。

"不，我喜欢瓜片，碧螺春是买给舅舅的。"他对出了暗语。

丛弈不再多说，程昱延也随在他身后。他们拦下一辆推车，付了大价钱，连夜奔波，披星戴月，回到了开化县的马金老街。程昱延听"布偶"给他说了，他们要取的东西就在这开化县的马金镇上。

两人走不多久就碰上了舒念琛。他带了一队人马，正让人分成两组，准备环伺在碧菡茶行周围。

"别担心！"丛弈低低地对程昱延说了一句。他很亲昵地揽住了对方的肩膀："到饭点了，我请你吃鱼去。"

丛弈带着程昱延绕路而走，进了一间名叫"钱塘潮头"的饭馆。饭馆虽是卖本地菜，装修却是很明显的徽式建筑风格。

"你是第一回来开化吧——就我们现在这个位置，离一处叫霞山的古村落较近，那边全是徽派建筑的样貌，因此这边的风格也就近似了。"丛弈向他解释。

程昱延微微笑开了："我知道。"

丛弈有些意外。程昱延告诉他，他外婆的娘家就在霞山古村落里。

"那挺巧了，我奶奶娘家也是那儿。"他又告诉程昱延，自己的祖籍算是在这边，"但我是在台州出生长大的。"

"你叫什么名字？"程昱延才想起来问这件事。

丛弈朝着他挤出了一牙忠犬般的笑容："我是茶商。"

"茶商也得有名字啊。"

"丛林的丛，博弈的弈。"丛弈说，"我很凶的！"

程昱延心想：在丛林中博弈胜出的人，总是不可小觑的。

两人进了饭馆后，一位穿着件半旧黑毛葛旗袍的老板娘领他们进了单间，让丛弈点菜。丛弈摆摆手："老规矩。"他又对程昱延说："你离开家那么些年，敢情都快忘了家乡味了。"他全然无视程昱延迫在眉睫的焦急。丛弈觉得他这样子很好玩，就慢悠悠嚼着蒜香蚕豆，吊着他这份心态。

马金豆腐干、田螺酿肉、农家腊肉，还有被熬成了汤的肥美石斑鱼，另加一盘鸳鸯焙糕——半是蒸的，一半是炸的。

老板娘提过一口皮箱："东西在这里。"丛弈不说话，朝她点头致意。

他把箱子打开，里面是一台微型电台："德国进口的。"

"密码本呢？"程昱延就算拿到电台，没有密码本也是没用的。

丛弈说密码本在另一个地方："不急，吃了饭我带你去拿。"

程昱延没告诉丛弈，自己吃不了加了蒜的一切东西，会闹肚子耽误事。因此在开饭前，他也不敢动蒜香蚕豆。可他素来对他人好意盛情难却，一顿饭下来，除了那道鱼汤，他还吃了不少的腊肉和田螺酿肉，当然拣去了当调味的蒜瓣。

4

"那年的年三十，妈妈穿得很漂亮，可却一直在喝闷酒，傻呆呆地对着空气敬酒。"章向晖盯着父亲的眼睛说，"我知道，她在想您。"

"所以那年之后的一年，我的本命年生日，她才把你托到王婆婆的铺子里，赶去见我了。"章晨光叹气说。

章晨光在自己三十六岁生日前，找来了方博豪，给他一块银圆，让他送一封信。

杨柳给依依买了一支糖葫芦。在进家门前，她想看看一旁的邮箱里有没有信或者牛奶，就听依依嚷着："妈妈，让我来拿信……我来拿信……"杨柳略带些吃力地抱起女儿，让她把信取出。

没有牛奶，只有一封信，是章晨光给她的。她浅浅地笑了，再有几天就是他的生日，也不知他会不会戴上自己去年送的那只劳力士表。

晚上，杨柳在给女儿说故事，依依显得很不耐烦："妈妈，你怎么又说大灰狼和小白兔的故事呀，我都会背了。"她一把抓过杨柳放在床头的相框，那是一帧她和章晨光的合影，杨柳只在晚上睡前会拿出来摆着，其余时候都是妥帖收好的。这会儿，她见女儿把它箍在胸前，一直隔着玻璃相框摸着章晨光的脸。

杨柳心里明白："依依想爸爸啦？"见女儿不说话，杨柳对她说："明天妈妈再送你去王婆婆店里，你得跟着她住几个晚上，好不好？"依依正要嘟囔，又听杨柳答应会把章晨光带回来，才算淡淡地喜上眉梢。

"那我们拉钩儿，爸爸一定会回来。"天真的小孩自顾自沉浸在幸福中，全然不觉母亲一掠而过的为难。

那次说是生日约会，其实是杨柳一直在受章晨光教育。那些上级要求保下来的东西是宝贝，可杨柳的珍宝一直都只有两个，一个是丈夫章晨光，另一个就是女儿依依。

杨柳按照章晨光信上留下的地址找到了他。

她立在晨曦饭店章晨光告诉她的门牌号房门口。之前，她远远地就听着了动静，是口琴，在吐着幽怨、引诱的信号。这信号是他的求和邀请，也是她的柔情原宥。那支曲子是英国民歌《绿袖子》。

章晨光背对着她。他穿着她最喜欢的白衬衣，她穿着他最喜欢的一字肩黑礼服裙。既有婚礼的庄重，也有葬礼的肃穆。

杨柳瞧章晨光专心地吹着口琴，左腕上扣着她去年给的劳力士手表。她笑了，提起裙摆，猫步溜到他身后，悄悄环住章晨光的腰。

"我还以为进来了小偷呢。"章晨光停下吹奏，反手捉住了杨柳的手。

"是啊，我就是小偷，专门来偷心的。"杨柳腻在他胸口。总归她的口音咬得不笃定，不然想歪方向的就是章晨光了。

章晨光去戳杨柳的脸颊，让它印出一抹笑："好啊，那就各凭本事，看谁先得手。"说罢，他就凑到她脖颈下一通动作。

　　杨柳忍不住笑他："你可真是条哈巴狗呢。"她的语气像一个母亲在训斥淘气的儿子，却不叫停。

　　章晨光停下，故意吓唬她说："哈巴狗就哈巴狗，不是76号的狼狗就好！"说完又如一只家犬一般，去亲昵地蹭着她。还好，他有骨气，不是丧家之犬，却是杨柳的裙下之臣。

　　"我差点忘了。"杨柳按着他的头，催他停下，"你现在可是戴老板眼前的大红人啊。"

　　"不过是个译电组组长。"章晨光既好笑又无奈地哄她道，"要是没有你，我可能就会在他眼皮子底下无所遁形。"

　　"你这组长既然是我保下的，那我考考你，你能破译出我的心肠吗？"杨柳含笑问他。

　　章晨光微微一耸肩道："你得让我试试啊。"

　　两人半拥着丝绒被，也半拥着彼此。杨柳的微喘像绣花针一般细幼，像被子里的填充物，断续搔着章晨光的心。她的躯体不惧生育，只畏惧章晨光的冷落。

　　"它也像极了你的心眼。"章晨光腾出手拨开杨柳前额的刘海，调整过表情，放软了声线去嗔怪她。

　　杨柳知道章晨光暗示的是自己贸然去找孙晓铮一事，心中理亏，巴掌大小的秀气脸面直往他心口上埋。

　　章晨光轻抚妻子的锁骨。她的锁骨上黏着一层薄汗，罩得那一片肌肤如调开得恰到好处的藕粉，晶莹剔透，入口绵密即化，解人心焦。

　　在美国那几年，杨柳知道他爱喝藕粉，跑遍了华人市场巴巴地做了给他送去。桂花藕粉在战争中的市井生活里，它被抬高身价变"文物"了。同胞们都想回到烟火气息的日子中，许多细枝末节就显得尤为珍贵，不仅倾城且连城。

　　"晨光，我说你就是头蛮牛！"杨柳朝章晨光撒娇，热热的鼻息一阵阵喷在他脸颊上。

　　章晨光傻傻地涎着脸皮搔着头发，孩子气地据理力争道："我要不这样，你就会当我把心思都扑在别的人事上，我给你解释起来就更难了。"他轻柔地抚着杨柳的头发，突又笑道："我不是牛，是龙来着，我属龙。我还不是一般的龙，是龙王！"

"你不属牛，有人属牛呢。"杨柳女儿依依就属牛的，她又抛出有意的暗示。

"谁是属牛的？"章晨光心知肚明，就是在套妻子的话。

杨柳瞪他一眼："有本事让我心有怨意地待在你身边，难道没本事去查？"她不上他的当。

章晨光佯作发怒道："那最好别让我查出来。"

杨柳忍不住戳了一下章晨光的脑门，娇声笑道："还好你赶趟儿，不然就该属兔子了——像依依抱着睡觉的兔子布偶——"章晨光听着一愣，杨柳惊觉嘴巴没拴上链条，说漏了秘密，不由自主欲挣掉他的怀抱。

"昔我往矣，杨柳依依；今我来思，雨雪霏霏。"他心中默念起《采薇》中的句子，这正巧应了今日绵绵的雨线，依依难舍的思念。若章晨光猜得不差，杨柳口中的"依依"，应该就是她口中曾经嚷嚷着"夭折"了的、故意气他以此沁出他内疚的女儿。他并不急与女儿见面。杨柳现在不想让他知道也好，免得她们娘俩被人盯上。等到她想告诉自己实话的时候，自然就会说。一年多前那会儿，她无意于说实话。

"我知道，你宁可抱着沙包，也不愿抱着我。"杨柳娇气嗔道。

章晨光听了，便用宽大的手掌护住她的后脑，将她摁回自己的脖颈间，似笑非笑道："我不在你身边，你绞尽脑汁玩花样丢暗示，缠我磨我。这会儿我人在你身边躺着了，你又跟我较上劲儿了——"杨柳一双水杏子似的美目不再流转风情，去逐他的神色落脚点。好在她总算等到了他的目光，他的眼眸也终于肯认领她的情了。

章晨光那道如红酒般醇厚的嗓音冒出了尖："你躲什么呀——离我近些。"不是命令，更近似邀请。

杨柳又将脑袋蹭过他的肩窝里。章晨光偏过头，嘴唇正好贴到她的发旋，心田却升起了怜爱："你刚才说，我是兔子布偶？"

"没有。"杨柳像个认错的孩子，仰起脸看他，讨好道："我的意思是，我希望你可以像兔子布偶那样，我天天可以照顾你，你也能天天陪着我们，夜夜都被我们黏着。"她心情转晴了，没注意露馅的"我们"一词，指的是她自己和他们的女儿依依。

杨柳讲的是小孩子家的话，却使章晨光鼻子发酸。他不禁吻了吻她的前额，叫着她的小名："柳枝儿，你给我唱首歌儿吧。"又对自己的请求作了注解："先说啊，我不听周璇、李香兰她们唱的。"

杨柳"扑哧"一下笑道："我人都来了，还会让你听那些歌儿——她们的曲子都得靠边儿站！"

5

章晨光对女儿说，自己后来接到了一封梁忆华来自新加坡的电报。他不知道这位旧友从新加坡赴沪的目的："他算是个收藏大家了，告诉我愿意出高价钱买下那组根雕，正好我们前线缺药。"

章晨光答应与梁忆华在南京东路的马尔斯咖啡馆见面。在他见完杨柳、过完生日的第二天。

"你身体还是那么好啊。"梁忆华斜眼看着章晨光发皱的白衬衣和上面的口红印，一边搅着咖啡，一边有些语气发酸地说。

"您也是宝刀不老啊。"章晨光也取笑他，"这回新夫人也跟来了？"

梁忆华点点头叹道："上个月才结的婚。要不是为了照顾梁溪的情绪，也不至于让砚云委屈跟了我那么多年。"他的新太太叫梅砚云，唱京剧的，有一腔好嗓子。

梁忆华想要这组根雕，也是为了讨好新太太。这一回真不是为了他自己喜欢，全是为了他的新太太。

"您这一回终于认真了。"章晨光抿了一口咖啡说。

梁忆华没懂："你什么意思？"

"没了林黛玉的金陵十二钗是掉价的，虚情假意的婚姻也是为人不齿的。"

二人秘密商议了一番后，章晨光打算找那位根雕大师聊一聊，他也是组织上很看好的一位同志。

"我想，'核桃'应该就是徐溪谷吧？"章向晖问。

6

从长虹乡到马金老街的距离，令近知天命之年的徐溪谷倍感疲惫，他按照丛弈之前留给他的地址，找到了碧菡茶行。

丛弈在看店。见他进来了，便拿出了两只绿铁罐子："这是新茶，给你留的，我也不是谁的生意都做。"丛弈端出一碟子临安山核桃仁待客，又问起他的根雕生意。

"倒是有人出大价钱看上了'金陵十二钗'，可我和你一样脾气，也不是谁的生意都肯做。"周伟文真为了哄汪锦琳高兴，去找过徐溪谷一回，结果被他无情婉拒。

"核桃"当然只是他的一个代号。要知道，他徐溪谷只是一名普普通通的根雕师，代号只是一重伪装罢了。夜幕挂下来后，他的另一重身份便逐步苏醒，随时待命。

徐溪谷在丛弈的安排下见到了章晨光。章晨光对他说："你知道的，战士们在前线不容易，组织上要是有了这笔经费，不说别的，起码能解燃眉之急。"

"那是自然。"徐溪谷说，"小女青璇幼时最爱翻《红楼梦》，和它相关的东西就是攒零花钱都要收齐。"他悠悠对章晨光讲起了女儿徐青璇的一些趣事，说她还曾买过一本金陵十二钗的剪纸。

"可惜，逢年过节的，亲戚一走动，小孩子免不掉攀比。青璇拿出剪纸给和她年纪差不多的孩子看，那孩子也喜欢，除夕夜一直哭着闹着，一屋子的人都拿她没办法。"

"哟，对不起了！"章晨光说。

他转念又觉得，自己有啥要道歉的呢？对了，徐青璇，代号"青鸟"，是他"彩虹小组"的成员之一。青鸟，意味着幸福。

徐溪谷自作主张，把女儿的剪纸本送了人，并允诺以后一定做一组十二金钗的黄杨木根雕给她："东西完成了，女儿也失踪好些年了。"徐溪谷年纪虽不大，却已患病多年："我现在这双手，下碗阳春面撒个葱花还凑合，根雕，是再做不起来的！再说了，上好黄杨木不是容易找的。"

买家梁忆华的条件是交钱之前必须见一见根雕的制作者。章晨光问徐溪谷，他是否愿意与梁忆华见一面："您要愿意的话，就带上根雕和我一起去上海。他人已经到了，在我安排的饭店住着。"

徐溪谷用发颤的一双手给章晨光添了茶水："吃人嘴软，拿人手短，要见一见的。不过——"他示意章晨光凑近一些。

"您想说什么？"

第十二章　我只是茶商

1

程昱延与丛弈作别，出了马金老街。在马金镇一条巷道里，他被舒念琛追上了。

舒念琛有个堂哥叫舒瀚鑫，早年也是军统的人，后来暗中加入了共产党，但可惜的是被叛徒出卖了，最终被日本人挖心掏肝折磨至死。

跟舒瀚鑫相比，舒念琛就显得很卑鄙。程昱延看不起他。

"程组长，怎么穿成这样？还走得这样急，别是窝着什么亏心事吧？"舒念琛揶揄他，点了点箱子，"又有什么好货？洋酒还是烟土？"

"舒站长，你要觉得戴先生薄待你了，想从别处捞油水，我不拦着。可你要是信口雌黄，就算我不计较，不代表别人不与你计较。"程昱延心中已在打鼓。

正当这时，丛弈嘿嘿地笑着跑来："你这小子，头一回来表哥这里玩，就等不及自己到处疯跑！"

程昱延接了他的戏："还不是这镇上太有意思了。"他跟丛弈介绍舒念琛，"这是我同事。"

"我说你也是，箱子里头又不是多贵重的东西，人家要看就给他看看呗。"丛弈说，"不过是些不值钱的东西，表哥不缺，你想要我再给你补一份就是了。"

舒念琛对程昱延怀疑已久，不耐烦再听他们叙旧，不由分说要查他带着的箱子，还扬了扬手中的搜捕令。

程昱延欲与他再争，无奈刚才接头的丛弈在一旁鼓动，还硬和自己攀亲戚。

他辩不过，只好打开箱子：一件旧的中山装当垫背，上面搁着几部张恨水的小说，两边还有几张茶饼，几只罐装茶叶，还有两听进口卷烟，再就是一只旧得谁都看不起的五灯收音机了。

丛弈脸上满露得意之色，他赢了。

"既然是误会一场，那二位就请随意。"舒念琛比了个"请"的手势，带队走远了。

舒念琛走后，程昱延还是心中大诧，鱼庄里的一幕闪现而过：

他不太好意思，借问了洗手间，眼光却像烙在了装有电台的皮箱上。

丛弈心中发笑：真是小孩子！他像无事似的敲击着桌面，程昱延在心中会意，终于放心出了雅间。

电台应该就是那时候被调包的。

那时候，丛弈又从鱼庄一处密道返回了茶行仓库，用微型电台给"布偶"发报，电报后是自己的代号。

他的这一推测，丛弈承认了：自己出去不久，老板娘又亲自送来另一只外观一模一样的箱子，就是舒念琛执意检查的这只。

丛弈对程昱延说起了出手相助的自己人，二人对他的身份也是存疑，但此时已顾不了许多，他们赶忙去了弈途茶社。丛弈把程昱延安顿在那里，自己返回碧菡茶行。茶行是祖母一辈子的心血，若是毁在自己手上，心里自然痛楚。

程昱延拗不过他，也放心不下他，遂乔装悄悄跟了回去。

2

没想到，两年前在蜀腴川菜馆宴会上见过的亲日汉奸杨思平也会出现在那里。程昱延躲在近处，耳朵攒足了劲儿。

丛弈坐在一张古意十足的根雕桌前，沏着工夫茶，一旁放着一本陆羽的《茶经》。

"丛先生，我们的人怀疑你这里藏有秘密电台。"杨思平说，"识相的话早点交出来，对大家都有好处。"

丛弈冷笑一声："我只是个重利轻别离的商人，手边只有电曲儿，哪有什么电台？"他说，"杨先生也是命大！两年前，蜀腴川菜馆的那场爆炸让樱木寅三郎丧命了，你却安然无恙，还助你解决掉一个共党分子。"

"也就是个叛徒而已。"杨思平口中说的人，正是当年想要自己性命，却意外被捕的共产党叛徒"百灵鸟"。

丛弈不说话，他从马甲背心袋里掏出一件东西拍在桌上，"以后做事请麻烦明着来，别那么下作！"那是两枚子弹壳。弈途茶社的伙计在丛弈离开前，给了他一只信封。

杨思平笑得很难堪："先生怕是误会了，不是还有重庆那边——"

搜到电台就可回去邀功。杨思平对丛弈举起了枪。程昱延没动作，他相信丛弈可以漂亮解决。

"我听说你太太身子不太好——筋骨疼吧？"丛弈突然来了这么一句。

他瞧着杨思平面色大变，又接着说道："你会同汪伪一道亲日，很大原因是走私方便。"杨思平的太太因小产手术的后遗症，每逢雨天必然筋骨疼痛，不得已必须吃鸦片止痛。近来她的症状更为厉害，已经开始用上了大量的吗啡。

"她的身体确实大不如前了。"杨思平只好应一句。

"国家也确实大不如前了。"丛弈冷淡地说。

洋人用鸦片止痛治病，国人却把它当饭吃。丛弈心中不由得升起一股恨铁不成钢的怒火，现在连国人的思维都被鸦片毒害不浅，令人痛恨至极！

"依现在局势，这任谁都看得出来，最后的赢家还是日本人。"杨思平说。

今天程昱延没来茶行，丛弈就自己同自己对弈：棋盘上，白子已被黑子逼得无路可走。

杨思平如找到了证据一般得意："看见了吧？弱者是永远抗衡不过强者的，就像先生这盘棋一样。"

"可是，我们中国有句流传千年的古话——谁笑到最后，谁才是笑得最好。"杨思平定睛再看，丛弈只动了一步白子，棋面立时反转。

杨思平说起了一则传说："离这边不算远的衢县境内，有一处山景叫'烂柯’，这里边还有个故事。讲的是樵夫王质上烂柯山砍柴，见两名仙道在对弈，一时入迷，也就忘了时辰。等到他反应过来时，发现砍柴的斧头柄已经腐朽，人间也变了模样。"

丛弈由不得翻了白眼，这故事他从小听家中长辈说到大，早就倒背如流了，不免有些不耐地问："你想说什么呀？"

"传说毕竟是传说，识时务者为俊杰。"杨思平依旧没有放下枪。樱木寅三郎死后，他又效忠于高木千雄了。他不会放弃寻找根雕，也就不会放弃继续讨好他的追随者——用可能潜在的共党电台去讨好。

丛弈也与他持枪相见了："你说的，识时务者为俊杰，我不保证谁的枪法更胜一筹。"

丛弈既已拔枪，便是胸有成竹，不会让自己吃亏。这是"布偶"对他的评价。

最终，丛弈的枪杆子压下了杨思平的枪杆子。

3

他们穿着睡袍用餐。这一顿是西餐。杨柳虽在美国喝过洋墨水，可还是个中国胃。她的食量找不准餐包、主食、甜点、咖啡等饮食的正确卡位，匀出了大半给章晨光："我吃不了这么多，给你吧。"她知道章晨光的饭量经年不改，也不仅限于表层的了解，否则陪着他用餐的就换成别人了——可能会是孙晓铮？

章晨光惭愧地说："我胃口好，饭量大，不怎么知足，贪魇无常，把给你的承诺也吃了。"他把"食言"拆开了说，意思是蚕食了当初对她的诺言。

"没关系的。"杨柳不落责怪，只觉甜蜜。

半夜，轰炸的声音惊醒了杨柳。章晨光也是浅眠，便随手打开了台灯陪着她。

杨柳从床边小包里取出一根红绳，替章晨光缠在左手腕上。他的手腕较粗，红绳的长度却恰恰好。"我都多大的人了，都三十七了，还绑啥红绳——又不是小孩子！"章晨光有些抗拒地说道。

杨柳却不理他的嫌弃，横他一眼："哪还有人愿意把自己说老的呢，你不是三十六么。"

章晨光说："我是按你们南方的习惯报的虚岁。"杨柳祖籍广西柳州，出生在上海。

"我是按你们北方的习惯报的周岁啊。"杨柳说，"年轻点不好吗？"

"我倒想时间过得快些。老去了，可不经战争，避开看流离失所、骨肉分离。"章晨光的语气很认真。

杨柳顿时心中酸楚，默默给他缠好红绳，轻柔地道："这东西，本来去年就想着给你的，今年本命年给倒是正好了。"她对上他略显疲惫的双眼，"我想，你近些年一定是吃了不少苦头。"他们不约而同记起，两人相识相恋已近十年。

章晨光如孩童般笑了笑，扬了扬左腕子："那本命年我有红绳了，就万苦全消了呗。"

杨柳听了，反倒怅然地说："我是搞不懂的，那些蛋壳、木头，还有那堆废纸，没了就没了。本来嘛，就是一些没大用的东西，我倒宁愿你上前线呢。"她说至此才住了嘴。章晨光正不满地盯着她。

杨柳一见，心中又生起了退缩之念。章晨光这才反应过来，想着或许是自己的神色吓着她了："对不起……"

这回，杨柳见章晨光面色稍霁，才重新握住他的手，章晨光反手将她的小手裹进他宽厚的掌心里。

他问她，是否还记得苏州河对岸，四行仓库里的那场战役？

杨柳点点头。那时她才生下依依不久。

章晨光开始晓以大义："弱国无外交，的确是不可否认的现实，但这并不代表中国人定是懦弱无能，定会坐以待毙。战争插不上话，文物重器却最有发言权。它们的存在、亮相，能在短时间内铿锵有力地为我们的国土发声，你明白吗？"在章晨光的口述中，他与同事们护送、转移的物件的分量不分伯仲。它们像世间凡俗男女一样，各具魅力，足以让它们奄奄一息的母亲获得世界的关注，博取国际的同情，赢得各界的支持，更重要的一方面，则是它们可力保华夏的尊严，让中国人直起脊梁！

　　章晨光正耐心解释着的事，还是令杨柳苦思不解，她禁不住着急道："我刚才太急了，算是口不择言。可国难当头，多少性命都不够救的。即使头上悬着一把刀，还有人愿意拿命去保住它们，不是本末倒置是什么！你们这样做值得吗？"

　　章晨光与杨柳四目相对，正色说道："值与不值，功过是非，也只有以后的人才能评说。我们现在力所能及的，只能是保全它们。我们都承认，它们或许比不上肉形石，不如翡翠白菜精致，来路也不及紫禁城里的宝贝贵重，但每一件东西，都是中华民族的，是我们同胞的结晶。若是拱手让给了敌人，成什么话！"此举是对是错，也只能留待后人评说了。

　　杨柳嘟囔道："性命为重，理所应当！日本人要是喜欢那些玩意儿，给他们就是了。我们的文明、文化比任何国家都要厚重，还怕做不出更好的下一个来！"

　　"柳枝儿！"章晨光粗鲁地打断了她的话，杨柳险些被他的怒吼震出泪水。

　　过了一会儿，章晨光平静下来，牵起杨柳的手，引着她抚上自己心口的弹疤，柔声细气道："你感觉到了吗？几年前的子弹穿不透的心脏的跳动。"他又捉紧她的手，搭到了他左腕的脉搏处，带着些微痛楚道："人有骨肉血脉，珍稀物件也不例外，那是不可断的文脉！你说得不完全错。那群东西是不会说话，在最危险的时候，的确有理由被排除在外。先人留下的文明在很多人看来或许毫无价值，但大浪淘沙，文化的沉淀无声却可挑千钧重，无言却能值万两金。它们给予华夏子孙的认同感、归属感是不可替代的！"章晨光的语气很郑重，"我虽然是'布偶'，但布偶也不可任人摆布，它也有主见，在遭遇不公羞辱之时，也会奋起反抗！"他属龙，他是龙王，但不是一条沉睡的龙王傀儡，而是一条不畏强权、不屈强暴的龙王！

　　章晨光记得，自己同丛弈也说过意思相近的话，他家茶行里出了名气的本地茶叶，后来被叫作"龙顶"，是丛弈灵机一动想出来的名字。

　　"你能理解我吗？"章晨光问。

回复他的是一声攒足了力气的歇斯底里："我不理解！"杨柳负气地咬上了章晨光的肩头，蕴在眼眶中的泪水终于划过了脸颊，砸在他肩窝，顺着漂亮的肩线流下。他的皮肤也在陪着她哭泣，因为已有作陪者，章晨光才能在情绪波动的妻子面前依旧泰然自若。

过了许久，或是杨柳累了，方才松了口。

章晨光含笑道："咬够了？"

"你疼不疼啊？"杨柳自觉有些过分，不好意思地开口问道，伸出手去抚他壮实的肩头。

"你是伤不了我的。"章晨光咧嘴一笑，杨柳只在自己肩上留下了一排不深不浅的牙印。她伤不了他，也动摇不了他的信念。

他又补充道："我问心无愧！"泱泱五千年的文明，可雕在蛋壳上，可隐于针脚中，可琢于常青的木根内，也可载于泛黄的旧纸堆间。它们是一个国家的体面，替国家掩去了丑陋、抹去了贫穷的体面。

"问心无愧？可那不是对我说的！"杨柳凄然地笑道。

"不管怎么样，今天，我总是在你身边的。"章晨光试图把她拉回自己怀抱。

他对她，只有一夜的抱愧与回味；他对信仰，却有一生的践行与追寻。孰轻孰重，高下立判。

杨柳无法再为自己和女儿争取更多的好处了，只是睡意渐浓地说："算了，睡吧。"外头炮火声早就停了，她像个婴儿蜷在章晨光的怀中。

章晨光的眼窝中也蓄着一包泪，一个轻吻落在了她的发间，他把手臂收得更紧了些。

翌日天色微明，章晨光就在蒙眬睡眼中瞥见了正在穿衣的杨柳。他赶紧起身，将挂在衣架上的那件狐裘给她披上，又将贝雷帽和小包递给她："吃了饭再走？"

杨柳接过帽子和小包，头也不回地说："章晨光，你伤到我了，我多希望能不再见到你。"

章晨光在她身后露出了一丝难以解读的微妙笑意：你也已经伤了我了。

不偏不倚，正中心坎。

他的神色黯淡下来。

4

程昱延心中十万焦急。丛弈这方还没想要交换密码本的动静，他向上海晨曦饭店一条秘密专线挂了电话。

程昱延知丛弈除了茶叶的生意经，对下棋也有浓厚兴趣，就舍技陪君子，三天两日泡在茶行与他对弈。

这天，两人在茶行下棋，舒念琛来了，一个人来的。

两人专注棋盘。后来还是丛弈先戳破来者的心思："我倒真不知道，我这地方这样受欢迎啊，刚走了个汉奸，军统又来人了。"

"那也总比来个日本人的好。茶叶是好东西，是先人传下的一份文化，留给外人可惜了。"舒念琛自以为有理有据，自来熟地说。

"君子喻于义，小人喻于利。现下山河破碎，你有雄心却用错了地方，流寇往你枪里填弹药，你却将枪口对着自己人。不过你还算好的，还有人碰了军统那边的逆鳞，偷偷领着日本人薪水，自以为得到了重用。实际上，日本人正在大家看不见的地方偷着乐呢。"丛弈暂停下棋，拿起一本书看着。

"你说谁呢？"舒念琛拉下脸来。

"我这又没说名字，你干吗动肝火？"丛弈不卑不亢地微笑道。

"这是上头的命令，快把电台和密码本交出来。"舒念琛不客气地说，"我可知道你是什么人。"

"我不过是个游手好闲的人，整天不是称茶就是下棋。"丛弈说，"你要问我茶叶或下棋，我还能跟你说道说道，电台我真是没兴趣的。"

"你是共产党。"舒念琛很肯定地说。

舒念琛小队里的几个人在屋里屋外搜了一圈什么也没发现。他很丧气，狐疑又毒辣地剜了丛弈一眼，离开了。

程昱延和丛弈长舒一口气。

"我觉得这个舒念琛有问题，军统那边果然还是不可掉以轻心。"丛弈对程昱延说。

"我觉得也是。"程昱延看起来有些苦恼，"但我现在又没有证据扳倒他。"

舒念琛领着小队无功而返，戴老板自然是生气的。

这天，程昱延换了件黑风衣，将领子立着，戴了一副东洋留学时的墨镜，往马金老街赶。

半途中，他发现了上海派遣军司令官前田政男——在情感上，他也算前田洋子的父亲，他的岳父。

他把头掩得更低，躲在一家算命摊上。他写上自己的生辰时日。

5

前田政男踏进丛弈的茶庄，似在自言自语："火药原是中国人的发明，却只放在了制造烟花上面，但我们大日本帝国就不一样了，很有远见，懂得用火药制成炮弹，为将来的开疆扩土做好准备。"

"我们是够没远见的。"丛弈一面沏茶，一面说："我们拿火药放烟花，只看见了眼前的美好。你们够有远见，却只拿这份远见作恶。"

其时，那算命先生正给程昱延作解释。程昱延一句也听不懂，不解先生为何这样笃定他与洋子未来注定的分离，心中只是酸酸苦苦的。

前田政男当然听得懂丛弈的嘲讽。

"这是什么茶？"前田政男问，"没我们日本茶来的香。"

"就是本地的绿茶。"丛弈批评他的结论，"茶的起源就是中国。在唐朝，日本就派了遣唐使把中国的茶文化带回，这才有了你们日本的茶道。"

前田政男又喝了一口茶："这茶让我想起了我很喜爱的明前龙井。你这茶，它没有名字，可惜了。"

"龙不是待在井里的，坐井观天的只有癞蛤蟆！"丛弈还在与自己对弈，"若是条龙，就该做条顶天立地的龙，做条能顶事的龙。"他不由得想起台州话里的

"龙"，它其中之一的含义，指的就是一个人很厉害，能顶事。

前田政男翻阅起了《茶经》："可是中国人还很愚昧，不懂得茶文化中的价值，谈不了价值就是浪费。这本书，它应该由我们大日本帝国保管才最为稳妥。"

"信口雌黄，强盗逻辑！"丛弈忍不住骂道，劈手夺过了前田政男手中的《茶经》。

前田政男又摆出一副彬彬有礼的模样："先生，你究竟想要什么？只要你说出来，想要什么我就给你什么。只要你交出电台，再把这本书送给我，你说出的任何条件我都能答应你。"看样子，他是早清楚茶行里藏着电台了。

丛弈干瞪着一双犬目道："我想让你滚出我的茶行，滚出马金老街，滚出开化，滚出浙江，滚出中国，你们会答应吗？"

前田政男的手枪并未走火，他也未对丛弈动肝火，只当他心中糊涂，答应给他考虑的时间，于是悻悻地告辞。临了，他终究拿走了那本《茶经》，是强行要走的。

前田政男走后不久，程昱延走进茶行："丛大哥——"

丛弈没应他，着手替他检点着本地特产："这些天有多方人念着我们的电台，让你跟着我一起受惊了。这茶饼包里的龙顶茶叶是新鲜的，带回去给章大哥尝尝。"说着，他又把一本《茶经》交到他手上说："回上海挺远的，拿着这书解解闷也好。很多一开始想不明白的事情，找不到的答案，静静看完它，也许能想明白。"

"刚才前田政男来了，他貌似看上了这本《茶经》。"丛弈又对程昱延补充说，"不过，他硬要拿走的那本是旧的。新的、好的这本，当然给我们自己人。"

前田政男正是冲着电台和密码本来的。之前程昱延还找借口安慰自己，听了丛弈的话后，更确信无疑。

他怎么会知道呢？或者，他与舒念琛之间有着某种不可为外人道的肮脏勾当？

丛弈认为，现在程昱延可以带着东西离开了。之前他押着电台与密码本不让他离开，是敌方消息过快、眼线过多之故。他们已分批旁敲侧击无果，程昱延可平安回上海复命了。

"你不是'碧螺春'。"程昱延说。他在鱼庄里就清楚了，"你究竟是谁？"

程昱延已经记下了丛弈的话：电台被拆开窝在了茶饼中；《茶经》就是那份新的密码本。可是，他更想知道同志的代号。来执行这份任务前，章晨光为了保证他的安全，就没和程昱延提起过他的代号，就只告诉了"丛大哥"三个字。

"他是个很好的茶商。"章晨光对程昱延补充道。

他们有铁的纪律，也是为了各方同志的安全，所以丛弈才不会说。

"我是茶商。"丛弈还是这样说，"丛林的丛，博弈的弈，我很凶的，是一个在丛林中博弈，还能活下来的人。"

他想，自己这样说，"布偶"是不会怪他的。他还想着，以后有机会，一定和"布偶"说说龙顶茶叶的故事。

龙顶，那是他刚刚给茶叶想好的名字。

6

在一个章晨光难得清静的日子里，小豹子罕见地出现在了晨曦饭店的办公室中。

章晨光略带惊诧地问他："你怎么来了？"

小豹子压低声音说："'蓝钻'同志要见你。"

其时，"蓝钻"裹着一身裁剪得当的蓝丝绒旗袍，脸被宽大的礼帽遮着，尤为夺目的是她手指上的蓝宝石钻戒。蓝宝石坐镇戒托中央，四周点缀着密密麻麻的碎钻，众星捧月。而戒指的夺目光芒却更衬得她落寞了。

"你千里迢迢从南洋赶到沪上，辛苦了。"章晨光叫人送了一杯蓝山进来。

"蓝钻"没动那杯咖啡，只是说："您之前托我捎给'红袍'的东西，她已经收到了。她人现在在武汉，又跟了一个东北的左翼作家。""蓝钻"还说起她前阵子小产了："孩子的父亲好像叫郑迪。"

章晨光若有所思地点点头。"红袍"是他老乡，她父亲做主许给她的表哥。她看不上自己表哥，却看上了留美归国还携着杨柳的他。"七七事变"之后，他

们一道去了上海。父亲追来上海，"红袍"不从父命，又和一个远房堂哥回到了
哈尔滨。两人约好进学校念书，住在欧罗巴旅馆。可没多久堂哥家又切断了他
们的经济来源，堂哥老实了，她却硬着干，认识了一位音乐老师，后来公开和
人同居。

"说到底，还是我对不起你，对不起你们。"章晨光满怀歉疚。

"蓝钻"幽幽地开口："这不算什么，我还有很好的回忆，她的回忆就太疼
了。"要不是章晨光之后回哈尔滨解围，把"红袍"带去奉天，又接纳她进小组
做事，她的日子只怕会更凄惨。

"蓝钻"接到任务后，满幕的回忆都碎了：白衬衣、浅灰背带裤、琴键上的
手，回眸时的笑……还有他的那句"不知道什么时候，我才能独立，给你过上
好日子"。

当时她的回答是："和你在一起，每一天都是好日子。"而现在，她只能在
炮火中，把坏日子重组成好日子。

"让你嫁进去，你心里一定是怨我的。"

"没关系，我只爱过他。""蓝钻"嘴角印出一抹微笑说，"我也只有过这一
个爱人。"

章晨光知道"蓝钻"前来一定是有要紧事儿，便赶紧从自责情绪中抽离出
来，问她："最近，前线总来电报，说他们的药品物资短缺问题严重。"

"蓝钻"急切地道："您不是说，梁先生只要看到那组东西后，就会派人把
金条存进银行？东西逃不掉，我们就可以用金条去换物资和药品，组织上不必
太过担心。"

"不。"章晨光忧虑地说，"我是觉得，组织内部有内鬼！"前一阵才托同志
移交了一批生活用品和医用物资，可前线的医疗队却说根本没有收到。

"蓝钻"拿一双忧伤的眼睛睒着他，幽幽地开口道："不知道，他的病怎么
样了？"

第十三章　秘　辛

1

国共合作时期，舒念琛背着戴老板单独行动，监听到了一部很久不曾确定下来方位的电台。"不是日本人的电台，是我们这边的，就是'核桃'同志，是他发出的电报。电报上说，他想把那套'金陵十二钗'和《寻根赋》都带到上海去，容易找到出价高的买主，所以我那时候才去见了他，邀请他去上海。这组根雕的体积不大，携带不困难的。若只是把它们留在老家，被有歪念之人动了心思，那变数就太大了。"章晨光说，"日本人喜欢的根雕，军统的人也盯上了——好东西就是好东西。"

"您之后既然知道是舒念琛向前田放出电台和根雕的消息，怎么不赶紧想个办法解决他呢？"章向晖问，"难道您还有其他顾忌不成？"

章晨光哑然失笑：舒念琛是戴先生面前的红人，自己又没有充分的证据，怎么能轻举妄动？

"就算你们那位戴老板会怀疑，除去程伯伯，难道军统局里就没有你们其他同志借一借力？"

"有啊。"章晨光说，"不过我那时候还不知道那个人的存在。"

2

章晨光让梁溪和章程赴开化芳村的"寻根堂"，那里有他们必须拿到手的十二个窑瓶大小的黄杨木根雕和那张开化纸的《寻根赋》："可我没想到，还是舒念琛，他得到了线人私下告诉他的一条消息，我们要放弃上海的这条线把根雕移走。舒念琛就让一直喜欢他的杨婷婷带了一批人去了浙西。你梁伯伯和大伯在寻根堂的一间作坊里被围困，两人都负伤了。"他的声音突然哽咽，章向晖赶紧倒水，一面又给父亲顺气："既然说着伤心就别说了。"

章晨光当然不会听女儿的。章程为了保住梁溪，让他同自己对换大衣。梁溪愣了一会儿，反应过来："你疯了！"他死命按住章程的手。可章程只不停劝他不要因小失大，毕竟自己大小不过是个陪同翻译。不像梁溪，代号背后有着沉沉的使命："你快走，去马金老街的碧菡茶行里找'绿檀'，他会带你回上海找到买主。"

"盘尼西林，再见了。"最终，是章程冲出去，引开了军统的人，倒在了血泊中。梁溪趁乱脱险。

梁溪去碧菡茶行找到了丛弈，跟着他回到了上海。他按着"布偶"的指令交上东西后，又去把买家接到"凯司令"咖啡馆和卖家"核桃"徐溪谷碰头。

见到买家的一瞬间，梁溪一时很恍惚，因为他等到了近两年没有见面的父亲梁忆华。他当年执意要娶姨太太，寒了儿子的心，梁溪才会离开新加坡来中国。

徐溪谷已经等在咖啡馆里了。章晨光也在咖啡馆里，正坐在离他那桌很远的地方静观一切。

"我真没想到，你竟做了这行。"梁忆华开口，平静地望向正在开车的儿子。那是一条通往"凯司令"的路。

梁溪一路都没搭父亲的话。让大家都没料到的是，"凯司令"内外，布置了许多前田政男的便衣，徐溪谷被捕。为了保护章晨光，徐溪谷一脸坦然地跟着几个日本特务上了车。

当时章晨光并不知道，他们在"凯司令"接头易物的这个消息，又是舒念琛告诉前田政男的。

梁溪的车停在咖啡馆马路对面。他原本紧握着方向盘的手松开了，细瘦的指节上沁出了冷汗，眼窝蓄着泪："如果不是您一定要见他，他现在一定是平安的！"语气中有怨怼，也有愤怒。

"国有国法，家有家规，生意场上也有一套自己的生意经。"梁忆华把装满金条的皮箱交给儿子："现在，我见到他了，可以放心把东西交给你了。"梁忆华原本想把这箱黄金存进章晨光告诉他的一个银行保险箱里，但为了避免更多人无辜暴露，他决定还是亲自面交。

梁溪在发动车子之前，对梁忆华说了最后一句话："你最好保住它的安全和完全，否则我不会原谅你！"

章晨光这边，来不及与梁溪有多余交流，在咖啡馆挂了一通电话给冯子佳："表哥，我已经去过银行了，可是我们常找的那个工作人员今天请了病假，我存不了款子。"

冯子佳在电话那头回答："那你就别把钱存银行里，自己拿着花好了。"

挂了电话的那一刻，章晨光感觉无比虚弱。他明白，冯子佳的答案只有四个字：放弃营救！

3

章晨光离开了饭店，坐方博豪的黄包车去了福煦路的梁公馆。梁溪平时很少假借他人之手做事，一年多前搬进来后就没另外雇用人手，身边只留下刘宁一人。刘宁告诉章晨光，梁溪病了，烧得厉害。

"别走……别走……"章晨光去梁溪卧室看望他，他的呓语断断续续，却很大声，梁溪也被它们吵醒了。

章晨光亲自拧了帕子替梁溪擦拭。医生素来是为病人考虑得多，但当病痛落到他们自己身上时，只能孤独地自救。

"光哥，"梁溪脸面发白，硬撑着坐起来："徐溪谷同志……"章晨光瞧他身体虚弱，本想瞒他一阵，转念却打消了主意，直言道："组织上说，放弃对他的营救。"

梁溪不接受这个回答，扯着嗓子说："你当年可是和我保证过，不会放弃任何一个人的！"他已无暇顾及与自己交货之人竟是自己父亲这件事，只是痛惜章程和徐溪谷的牺牲。

"是,我是说过这话!"章晨光说,"但那也得估量相应的代价。若代价太过惨痛,我们也是不可因小失大的。"

梁溪突然剧烈咳嗽起来,咳了好一会儿才接着开口道:"没想到啊,你们真的让我失望了!"

章晨光猛地低声怒喝道:"好啊!"半晌,他又接着再开口:"你怕是不知道,我让你给梁先生的东西是次品,威胁不到孤品,就算是日本人抢着了也不怕!"那组"金陵十二钗"中,少了一个占据重要位置的"林黛玉"。徐溪谷生前告诉他,那是他曾带着女儿徐青璇出远门,她认床,就带了件自己喜欢的小玩意儿,木雕"林黛玉"就这样被半道丢失在江苏境内。

"那时徐溪谷同志认为剩下的十一支根雕都没了价值,现在才明白,它们的价值正是为了救下这孤品。"像双生姊妹花,在两种万般不舍的选择内,丢卒保车,是他们能够承受的代价。

徐溪谷对章晨光说的最后一句话是:"我的这组孤品,总算出在了我的手握刻刀最稳的时候。现在病得厉害了,早就心有余而力不足。"

现下,章晨光成心刺激梁溪,不管不顾地刺激他。多年后,他面对梁溪给出的解释是:"反正你早晚得知道真相。"

梁溪自是不愿相信:"怎么会——"

"很意外吗?"章晨光不动声色地问他。

"你竟然骗了我!"梁溪的语气中净是不甘。他想起为他而死的章程,想起了被放弃营救的徐溪谷,心中落了一场锥子雨。金陵十二钗,他纵然读不懂其中典故,也不应该被章晨光糊弄了去,听信了他那句"丢了林黛玉的那组根雕才是真的稀罕东西"。

"日本人对国家重宝借保管之名,行掠夺之实,这难道不是一场无耻的欺骗吗?"章晨光咬紧牙关,双手成拳,手背上青筋凸现,低沉地开口:"只有用次品瞒过你们,才会让那些想将十二钗黄杨木根雕抢到手的各路无耻之徒相信它们是真的珍品,真正的孤品才能得到安全的保障。"

梁溪举起右手示意章晨光闭嘴。"光哥，你别在这儿给我发表演说。你知道我只是华侨，你们的很多做法我理解不了。"他接着苦笑道："说实在的，我帮你们的本事不高，给你们添麻烦的能耐倒是不浅。我也不会不知道，之前你派我去取那组蛋壳雕刻，不是我一个人的本事，是苏大哥和章大哥帮衬着，再加上其他接应的人，不然我早就——"他越说语气越苦。

"梁溪！"章晨光一脸肃然，用食指点着他骂道："你的西学傲气，你对中国文化的自卑，应该到此为止了吧？"

"章晨光，我请求退出组织。"梁溪的声音很轻，却很明确。

"嗐！"章晨光啐了一口道，"你当入党、退党是打牌呢！"

"可我受不了了，真的受不了了！"梁溪嗓音嘶哑，头痛欲裂，扯开的声线像病入膏肓的孩童。

他就用这样刺耳的声线，搭上刺眼的神情对章晨光说出了心里话。战争时期，他不愿拖人后腿，尤其是曾经给予他厚望的人："我一想到章大哥临死前对我说的话，我一想到他死时候的惨状，我一想到他是为了保护我而死——"他想说的，章晨光都明白，但若救不出的不是一个人，而是一个国家，章晨光敢肯定，令梁溪痛苦的可就不单单是"救不出"的负疚感了。

"梁溪，你刚才一直在提章程，"章晨光苦笑着说，"你知道吗，他是我的堂哥，没什么政治立场，就是个国文老师。"他说的是实话，也想试试梁溪下面的反应。

"那我就更不该待着不走了！"梁溪轻微地哽咽。

"我当初把你争取过来，是要和你一起救国的，不是让你剥了自己的皮，去弥补你的负疚感的。"章晨光冷冷地说，"这一件事，以后都别在我面前提了，我是不会同意的。"

4

章向晖问父亲，他当时是怎么处理梁溪的事的。

"我当然有我的办法了。"章晨光又拿起一只烤地瓜。章向晖劝道："您也行了，别吃那么多，当心烧心难受！"

　　出了梁溪的卧房，刘宁喊住章晨光，让他吃了便饭再走，说是梁溪的意思。但厨房里的水管子被堵住了，维修工要过两天才上门，所以只能吃些现成的。刘宁打电话让送餐，点了三四家馆子。

　　"我听说，你叔叔是军统特工，是他杀了成禄。"在餐桌上，章晨光对刘宁说，"你呢？"

　　"我的愿望是治病救人。但是我知道，当务之急是救国。"刘宁很寡言。他把炸酱面装盘让给章晨光。

　　"小伙子不错呀。要是你家主人跟你一样想法，他不至于会和我吵这一架。"

　　"章大哥，你的意思是？"刘宁问。

　　"他以为死于敌手，或放弃营救是件了不得的事情。"章晨光吃掉大半个椰蓉包，"其实那些只不过是开胃点心，"他开始吃喷香的炸酱面，"真正的硬菜，还在后头呢。"章晨光咽下被自己挑卷起的一大筷子面条，又灌了一杯水。

　　"只不过，"章晨光点了点自己的脑袋说，"现在他这儿就像你们家堵住的水管一样，通了就没事儿了。"

5

　　在章晨光从梁公馆出来的同一时间，苏咏辰正在家中书房里给组织发报，请求与女友楚池同志结婚。同时，两人还在电报里说，想请求参与刺杀亲日文人周伟文的行动。周伟文半路杀出，发表了诸多亲日文章，以及文章中提出的由日本人保管中华文物的一连串观点，都对组织上保护转移文化艺术品的任务是个很大的阻碍。楚池的表妹是汪锦琳，后者近来与周伟文交往过密。这样一来，这次行动就将会有极大的胜算。

　　晨曦饭店的包间里，梁忆华冷冷地看着章晨光，不想同他说一句话。姨太太梅砚云着一身素色旗袍立在一旁，静观两个男人的沉默。

　　"章晨光！我拿我的事业和我的钱支持你的革命，可我从没说过会拿自己的儿子去支持你的革命！"梁忆华很少如此失去风度地大骂，还句句都是大实话，惹得梅砚云很尴尬。为了圆场，她只能讷讷地劝说，语气不咸不淡。

章晨光没告诉梁忆华，他交代给梁溪的任务其实是容易的。就在刚才，他做了一个决定：把梁溪的"盘尼西林"代号作废，近期取消他参与一切行动的资格，好好反省反省，后面才能更有利于开展地下工作。

"梁先生，您把梁溪交给我，我就会把那份真正值钱的东西交给你。"章晨光悠悠地说。

"你说什么？你之前给我的还不是——"梁忆华很是错愕，又生出很多愤怒。没想到自己在生意场上一生精明，最终却被老友和亲儿子联手给耍了。

"您可别这么生气，我们也牺牲了同志呢。"章晨光冷笑道。

章向晖道："这不就是'核桃'之前跟您商量好的对策罢了。梁爷爷也真是的，东西又不会不给他。"

章晨光横了女儿一眼说："你都知道了，那你接着说，我正好休息！"

"那您说呀，你们到底把那组'金陵十二钗'根雕和那卷一窝人丢了性命也想要得到的《寻根赋》整哪儿去了？"章向晖又急着问道。

6

章晨光想起了杨柳柔美的嗓音。

> 回忆起携手湖心泛舟
> 回忆起策马红尘的悠悠
> 将春水吹皱
> 冷冷清秋
> 踏过千万个春秋
>
> 是我错一开头不坚守

发了狠转身拂袖不回眸
一杯离愁
难咽下喉
拭泪
借你红粉酥手

　　章晨光把它当生日歌听了。他有印象，这支歌不算很流行，是一位佚名作者根据两首著名的《钗头凤》写的，名字很美，叫《柔石令》。

怎可说永久
怎可说不走
送君千里终须一别
别后不甘休
逞锋落荒后
相思栽心头
却又为何设防不放手
苦苦挽留

有缘人再聚首有时候
那阵痛摧动肝肠在之后
泪痕浇透
装欢未酬
定格
依依拥偎杨柳

　　杨柳下意识地刹住歌喉，双颊染得绯红，是被章晨光的灼灼目光烧烫的。章晨光手臂一收紧，朝她微笑，是让她继续唱的意思。杨柳便又拉开了甜嫩的声线，继续唱下去。

　　怎可说永久
　　怎可说不走
　　送君千里终须一别
　　别后不甘休
　　逞锋落荒后
　　相思栽心头
　　却为哪般紧握不放手

章晨光一直捉着杨柳的手，半闭着眼在听，好像唱机就在一边。

　　难难难难在不知何处停留
　　瞒瞒瞒瞒天过海找借口
　　也许我松开了口不走
　　你才会有绕指柔
　　怎可说永久
　　怎可说不走
　　送君千里终须一别
　　别后不甘休

听至这一段，章晨光知道词快收尾了，杨柳的声音越来越细，越来越浅。

　　红豆已腐朽
　　相思不愿走
　　望穿秋水望穿下一世
　　相守白头

　　最后一句词，杨柳抛开了之前均匀的节奏，故意拖得很慢。它就是在拉整首歌节奏的后腿。相守白头，于他们而言，是千金难买，也是千金不换的。

　　她不作声，想起了在美国读书时一些难忘的日夜。他们是在一场交谊舞会中相识的。那年章晨光二十七岁，杨柳就更小了，只有十九岁。灯火辉煌的宴客厅里，那张容纳得下近百人的长方形西式餐桌两头，立着两大只水晶花瓶，里面插满了新鲜的玫瑰花，有红的，也有白的。

　　那两樽水晶花瓶静静地蹲在餐桌的两方，各占一块地。瓶肚里的红白玫瑰渐次盛开，红玫瑰热情，白玫瑰高雅，不过白玫瑰有些发蔫，红玫瑰却依然不失娇气，盛气凌人。

　　杨柳悠悠回忆道："我还记得呢，我那晚穿的也是这身黑裙子，当时咱俩都戴着面具。你见我盯着那瓶玫瑰花，就问我：'你喜欢玫瑰花吗？'我说喜欢。你让我自己挑一支，我选了红玫瑰，可……"章晨光抢着说："我给你拿了白玫瑰。"

　　"你还好意思提！"杨柳就是看出白玫瑰大多凋敝，所以选红玫瑰想讨个好彩头，章晨光还故意恼她。

　　他对她说："小姐这身黑色，像是新郎的燕尾服；这支白玫瑰呢，又像是新娘的白纱裙，它们可是天作之合呀！"

　　杨柳听了他这番解说，对章晨光好感倍增，也愿意接受舞伴的如此安排。"可你之后的话，准会把人气伤了！"杨柳小声嘟囔道。

　　章晨光替杨柳将一朵白玫瑰别在发间，忽没正形地说道："这打扮也很适合葬礼。"他没想到，自己竟一语成谶。

　　他看不见面具后的杨柳娇容露凶。她被章晨光拖进舞池，为两人伴奏的音乐是 *La Cumparsita*。一时间，舞池中所有的赞美皆聚焦于这双璧人：娴熟的舞步，优雅的身姿，点到即止的目光交汇，任是无情也动人。

　　任谁都想不到，这对男女是头回见面。

　　那晚舞会结束后，杨柳又一次不由己地任章晨光牵引着，摘下面具坦诚相对。她瞧见了茶几上的那樽水晶花瓶，妖娆、夺目、销魂的红玫瑰开得炽热，洁白、天真、冷漠的白玫瑰仿似化成了一团一团的白糖甜食。

杨柳依偎在章晨光身边慨叹道:"我真想一辈子和你在一起,远离战争,远离伤痛,远离贪腐无度的党国。"

章向晖想让父亲赶紧打住,只好故作慵懒道:"您当初这样对不起她,难为她总是想着你!"

第十四章　遗　愿

1

舒念琛中午吃完饭，捧着湿淋淋的饭盒往办公室走，转门把手时却惊觉里面有人：一心爱慕他的杨婷婷正将他喜欢吃的几样小吃放他桌上。

"你回来啦。你过来看，这些都是你最爱吃的，我可是跑去'蜀腴'买的。"她一看舒念琛手里的饭盒，略有些失望地说："你吃过了啊。"

舒念琛对杨婷婷无感。他对和杨婷婷在一个办公室的杨柳更着迷，可杨柳总让他吃闭门羹。

"东西留下，你人可以走了。"舒念琛有些冷血地说道，"杨婷婷，你要是能像坐你对面的杨柳那样，或许我对你还能有点兴趣。"

杨婷婷也冷冷地说："等我说完，你怕是不会让我走了。"

2

小豹子发现发报机亮起了信号灯，他赶紧低声道："来电报了。"章晨光警觉地问："谁的电报？"

"是我们这条线上的人。"小豹子说，"是'紫烟'同志。"

章晨光听了，不由得发急道："不是和他说了，让他藏好自己，藏好自己！他怎么能私自用电台和我联系呢！之前他不是已经发过一回电报了吗？""紫烟"在电报上说，他已经和他弟弟一起去往浙西，也是戴老板的老家，那处葱郁多娇、如诗似画的江山。那个地方暂时没有轰炸，相对安全，也相对安静，适宜养病。

"他还说——"小豹子突然鬼鬼祟祟地凑在章晨光耳根下，一阵咕哝。

"那个'紫烟'还在电报里说了什么？"章向晖饶有兴致地问父亲。她端着一只大碟子，里头盛着糖渍萝卜。章晨光摘下老花镜，双手在发黄的旧衬衣上擦了擦，纠正女儿的说法："你应该叫他陆伯伯。"说完，他先去馋他的萝卜去了。

陆宇轩打量了一会儿自己住的客房。他准备将衣服挂进衣橱。衣橱中间有一层隔板。隔板很宽很老派，当中还挖了一方抽屉。上层钩着一些衣架，下层的高度正好用来放皮箱——很简洁的西式设计。它是黄花梨木，散发着一股古老的气韵。

章晨光又给章向晖出谜语了："你猜那位飞行员发现了什么？"
章向晖说："我要是知道，它还叫故事呀。"

陆宇轩将皮箱推进衣橱下层的最角落。衣橱的花梨木隔板很薄，上方挂着几件男式旧西装，还有他的一件皮衣，看起来满满当当的，隔板也好似有着它的不该承受之重。他的听力捕捉到了极细微的一声跌落，却突然发现声音是来自自己挂起来的制服上。制服最下方一颗金属纽扣滚了下来，摔在了下层皮箱的前方，直钻进了衣橱深处。伸手摸进去，他触到了一方锁孔。

陆宇轩感觉有些异样，心中一凛。

陆一凡在休息，他悄悄把佣人杨妈叫进来，问她能不能找些针线来。杨妈看到陆宇轩手中的纽扣时，连连说放着让她来。陆宇轩连连回笑着说不用，他会缝扣子的。

杨妈便从衣橱隔板的抽屉里取出一只针线盒递给他，告诉他有什么需要一定和她说，就退出门去了。

本来只想要钉扣子的陆宇轩怎么也不会想到，他竟会在那针线盒里翻出一把钥匙。

当天夜里，陆宇轩被陆一凡剧烈的咳嗽声折磨得没了睡意，就打开台灯，赤着脚踮走至衣橱前，拉开抽屉取出针线盒里的钥匙，再一次伸进了那处极深的锁孔。

下层的那扇薄薄的花梨木隔板被打开了，露出了好多叠精致的线装古书，正是日本人费尽心机想得到的"四书""五经"。只不过，陆宇轩并不清楚它们对于陆一凡的重要性的。

"砰——"他猛然听见了玻璃破碎之声，门外有佣人窸窸窣窣的响动和疑问。想来那是被流弹击碎的，他见怪不怪。

次日，陆宇轩在一阵下人极度害怕的议论声中见到了吉田一功大佐。他是个中国通。他的来意很明确，就是为了昨晚自己见过的那套线装的"四书""五经"。

陆一凡心下不满：吉田一功对它也真是有耐心，竟从济南一路追到了武汉。

他实在不愿与这人有过多交涉，就只吩咐杨妈："你去把东西拿出来，就在客房里。"

陆宇轩紧张起来，双手攥成拳。陆一凡所说的客房，是否就是自己住的那一间？

杨妈和几个佣人一块儿把几摞捆扎好的书放在了客厅的茶几上。陆一凡依然是一副闲适的表情，让吉田大佐自己去取。

陆一凡安慰陆宇轩："头一回碰面，就让你见笑了，还好咱们明天就该起程了。"窗户上坏的那块玻璃就是小鬼子的恐吓，是他们昭然若揭的野心，但就这样被两兄弟淡然处之。

兄弟俩在武汉的陆公馆又平安度过了一夜后，他们乘车，几经辗转，来到了浙江衢县境内。陆宇轩把陆一凡带到了浙西江山县城，把他安置在了江山的保安村："眼下这种环境，这儿确实是个好地方啊。济南、武汉、重庆，都是太惹眼的城市，我都不能歇好，歇不好呢。我的病也越治越没指望。"陆一凡唏嘘。

陆宇轩保证道："我得了空，一定会常来看你的。"

3

章晨光的故事线匍匐至1941年末。他指着老相册上的一帧相片对章向晖说："这个和爸爸差不多高的就是陆一凡伯伯。"章向晖却对相片中站在章晨光左侧的年轻男子更感兴趣，他穿着一身笔挺的空军制服。"这就是陆伯伯的弟弟，那个飞行员吧？"章向晖问，"但看这相片，两人长得不像啊，该不会不是——"

"你都知道，干脆你来继续编啊！"章晨光总是被女儿抢白，脸上就摆出了不高兴的模样。

别看章向晖三十了，撒起娇来可是一把好手："当然是您来说，我听着的好。您满肚子的干货，我是腹中空空，就等着您老人家的按时投喂果腹呢。"

章晨光又一次派了程昱延扮成徽商去江山，寻到了陆一凡的住处。陆宇轩大多数时间都在笕桥航校，听从大队里的安排。只要觑出空，他总会向上头讨假，杀鸡提酒回江山看望哥哥。他托中药铺的人把鸡和着几十种名贵药材炖了，炖了滋补汤药给陆一凡。酒大多是便宜的地瓜烧，给他自己与哥哥相聚时解馋用。陆一凡是不能喝的，空军也有很严的纪律，平日不允饮酒，探亲时正好放开。也因如此，陆一凡很多时候都是一人挨过这许多寂寞光景。

程昱延向陆一凡亮明了自己的真实身份，也说明了自己来江山保安村的目的。他带走了那套崇祯时期的"四书""五经"珍藏本，它们是陆一凡赌了一把大筹码保下来的精品。

保护它们不落入日寇之手，是陆一凡幼时好友孔丽梅临行之前的唯一愿望，组织上要求一定保护好的这套古籍原本是孔丽梅家的珍藏，只不过后来因孔祖母生病，孔父又囊中无几，无奈之下才当掉它们的。陆父陆还夏正是这套古籍的买家。陆一凡不知道的是，孔丽梅在举家搬迁济宁的途中，一家老小八口皆被日本人的炮弹炸死，她的愿望成了遗愿。

陆一凡守住了她的这份遗愿。

陆一凡清楚，吉田一功对古籍动了不少心思。他就托了一个北平的同学去了趟琉璃厂，买了一套高仿品，打算蒙混过关。

一个半月后，章晨光亲自上门来寻他了。章晨光见一位荆钗布裙的女人端菜进来，不由一愣。陆一凡忙道："高姐，麻烦你先回去吧，我和我大哥说几句话，你也辛苦了。"

陆一凡将五只胖胖的粽子牵出了翻腾着小水波的蒸锅，端到章晨光面前说："这粽子是衢县这边的包法，馅子是芋头雪菜咸肉的，有一些辣，不知道你吃不吃得习惯。"

章晨光先是惊讶了一声"这么多啊"，后又补充着说："这些年组织上，还有戴先生总把我派往衢县一带工作，口味上早习惯了。"吃东西事小，他来找陆一凡，自然是有要事相商。

陆一凡气色虽不佳，到底还笑得温柔："这还是我弟弟前几天带来的。"

在章晨光找来之前，陆宇轩来看望过陆一凡，那时快要到端午节了。

"哥，你快看我给你带了什么。"陆宇轩声音很兴奋。陆一凡从屋里走出，看见了弟弟手中一串结结实实的粽子，有十多个。

"好吃吗？"陆宇轩剥去箬叶，笑眯眯地看着陆一凡挑起一筷子粽子尖放进口中。

"嗯，好吃，这芋头粒入口即化，配粥吃是很好的。"陆一凡说。

陆宇轩"嗯"了一声接着说："这明年呐，还不知道能不能再吃得上呢。"

陆一凡忍不住轻啐了他一口道："呸呸！这地方这么美，这么好，不会打仗的。"仿佛在他看来，美好的东西就不该也不会被摧毁的。

可再美好的地境也躲不过战火，珍珠港事件爆发了。半年后，浙西的衢县和江山也沦陷了。

4

在她准备赴宴之前，撕碎了那张请柬。

金星村，还有那棵古银杏树，都曾是她抵死不愿抹去的甜蜜。而今，它们却只成了她蒙上尘埃的记忆，令她心灰到都懒得去擦拭。

她换了一袭白色的雪纺纱裙，抹上深红色的唇膏。她还记得，这些都是他送她的，只是不知他是否还记得。

是他的大婚之日，自然一片的热闹非凡——

一排排高低有致穿插错落的人家，傍着一间间铺子。道旁种植的乔木吐着醉人的馨香，还留着松软泥土的腥气。

"还没有到时候呢。"她记得他这样对她说，展开一排如编贝的皓齿，"等到秋天，银杏都成熟了，嚼起来就会有滋味的。"

她一笑，有些黯然地说："谁知道能不能等到那时候呢。"他毕竟太天真，不知道女人是经不起等待的。

"哪会呀！"他乐观地说，"不过就是两三个月的事情。"现在是初夏，她穿着一袭白色的雪纺纱裙，抹了深红色的唇膏。

他喜欢看她这样的修饰。

可她到底无法容忍他闪烁其词的粉饰：他要和别人结婚了，父母喜欢那个女人。

她苦涩地笑了笑，心底里先有了对自己的否定：个性太强，温婉不足，受到蔑视也很合理。

她又寻到了那棵银杏树下，不由得微笑了，想起两个人一块儿在银杏树下看书念诗的那些时光。

只可惜，银杏树没有树洞，可她有一个秘密，它是载不动的。

"妈妈，我们不是要来找爸爸的吗？"一个稚嫩奶气的小女孩的声音突然插进来。

她回过神，望着小女孩，柔声地说："你爸爸，他不在这儿……"

章晨光手捧着一本红朵的散文集《信安遗事》，其中的开篇《银杏树下》，是整本书里他最喜欢的文章。"红朵，你得好好养病，以后才有更多的机会，写出更好的文章，命比文章大。""红朵"是笔名，她原叫王红琴，一个很俗气的名字。她是东北人，算是章晨光半个老乡。从奉天逃到上海，从上海到武汉，从武汉到重庆，最后又从重庆来到了香港。

红朵禁不住失笑道："我才不养病呢！人一旦有了病痛，应该把它赶走才是。你们还说'养'着它，它倒越发骄横了！"她的身边放着几页稿子，涂改的痕迹很重，可能是个长篇。

"听你的主治医生说，你打算割掉喉咙里的肿瘤？"章晨光削着一只苹果，问她。

红朵气喘吁吁地说："汉文他不同意签字，那就我自己签。"她口中的"汉文"叫乔汉文，是她现在的丈夫，比她小三岁。

"他和郑迪没得比，就性格好。"红朵这样评价乔汉文。

"是吗？我以为被你爱上的男人，总是有可取之处的。"章晨光答。

红朵对他回忆起了和郑迪在一起的日子："我把它们叫作往事。"

"那个音乐老师风流成性，我管不住。在一起住了一阵儿，才发现肚子里又揣着一个。我没主意，他跟着一块儿窝囊，他家里断了他的开销，之后就对我不辞而别。我带着肚子里的孩子，很落魄，旅店的老板决定把我卖到妓院去抵债。"红朵喘一回，歇一阵地说："要不是那时候松花江发了大水，我和他的心还绑不到一块儿去。"章晨光深知，红朵后面口中说起的那个"他"，指的就是郑迪。

在红朵的絮叨中，章晨光心中泛起了真实的羡慕之情。他真心觉得万分对不住杨柳。战争是该死，可自己更该死。

"我第一个女儿就是音乐老师的。他受不了家庭压力，回去成亲了。郑迪有血性，也义气，满腹才华。有升学之能，却屈尊当了家庭老师，教武术和国文。"当时，郑迪为了让红朵安心待产，当掉了身上所有值钱的东西。

"孩子出生后，护士想让我抱，我很怕，蒙在被子里不去看她。"红朵说了太多，嘴上吃力，心中难受，"他找了个奉天城里没儿女的人家，把孩子送走了。那家女人留了十几块大洋。"红朵之后绝口不再提那孩子，只留下一篇散文《孤儿怨》，让孩子活在了那里面。

"我也有个女儿，她妈妈没有不要她，不要她的是爸爸。"章晨光苦笑着对她说。

红朵出院后的日子仍是清苦的。他们卷着铺盖住进了一家白俄旅馆。郑迪因为担心红朵被东家说闲话，就辞去了教师的工作陪着她，因此总是欠着租金。红朵除了写文章、画画外，就只会一些家务活。最后两人商定，还是让郑迪出去找事情。"那段时间，每天早上，我都会被白俄女人分派牛奶和面包的动静吵醒。头一回不想当作家，只想做贼。"

章晨光笑了："贼你怕是做不了了，只好当作家。"

红朵说："有一天，郑迪带回来一只大列巴。他把它切开，面包香气一直绞着我的肠胃。我找来一张红纸，在上面放了一撮盐。我在盐上用指头画了个心形，就当结婚了。我们两个人就这样咽着面包。他吃得很少，说面包蘸盐太咸了，喝了不少的水。"

她觉得自己应该做点什么。被饥饿折磨得睡不沉的红朵还是撇开自尊心，给她高中时代的美术老师去了一封信。名为闲聊，实则是老师不着痕迹的救济。他告别时还给了红朵五块钱。

"我知道你的这件事。你也把它写了文章，叫《家访记》，拿去骗稿费了。"章晨光不想让红朵一味沉浸于这些悲凉的记忆中，就做有意的调侃。

郑迪找的新工作还是家教，教一个富人家的小孩弹琴。他以前学过钢琴。红朵说："有一天，他兴冲冲跑进屋来，抱着一只大列巴对我讲，他找到工作了，还带回了二十块钱。他从当铺里赎回了一件旧棉袄和一件呢大衣，说要带着我下馆子。"

红朵口中的馆子当然不能和上海的馆子比，是道里区一处很扰攘破旧的小饭馆，许多工人和洋车夫都爱挤在那里吃饭。

"那顿饭是我最美也最痛的幸福。"红朵回忆说。那天她和郑迪点了八只大馒头，五碟小菜，一碗肉丸子汤。郑迪又买了半角钱猪头肉和半角钱烧酒。"我那时在想，要是一辈子都能这样就好了。"那一夜，饱餐后的他们，走起路来都不由得脚下生风。

郑迪长得很讨喜。不是奶娃娃那般的讨喜，而是和女人断不开情缘的那种讨喜。没过多久，红朵就隐隐察觉出了他与一位南方少女的不对劲。那少女姓程，笔名叫程青子。

"后来，东三省完全沦陷，我们去了上海。生活好不容易稳定了些，按捺不住的又是他，我们总是挑起个由头就吵架。程青子也不会不知道，不长时间就带着男朋友回了南方老家，说是要结婚的。郑迪想和我重修旧好，就联系了以前的一位同学佘同穌，说他的夫人徐粤来在日本留学，我可以去找她。"红朵难抑心中悲伤，拖着带伤的腔调说："谁知道，他又——"

这次章晨光还未开口，另一道声音就响了起来："红朵，萧先生来了。"他一转头，见是一个斯文秀气的年轻人，看着和梁溪差不多大，他应该就是红朵的先生乔汉文。而另一位戴着眼镜的人，章晨光见过照片，名叫萧乾生。他是《蒲草》杂志的主编，也在组织上安排的留港文化人士的疏散营救名单上。

从表面上看，章晨光是专程来问候老乡的病体，其实他是带着任务秘密前来香港的。组织上有令，务必要在半个月内安全完成留港文化人士的疏散营救工作。红朵自作多情了。

乔汉文给红朵带了一些西药，袋子里还有两个苹果和两只橘子。

"你去哪儿了？"红朵很冷淡地问他。

乔汉文有些打磕巴："找朋友筹钱，买食物，买药……"红朵不吭声了，抓起一个苹果啃起来。

萧乾生说话了："红朵，你交给我的连载稿子快发完了，很多读者都追着我，嚷着要看后续，想知道甜儿的结局到底是什么。"章晨光想，她床边的稿子应该就是萧乾生想要的连载。

"萧先生，"红朵吃力地说，"我下周就要做手术了，身体也实在不争气，怕是没力气再写了。麻烦您在报上帮我向读者登一封道歉信，把文章完结了的好。甜儿对着她师父灵位痛哭那一段，就当是《胡柚娃》的结尾吧。"章晨光才知道，红朵祖父原籍在衢县，她小时候总从祖父嘴里听着各色故事：水亭门下的情趣，柚都常山的佳景，还有开化金星村的古老银杏树……这些久远的构图全被她割成了文字，凝成了他给她读的那一本《信安遗事》。

"也好。"萧乾生柔声说，"你应该好好休息。"他告辞时都未看章晨光一眼。

章晨光朝乔汉文点头示意，只说等红朵手术后再来探望。

实际上，章晨光来香港更重要的任务，是要拿到在港日军与76号主要人员密谋制定的"粉骷髅计划"。

第十五章　故人故事

1

梁溪只是安抚性地告诉秦乐婕：时间一到，一切将会迎刃而解。此刻，他倚着被炸得残损的阳台石栏，不禁怅然若失，不由自主地去捉秦乐婕的手，缓缓开口道："乐婕，你之前就应该听我说过，我父亲是梁忆华。他是个很能干的华侨商人，药店、米行，各样生意都略通一些，在新加坡有很高的名望。我在新加坡出生、成长，是家中独子，被寄予了厚望。母亲走得早，西药房'荣生堂'是我祖上的积累。祖父是吸食了过量鸦片后致死的。"他的声音低了下去，悄悄抬眼瞄着秦乐婕。倒是秦乐婕更显羞惭，她被家中两个恬不知耻的兄弟阴了一把：他们替她栽种下烟瘾，梁溪替她拔除掉烟瘾后，她却对他上了瘾。或许，人人皆有不同的瘾，侵略正是侵略者犯的瘾。

"'荣生堂'本来打算改头换面，可恰逢战争，这一丛丛的战火燃亮了祖国的疮痍，亦烧断了祖国的文明。人若被流弹击中，横竖不过一死，可那些汉字若被流弹击中，又死不足，只被劈作了双份，整个的华夏文明也就被劈开了。"若梁溪之前没在秦家住着，若秦乐婕的中文没有惠及他，他是真不知该如何是好的。于他而言，汉字、中华文化就是舶来品，新加坡是家，中国是根，自己的作为就是船身，它载着一堆珍贵的舶来品驶向发源地，驶向异国他乡，杜绝侵略者的掠夺瘾反复发作。

梁溪又捏了捏秦乐婕的手心，苦笑道："它们要是被劈开了，我更认不得了。"一个个部首和偏旁，它们在与汉字母体剥离的刹那，都疼得沉重！梁溪继续低沉地说道："按理说，我的感情应该是被冲淡了，可当它们被他人连根拔起后，我甚至错觉，心脏被摔成了八瓣，摔烂了！五千年的文化汁水本该滋养着中国人，让他们更有勇气去面对荣辱。"可他现在看到的一切都是错位的。

他的声音如寒风中的烛焰，渐渐熄了下去，但总不会短了他的主见。

秦乐婕"扑哧"笑了出来，突又低下头凄然地道："你洋文懂得比我多，认不多汉字也是好的。那些英文单词炸碎了，字母还能留个全尸呢。"其实此时，英式文化也身不由己，一群健全的单词也像战乱中的孤儿般面临着骨肉分离的痛楚，一点儿不比中文无辜。

梁溪告诉她，自己现在所进行的一切活动就是为了治病救人："这次来香港，也是我想拿到一些药，海运方便些。"他思索着，挑拣些能与她说的说，像是拉家常，还告诉她，千万不要想多了，很多时候，猜测并不受人欢迎。

"那你为什么要带上我呢？"秦乐婕问。她的手指插进他的发丛中，一把一把地梳顺了。

"我认不得太多中文，需要有人帮我，你妹妹学得不足，"梁溪脱口而出，全然不顾对方的感受。他见秦乐婕面色暗下去，又急忙补救说，"我也需要有人陪着我。"他打算利用她的语言优势是真的，他怕孤独也是真的。

"我听到过、看到过太多因个人家庭问题而产生的背叛，这也是我一直不敢给你婚姻、不敢给你承诺的原因。"梁溪是众多个人情感羁绊事故的旁观者。旁观者清，他因此才能时刻保持自律与理性。

秦乐婕忽而展开了笑颜："我想与你亲密无间，你却只想与信仰亲密无间。"

"乐婕——"梁溪断定，此刻她一定伤透了心。

谁知，梁溪得到的却是秦乐婕谅解的一个吻："我谢谢你，是你救了我，是你把我从旧的深宅大院里救出来的。"

她感谢他一年前的青睐。

名分，本来就是身外物。

"对了，我明天得去一趟养和医院，有个肺结核病人在那边被误诊了。"梁溪说。这是章晨光教给他对秦乐婕的说辞。

"你既然有事，去就是了，我又拦不住你。"秦乐婕淡淡地说。

梁溪倒不说话了，他在骗她。

他没看到，秦乐婕的眼神也在闪躲。

2

在章晨光的回忆里，见到"蓝钻"是开心的，但平白无故遭骂是糟心的。一大清早，他在梁公馆对着梁溪大动了一番肝火；回自己家的饭店后，又在套房里被梁忆华指着鼻子一顿臭骂。连日来武馆、饭店的两头工作使他十分闹心。他不由自主想起了杨柳。她虽然任性娇气，也还是有可人之处。

街上报童的叫卖声一波接着一波。章晨光买了一张《申报》，看到了一则寻犬启示：

本人于上周六携未婚妻遛狗之时，在静安大胜胡同口附近，大意与爱犬失散。此犬品种为京巴，乃本人与妻子定情结心之标志，小名昏昏。望有遇见之人按此地址送回，必有重谢。

这则寻犬启示下，除了地址，还附有一张京巴犬的照片，落款是"褚先生"三字。章晨光知道，自己让苏咏辰和楚池结婚的计划已被组织上通过了。

他回到办公室的时候是中午，好多人都拥在食堂，走廊上只回响着他一人稳重的脚步声。章晨光的译电室在杨柳的档案室之前一间。他经过档案室门口时，下意识一瞄，发现门开着，杨柳果然在里头。

"章组长。"杨柳的目光突然发亮，笑盈盈迎上去。章晨光冲她笑道："杨小姐，吃过了吗？"

"还没呢，正准备去吃。"杨柳从抽屉里拿出饭盒，下一秒就被章晨光一把拦住："杨小姐要不嫌弃，就赏我一个面子，我们出去吃？"

杨柳一下子变得乐不可支："中午就免了。章组长要不嫌弃，晚上我请你怎么样？我来下厨。"她没说今天是女儿的生日。当初，杨柳就是为了章晨光才进的军统，其实，更是为了对女儿的承诺才进的军统。

"我知道杨小姐平时爱听唱片。不得不说，你还是挺有雅兴的。想来，你的听力也应该不错了？"

杨柳脸上腻着笑说："不吹牛啊，前些年经我手的情报，可都是毫厘不差的。"她的脸上有小失落，那份失落落在了敞着口的档案袋上。

章晨光的目光也投在了上面，略有惋惜地说道："戴老板也真是，你明明是个侦听的好苗子，他却调你过来管档案，大材小用了。"

"我之前和程先生出任务失利了吗，"杨柳闲闲地说，"也好，档案室清闲，不用提心吊胆的。"

"嗨，就是混口饭吃呗。"章晨光像是一下子又想通了一样，也豁达地安慰她。

他看见杨柳拎起话筒拨号："喂，依依啊，中午有没有好好吃饭啊？只吃了半个馒头啊……对，妈妈当然记得了，今天你生日嘛！"杨柳好似在看着窗外，实则正偷觑着章晨光的神色。

章晨光听至此，全身血液都差点凝固。等她放下话筒，才回过神来，生硬地道谢了几句，说晚上见，就回了自己办公室。

章晨光才坐下不久，电话铃就响了，是苏咏辰从学校打来的："晨光，今晚来我家吃饭吧，楚池准备了你最爱的炖牛肉。"

章晨光在电话中笑着说："你们不是都快结婚了吗，我就不来做这个电灯泡了！再说了，你们又不是不知道我的饭量，都能把楚小姐的陪嫁给吃光了。"

苏咏辰在电话那头说："正是因为我们快结婚了，才想让你来当我和楚池的证婚人。我告诉你，这件事你别推，推也推不掉，我们就把酒席摆在你饭店了。"

章晨光心里知道，苏咏辰这次的邀约主题是什么，他没法子不去。

章晨光既然答应了苏咏辰，就只能推掉和杨柳的约会。杨柳不在档案室，她已经去食堂了。

楚池挎着一个大兜子，里面装着玉米棒、小洋芋、生番薯和一些蔬菜。这会儿，她正在肉摊前挑着牛肉。

"这是牛腱子肉吧？"楚池问肉贩子。得到了肉贩子的肯定回答后，楚池又问这些牛肉一共多少斤，肉贩子麻利地过秤后说："两斤。"楚池点点头，让肉贩子把这些牛肉全都包好。

这时，另一个女人的声音响起："还有牛腱子肉吗？"那人正是杨柳。只是楚池不认识她，更不清楚她与章晨光过去的种种。

"小姐，今天是我家孩子生日。孩子她爸单位忙，经常不着家，今天难得回来一次，你看——"杨柳把话兜了一大圈，好在楚池听明白了，把肉让给了她。

章晨光来到苏咏辰家。楚池迎出来说："今天番薯、洋芋、玉米棒无限量供应，可以吃到饱，牛肉可只有半斤啊。"

"没关系，我不挑嘴。"那一回，章晨光是第一次见到楚池："她眼睛很大，很漂亮，看起来就很温柔大气，脾气也好。"他这样对女儿回忆道。

章晨光问苏咏辰定好日期没有，苏咏辰说半个月后："本来皇历上适宜嫁娶的好日子十月份最多，可小池怕冷，穿婚纱怕扛不住，八月末正好有个吉日。"

"那天正好是周六，喝大了也不用担心。"章晨光看了看电话机旁的日历。

章晨光顿了一会儿，又说苏咏辰好福气，娶了一个像绵羊一样温顺的女人。苏咏辰笑道："你别跟我卖惨，以你的条件，身边最不缺的就是姑娘。"

章晨光说："我是说真的，我身边的人，都比不上楚小姐，母老虎似的。"他说的就是杨柳。这个女人总是有魅力控制住他。

苏咏辰干笑了两声说："在危险的时候，母老虎比绵羊要好，它有能力保护自己想要保护的人。绵羊呢，只能当一个被保护的角色，所以你该知足。"

楚池端着蔬菜牛肉汤过来了，跟着蔬菜牛肉汤一起过来的还有她的两声喷嚏。她嘟囔道："谁说我坏话呢？"章晨光说："咏辰一直在说你好呢。对了，"他问苏咏辰，"可不可以借个电话？"

杨柳提早下了班。她知道章晨光忙，中午去食堂前就给他留了虹口区的电话和地址，让他做完事以后自己过去。她在南货铺接上依依，告诉女儿爸爸今天会回来："他不仅会和我们一起吃晚饭，还会给依依带礼物。"

章向晖笑着对父亲说，其实她那时候知道母亲哄她来着。

章晨光给杨柳去电话："不好意思啊，我有朋友快结婚了，请我做证婚人，晚饭就在他家吃了。对，半个月以后……不不不……就在晨曦饭店，改天一定找时间再聚。"

杨柳放下电话，把一砂锅新鲜的牛腱子肉端上桌，又做了一锅蔬菜杂烩汤，叫女儿趁热吃："你把这碗饭吃完，就可以吃栗子蛋糕了。"菜的分量太大，母女俩肯定吃不完，放着又怕坏了。杨柳照顾好依依后，端着剩下的牛肉，去楼上敲开了冯子佳的门给他送了过去。她经常在楼道里遇上他，听说是个单身汉，不太修边幅，吃穿随意。

章晨光的胃口高过苏咏辰和楚池的总和。苏咏辰见从汤里捞上来的是牛肺牛肝，不禁皱眉道："这是牛杂汤吧？不是让你买牛腱子肉的吗？"

"哦，本来我是买了的，还没拿到手就被另一个女人买走一大半，她说今天是她孩子生日。"楚池边舀着汤边说，"我刚才不已经和晨光说了，牛肉只有半斤。"

在那锅牛杂汤见底前，章晨光从楚池口中听了些关于她表妹汪锦琳的事情。汪锦琳的大部分事，就连苏咏辰也是才知道。

3

楚池的父亲与汪锦琳的母亲是兄妹，汪母嫁了人后倒是很少与楚家人走动了，父母亲本来就不满意这桩婚事。汪母婚后生了一儿一女。

汪锦琳是在汪母的支持下才受到西式教育的："为了表妹读书的事，我姑母豁出去，和那个只抽大烟的姑父翻了脸，离了婚，执意要把表妹带走。"

汪父一气之下，将女儿囚禁在思南路洋房的阁楼里。汪锦琳后来在奶妈的帮助下逃到愚园路常德公寓的姑姑家。汪母与她姑姑曾一起赴法留学，交情还行。

"那就是前两年的事啊，那时候我们不是还一起回去过吗？我还给了锦琳红包的。"苏咏辰向楚池求证。1938年的春节，他首次以男友身份拜访了楚池父母，在场的还有汪母和汪锦琳。

年夜饭中途，楚父和楚母给女儿和苏咏辰各一个红包。汪母和汪锦琳只是自顾自吃菜。

楚父叫她了一声："这是舅舅和舅妈给你的红包，祝你新年快乐。"汪锦琳突然打了个激灵，连连摆手道："不，不，我不要的！"汪母在一边淡淡地说："既然舅舅还有舅妈给你红包了，说声谢谢，拿着就好了。"汪锦琳这才低声道了一句谢，一副歉疚的表情。

楚母眼尖，见汪锦琳只穿了件起了毛球屑的绒线衫，便好意问道："锦琳，这么冷的天，你怎么穿这么少？够暖吗？"汪母道："她从她父亲家逃出来的时候，什么都没带，新年的衣服又来不及做，拣我的衣服又嫌小，这还是她姑姑的。"

楚母马上说："小池还有些旧衣服，等会儿你去试试。"楚池马上打岔说："妈，我那些旧衣服不是都让您做了褥垫子了吗？"她拼命对母亲使眼色。楚母这才记起来，旧衣服都给女儿缝制成月事垫子了："哦，是的是的，看我这记性！"

吃完饭，苏咏辰陪着三个长辈凑一桌麻将，汪锦琳在一旁看牌。楚池悄悄拍了拍她的肩膀，招呼她进屋，塞给她另一只红封套："这是我和你姐夫给的。"汪锦琳想推辞，被楚池三言两语挡回去了。她还给了表妹一件九成新的呢子大衣，说是年前临时买的，没太狠穿，还算像样，不用管汪母的眼色。汪锦琳为了缓解尴尬，只好同楚池开起玩笑："你和苏大哥还没结婚呢，这就让我喊他姐夫？"

汪锦琳是最喜欢楚池这个表姐的，因为她不着痕迹地替自己留了自尊。她也很羡慕表姐身边有个这么好的人陪伴。

命运的齿轮偏偏没给她落上好运。汪锦琳遇上的是心猿意马、朝秦暮楚的周伟文。

那晚回到家，汪母与女儿在客厅里长谈："我虽然给你准备了一笔钱，到底经济能力有限，读书和嫁人，你只能挑一件事。你要是选择了读书，那这笔钱就是你的学费；你要是羡慕你的表姐，愿意嫁人的话，那就用这笔钱置办嫁妆。

本来呢，要是你愿意跟着你父亲，自然是不必吃苦的；但你又选择跟了我，我手头是一个多余的钱都没有的。你得自己想好了，没得后悔的！"

汪锦琳声音很闷，但却是坚决地说道："我是无论如何都要读书的！"

4

章晨光在为苏咏辰的婚礼忙前忙后。核对婚礼嘉宾名单时，他不动声色地划掉了"程昱延"这个名字。

"你认识程昱延啊？"章晨光问苏咏辰。

"他可是咏辰的得意门生啊。"楚池替未婚夫回答。

程昱延得到苏咏辰结婚的消息，但他并未出席老师的婚礼。他的妻子前田洋子因孩子的事和他在怄气，程昱延最近都在家陪她。

这天，程昱延准备去一家中药行给洋子抓几副补药，在店外却遇见了多年未见的私塾同窗张乐琴。

"乐琴！"程昱延冲着一个背影很不确定地喊，"是你吗？"

那个背影转过身，正是他以前的同学张乐琴："程昱延？"

两人多年未见，一时高兴得忘了当日各自的正事，跑附近一家茶楼里叙旧去了。

张乐琴是北平人。七岁时双亲离乡做工，他就寄宿在浙西的姑父家，离程昱延外婆的老家有些距离，但当时霞山古村落里的私塾很受信赖，姑妈就让侄子进去念书。

"好久不见了，你在忙什么工作呀？"程昱延给张乐琴倒上茶水。他并未看着老同学说话——他右脸颊那道触目的伤疤，也造成了程昱延终生的痛。张乐琴的眉眼生得不逊于自己，是自己小时候的懦弱害了他。

"能做什么？在美华琴行教小孩子弹钢琴啊。"张乐琴说。一件半旧的呢西装，配着一条看起来蛮廉价的领带。为了能出去教钢琴挣饭吃，他得把面子收拾齐整。

程昱延笑道："跟你的名字倒很衬啊。对了，你说的美华琴行是不是就是愚园路上的那家？"

"是啊。"张乐琴自嘲地笑了，"当年在私塾的时候，郑先生喜欢你远远多过喜欢我。我说的正理儿，他能给我曲解了；你说的歪理儿，他能给你掰正了！"张乐琴的成绩不如程昱延，姑妈经济条件捉襟见肘，供不起他继续读书，加上张乐琴曾在课堂上用铅笔伤了同学（虽然他自己也挂了彩），郑先生对他印象更不好了。无奈之下，他就只好辍学打零工，后头的雇主是一位音乐老师，张乐琴私底下偷学了不少本事，后来凭着钢琴这一技之长在上海做事。

"你还生我气呢？"程昱延朝他做鬼脸。当年，程昱延分明是可以阻止这场后来闹大了的打闹的，却在他欲挺身而出之前被另一名男同学拉住了。拦着他的那位男同学，名叫汪政。

张乐琴口中的郑先生是他们的私塾先生，名叫郑红岗，他还有个哥哥叫郑红岩。多年前，他老家浙西起了场瘟疫，郑红岩夫妻俩都没躲过去，在北上的途中病死了，他们的独子就由郑红岗带大。

"那可不得生气吗！我都破相了！"张乐琴嗔怪他道，"这么多年过去了，你结婚了吗？"

程昱延打哈哈，没细谈洋子的事，只是反问他成家了没有。

张乐琴苦笑道："我这条件，谁能瞧得上我啊？"他突然神秘地笑了，凑到程昱延跟前说："你听没听说，郑先生两个月前死在了老宅，被人割了头，面孔也被砸烂，还丢了对眼珠子，那叫一个惨！"

"怎么会这样！"程昱延吃惊道，"他的侄子呢？叫什么来着？"

"郑迪。"张乐琴说，"听说他在香港，开了家咖啡馆，日子好着呢。我还听说，郑先生的妻子何氏被日本人糟蹋了不算，他们的女儿也被送去做了实验，搞不好被敲了腿骨作烟斗了。"

"这事这么严重，报上怎么没动静？"程昱延强压住心头的恶心问道，"谁干的查出来了吗？"

"嗨，这年头天天在死人，郑先生这样的无名小卒算什么！"张乐琴突然又问程昱延："还有啊，你还记得那个汪政吗？"

"怎么不记得，他总是说他有个有着贵族血统的远房堂姐，就是现在名震沪上的那个女作家汪锦琳。"程昱延说着，其实心里也在笑话他，"你就说吧，这亲戚这样远，汪政能沾到什么好处，他有什么值得显摆的，写得出好文章的又不是他自己。"张乐琴也忍不住笑道："谁说不是呢！讲起来，我不仅不怨你，还要谢谢你当年给的点心，很好吃。"

汪政生了一副粗糙黝黑的脸面，呆憨憨的样子加上一嘴捋不直舌头的口音，是汪锦琳心头一个永远的笑话，但在郑先生眼中，他却一直是个优秀努力的好学生。好学生，就是不容出任何差错的。

有一次，汪政忘了带《论语》的抄写功课，张乐琴瞧他心急，就把自己的作业借给他。汪政当下十分感激，说等自己考完试取得了好成绩后一定找郑先生说明真相，不让他受委屈。

结果学期结束后，张乐琴因成绩比汪政高出许多被郑先生怀疑，痛骂一顿不算，手心还挨了不少板子。他大惑不解，跑去质问汪政。谁料，汪政不仅没同郑先生说明真实情况，反而还冷冷地说："那功课是你自己愿意借给我的，又不是我掐着你脖子硬要你借给我的，再说了，郑先生对你本来就没什么好印象，你多加这一回错有什么要紧的。"

张乐琴背着书包跑出教室，深一脚浅一脚地走在去往姑妈家的小路上，半道被程昱延叫住了。程昱延递给他一个手巾包对他说："汪政这一次的默书功课，我故意把他的本子封页用墨水涂脏，撕掉了，名字也改成了我的，你别难过了。"

张乐琴解开手巾包，里面是一块麻饼和几块切糕。

多年后，在两人相见的茶楼里，张乐琴拣了一块盘子里的麻饼咬了一口，突然捂住嘴，头歪向一旁吐掉饼渣。

"你没事吧？"程昱延问他。

张乐琴张开手掌心对程昱延说："没事，磕掉了一小块牙。我牙本来就不好，然后每一回想到郑先生和汪政都会气到牙痒痒，让你见笑了。"

"无妨。"程昱延对张乐琴说，"你可知道，汪政下个月就要结婚了。"

第十六章　心生叛意

1

章向晖怕章晨光说起杨柳又添伤心，就央着他跳过她，继续说"月牙"赵越平。

"也是，我最近记性不行了。"章晨光自嘲道，"自己怎么说个故事都颠三倒四？"

赵越平总算看见了香港的维多利亚港。他在下船登上码头的同时，李中勤正在中环的家中换西装。他用双手将衣橱顶的一只老皮箱取下，小心翼翼地开了锁，在箱子的最底部翻出了一件旗袍——"有凤来仪"。

看着旗袍，李中勤的思绪顿时回到了与李太太新婚的那个夜晚。

李太太也姓李，学名绣媚，没接受过新式教育，却是不缠足的。最关键的是，李老太太喜欢她。不只因为她脾性温顺可人，更因为她家是粤绣传承的大家，说出去可撑场面。

粤绣在广东一带是受欢迎的，或清雅流俗，或娇气绰约。刺绣所用的材料也很有讲究：除了通常的丝线和绒线，也可捻缕孔雀毛作线，用马尾缠绒作线也是极好的。

章向晖听到这里笑道："拿孔雀毛作线，怕是想学晴雯想疯了。"

章晨光笑道："人家才不稀罕，李太太不是自己有名字吗。"

"李生也可叫我小名的，我叫眉娘。"当时才十八的李太太穿着那身精致的"有凤来仪"，低眉垂睑，对着李中勤娇声道。她相信李中勤会是个心细如发的好丈夫，心思不比自己身上这件婚服工艺差。

李中勤抛出一句粤语问句，问她为什么小名叫眉娘——眉毛生得好？

眉娘就同他讲：粤绣本就是女子闺阁之技，最早的历史是可追溯到唐代，由中原移民把刺绣带入岭南。唐代苏颚的《杜阳杂编》里就有南海卢眉娘"工巧无比，能于尺绢绣《法华经》七卷"的记载了。卢眉娘祖先是南北朝时期北朝帝王之师卢景祚兄弟的后代，后来才流落至岭南。

"唔，南海啊……"李中勤若有所思。

"就是番禺那里。"眉娘又说道，"都传《法华经》刺绣'字如粟粒而点画分明''细如毛发'，可是耗心血的。就连唐顺宗李诵都被她的手艺折服，喊她'神姑'。"

现在，旗袍"有凤来仪"不仅是一件华美的衣裳，还是一袭孤绝的珍品：大红色的软缎，搭上豌豆大小的精致盘扣，裙摆处的一双凤凰围着牡丹花飞舞。李太太的手很巧，擅女红，最擅粤绣。这是她祖母刘氏留给她的传家宝。现在这件宝贝也成了日军眼中的猎物。

"我祖母同我讲，我身上这件粤绣旗袍，是从她的祖上传下来的。"眉娘对李中勤讲起粤绣时，就像开了话匣子收不住。

眉娘还对李中勤谈有关这件旗袍的八卦。一开始，她还担心这样会令他失了好印象，没想却更博得了他的疼爱。

"这故事是真是假厘不清，只盼这样好寓意的长衫能令我们美满！"这句话掐断了李中勤的回忆。

电话铃响了，他过去接起："我知道了……我会把地点改在那里的……"放下听筒后，李中勤顺手拔掉了电话线。

现在，他带上那件旗袍出门了，准备赶去中环的粤港茶餐厅。

郑迪从自己浅水湾的住处走了出去。今天，他和"象牙"李中勤同志约好了要见另一位来港的同志。他只知道那位同志的代号和李中勤的代号很近似，叫"月牙"。

郑迪离开延安鲁艺后，曾被组织调到广州工作过一阵子，在中山大学结识的李中勤，也在那儿认识了他的女儿李甜甜。李甜甜因反感李中勤身边的另一个女人，和父亲关系僵了。

郑迪的出现，李甜甜就更有理由忤逆父亲了：行动上舍掉了大家千金的生活，精神上把郑迪当成亲人，很依赖，也从未看轻他的出身。而郑迪却看轻了这段感情，仅仅把她当成情人。又因受了李甜甜鼓励，一块儿入了党。他的代号"象棋"，她的代号"东施"。

郑迪说："你叫'东施'，可你美得让西施汗颜。"他绝对不是恭维，可李甜甜真认为他是"情人眼里出西施"。

"美在战争中就是危险，是一种罪过。"李甜甜想。

历史上的西施也是打入敌国的间谍，自己有她的美貌，却不知是否能够和她一样坚守住信仰。

郑迪拉开书桌抽屉，里面躺着一本名著《飘》。他在《飘》中取出一帧相片，是他与李甜甜的合影。

郑迪突觉怅然：李甜甜立场那么坚定，他也必须跟她一样，坚守住信仰。

"可我一直没和她说过，她就是我一生的信仰。"郑迪搅动着咖啡对李中勤说。现在，他们在粤港茶餐厅等着"月牙"赵越平。

李中勤只是含笑道："我替甜甜谢谢你。"

李中勤对终于到来的赵越平说，当年他会应下婚事来，正是倾心于李太太的刺绣门楣："我们的婚姻是一场交易。"

"您怎可这么讲呢？"赵越平穿着和高蓉蓉结婚时的旧西装，在粤港茶餐厅和郑、李二人坐下喝茶，听到李中勤如此坦白的话语，不免有些怅然道。他重伤初愈就来港，表面上是为了避人耳目，实则是同李中勤交换蛋雕，带走旗袍，以此混淆日军耳目，同时抓紧时间把东西送到安全之地存放。

"如果有一天，让你去为不是蛋雕的任务做出牺牲，你会答应吗？"李中勤用一口不太标准的普通话问赵越平。

赵越平还记得，自己和"当归"在香港碰头的最后一面，那个晚上，他也问过自己同样的问题。组织上知道他这一番犟脾气，日本人也不会听说不到。因此，让赵越平保管旗袍，李中勤则带走蛋雕，才不会令敌人有可乘之机，双方最为珍视之物才有留存余地。

李中勤理解了赵越平的发愣："我知道，你不会。"

他连给赵越平的回答也和"当归"一样。

"不，我会的，象牙同志。"赵越平心中突地打了个颤，语气平静地说。

他的声音不大，在李中勤看来不够坚定，可也挑不出大破绽。

李中勤让赵越平近几日先熟悉熟悉香港的环境，之后再给他布置新的任务。

李中勤用粤语说了一句"谢谢"。在二人互换东西前，他佯称自己烟瘾大了，把郑迪支出去买烟，趁机对赵越平说了一大通体己话。

章向晖听着这段故事，手中懒懒地织着绒线，搭了句闲话："'象牙'应该早就不信任'象棋'了，这一点，'象棋'心中也清楚。"

章晨光弹了弹烟灰说："我竟然全没有察觉，也没途径得到相应消息，反倒是我的同志先觉出来了，我觉得自己挺失职的。"

李中勤对赵越平掏心窝子，说郑迪同志与自己的女儿李甜甜是同学："甜甜两年前在浙西执行任务的时候被叛徒出卖，牺牲了。"他顿了一顿，又道："不过，我倒宁可她死了的好。"赵越平听了这番话不由一愣：这些话理应同郑迪说的。自己是他头一次碰面的同志，为什么要告诉他这件事？

赵越平很难猜测李中勤的意图。好在，李中勤后面就将意图抖了出来："甜甜被出卖，这个叛徒，很可能与郑迪有牵扯。"

"你是说，郑迪很可能已经叛党了？"赵越平很惊讶。

"郑迪这个人，虚荣自大，目中无人，本就不是甜甜的良配。"李中勤叹道，"我这判断只是凭直觉，证据不足够。但是，你说这样的一个人，能忠诚于婚姻吗？我作为她的父亲，会认为他们合适吗？"

"其实，他也不是一无是处。"赵越平无力地为郑迪开脱。他觉得没必要让自己同志知道他们的师徒关系。

赵越平已收下了"有凤来仪"旗袍。他租的房子在新界，离这儿挺远的，就说要先告辞。

"'象牙'同志，多保重。"

2

"你等等！"李中勤叫住赵越平，"箱子里的东西，应该不会比我给你的差吧？"

赵越平愣了一会儿，听懂了，倏然笑道："你们都只当我一心扑在蛋雕上，对别的事情不闻不问。现在我和你交换的是我的心血之作，我们的心血在彼此手上，我当然会为了自己的那份心血全力以赴，保住你的这份心血的！"

买完烟回来的郑迪默默看着李中勤点烟："东西他带走了？"他这么问，分明是想将蛋雕作品一睹为快。

李中勤点点头，把咖啡喝完了。

"您用甜甜母亲那边传下来的粤绣旗袍去换容易碎的蛋壳，未免太不值了。"

刚才有客在场不方便，见赵越平已离开了餐厅，郑迪这才说出自己心里话。他的自我情绪、意思到位了，就不必再多言，像是犯了烟瘾的人若干次燃烟失败后终于擦亮了火柴。

李中勤吸了一口烟，悠悠地说道："值或不值，本就是好难判定的一件事。"

冬末又与初春交手了。辞去的，是梁溪对赵越平的不舍；迎来的，是章晨光的新一重身份。

3

手术台上方白炽灯亮晃晃的，仿佛要将黑夜燃烧殆尽。梁溪蒙着口罩，在刘宁和两个小护士的帮助下进行着手术。两颗子弹，一颗打进了肩头，一颗打进了背心。他的白色医用手套上已沾满了鲜血。打下手的护士小周和小朱也丝毫不敢放松，随时待命。

分针秒针却不紧张，它们在玩转圈圈，玩得忘乎所以。随着一记脆脆的撞击声擦过，梁溪用镊子把子弹夹出，他终于长长舒了一口气，吩咐护士照顾好病人。

他被章晨光禁止了一切地下行动，之前的西药房又被炸了。思来想去，便租下了在福煦路离梁公馆只有一条街的两间店铺，决心重新开一家诊所，梁氏诊所。

梁溪今晚接手的这个病人叫欧阳书晴。晚上，他从诊所的后门走，黑暗中腿被绊了一下，才发现倒在台阶上、失血过多、奄奄一息的旧友。

现在，他完成了给她的手术，用袖子胡乱地擦了擦额头上密密的汗珠。

小豹子的额头上也已渗出了密密的汗珠，他也用袖子胡乱地擦掉了。

"你要是同意了，这些黄鱼、美金就都是你的。"坐在小豹子对面的女人一身黑色的洋装，掩住了大半的容颜。她又拿出一摞银圆对他说："还有这个，当作你的茶钱。"

小豹子盯着那堆钱，眼前不由得一亮。说不心动是假的，可他到底梗了梗脖子，硬是在单纯的脸上挤出了世故的倔强。

掩面女人又细声细语地劝道："现在去哪里都是兵荒马乱的，身边没有现钱怎么行呢。章晨光对你有恩不假，可你成天在武馆里跑腿，领着每个月的八块银圆，跟着他能有什么前途？"

小豹子突然道："可是我只想过平凡、安生的日子。"

"哼哈。"女人猛地从鼻腔中喷出一丝不屑，冷冷地道："安生日子？现在的中国被日本人占着，哪还有什么安生日子？我们都是在乱世中求生的平凡人。你说你想要过平凡的安生日子，眼下就得有足够的钱，这样才要得来你口中说的安生日子。"

小豹子不再说话了，只是伸出手，拿走了三五块银圆，微笑道："我做事一向分明，拿多少钱办多少事。你想要的东西，我会托人给你的。"他说完就走了。

小豹子和章晨光一样，做事光明磊落。伪装者，他是做不好、也做不来的。

4

梁溪给自己倒了一杯茶。在氤氲的茶气中，束之高阁的往事渐渐凸显。

温热的茶汤足够驱除寒意，可隐在茶气之后的面庞上却安放不得一丝平和，又僵又冷，热茶烫不化的。

一身旧西装的张乐琴此刻就坐在那有着一张僵冷的面容的女人之前。那女人一身素黑的女式西装，望之令人心神凛然。她的皮肤有着江南女子的细腻柔白，看起来保养得不差，看上去约莫三十出头。最令人注目的是她的指甲，她的指甲又硬又长，涂着鲜红的蔻丹。

"人我已经帮你解决了，不光光是他一个人，还有他的老婆女儿。这样的一个好结果，想来你胸中的恶气也该出净了，接下来该好收收心了吧？"女人声音低沉地问他。其实，不光是郑红岗一家，汪政也已经在新婚当天被射了一枪，子弹穿过了他的脑袋，白花花的脑浆和暗红的鲜血在喜气洋洋的迎亲途中漾起了腥气。

她的座位旁立着一摞书籍，是小豹子托人在四马路上的"思儒书屋"送来的一套"四书""五经"。只是一份复刻本，不值钱的。

"那是当然的。"张乐琴笑得瓮瓮的，神情既紧张又害怕。她办得干净利落。郑红岗被割头的惨状，他老婆临死时的屈辱和他女儿最后身首异处的模样，他才懒得去想，也不敢多想。自己读书时候遭他冷遇，心怀芥蒂，万幸有一技之长傍身才得以苟活。现在，到了张乐琴施展拳脚之时，长在心中十几年的倒刺被拔干净，天地很宽广，不愁没有过硬的靠山。

张乐琴露出僵硬的笑容，轻声开口道："以后有事，您吩咐就好。"

"好。"女人说，"我要你去做我的替身。"说完，她又恹恹地将后背一仰，补充道："我们是公平交易。说起来，我也找过别人，但他把我戏弄了一通，拿国家、拿尊严、拿信仰来压我。"她盯着张乐琴，盯得他如芒刺在背："我告诉你，你可别用你的信仰推掉我吩咐的事！"

张乐琴心虚地、近乎谄媚地说："我的信仰，就是完成您的每一件吩咐。"

"你这下倒乖了！"女人冷笑道。

"那是自然。您给了我超乎预期的礼物，我当然应该对您吩咐之事全力以赴。"张乐琴阴着脸笑道。

故事走到这个插曲中，章向晖突然发问："您说的去找程伯伯同学的那个女人，究竟是个什么身份？"她知道，父亲如今的记性出现了断层，母亲口中曾经"有意义的故事"，他只拣重要的说，可即使如此，从他嘴里还原出来的真相依旧令人痛心。

章晨光亲自换下了小豹子遗像前的那碟绿豆糕，边咀嚼吞咽边说："你心急什么？好歹让我留个悬念啊。"

章向晖不好再辩，吐吐舌头进厨房刷碗去了。

5

欧阳书晴脱离危险了。这天，梁溪在诊所二楼的病房里陪着她。他拿着一支棉花棒，蘸着清水涂上她的嘴唇。

梁溪不由得在脑海中倒带出自己小时候在新加坡学日语的时光。他的日语老师，正是欧阳书晴的母亲，田中由纪子。欧阳书晴是个混血儿。她的父亲欧阳甸达先生是梁忆华一个长期稳定的西药、古玩客户。

"我还记得你小的时候，大概就七八岁，第一回上我家做客，还是很拘谨的样子，现在……"梁溪细细地望着已经出落得亭亭玉立的欧阳书晴，心中欣喜万分。在避之不及的战祸里，两人在异乡重逢，令他生出了感激。

两个孩子玩得到一块。那时候，梁溪领着欧阳书晴去家附近的教堂和一些孤儿做游戏。那项游戏叫"保护鸡王"。分成两组，一组五人，每一组都会投票，来选出一人当"鸡王"，余者就充当保护者的角色。游戏中每人都得用手抱着右腿，搭在左腿上，单用左腿"进攻"撞击对手，途中若因站立不稳而让右腿落了地，就判那人出局。游戏不限时，直到其中一方将另一方的人全撞出局为止。欧阳书晴就是在那场玩闹中受的伤，她被对方一个身形高大些的孩子猛地一撞，没掌握好平衡摔倒在地。等梁溪反应过来想去拉她时，已然来不及了。

欧阳书晴的身体在一刹那已然完全失控，脸接触到未经打磨的水泥地，霎时有一股熬人的麻痒感，随之传来渐深的、固执的疼痛感。那次的伤口，除了膝盖，还有鼻翼下方和眼袋下方两处擦伤。

"万幸我的皮肤总爱闹情绪过敏，擦伤结痂的痕迹看不太出来。"欧阳书晴微笑着说。她的脸颊因泛红的缘故，旧伤落下的痕迹被泛起的红晕盖住，并不明显。只是她的左手小指轻微骨折，右腿膝盖的创面也像一只被重击后坏掉的苹果的局部。

梁溪记错了，那时的欧阳书晴已有十岁，他自己是十五岁。她这一摔，摔出了一个专属于他的亘古绵长的负疚。

"是我没保护好你。"这桩事都过去十多年了，梁溪依然耿耿于怀，于心有愧。他为了守着她醒来，好几夜未曾合眼，黑眼圈在他眼周安了家，显得他整个人十分虚弱憔悴。而他的自责，却是用错了地方。梁溪不会想到，之后的日子里，自责的情绪一直在延伸，伴着他共同走过了那些看似没有硝烟的岁月。他情不自禁地抚着她左手小指凸出的一块骨头，那是骨折留下的创印："那时候还以为总会恢复得和以前一样。"他惊觉，有些事态是不可挽回的，感情也一样。

欧阳书晴反过来安慰他道："我现在不是好好的吗？拎东西也不费力气。再说了，人哪能总是那么娇气呢。"她注意到梁溪犯困的模样，就催他赶紧回家好好睡一觉。

梁溪本来放心不下，后又想了想，或许章晨光会去梁公馆找他。万一失联了，自己也没脸交代，就决定不回秦家休息，直接走回梁公馆。

恰在这时，一位穿着毛蓝色布旗袍、兜着流苏披肩的女人，正挽着一位长身玉立的男子跨进了诊所。那男子手臂中了枪伤。梁溪粗略地瞟了一眼男子的伤口，发现子弹虽然嵌在胳膊上，却是不重的，当下吩咐刘宁替人处理好伤口，自己先离开了。

第十七章　原来是你

1

章向晖借着暖暖的灯光在看书，是汪锦琳的 1941 年出版的长篇小说《叛徒之爱》，再版了好多次。这本书是杨柳的遗物。现在，轮到章向晖变得对里面的情节痴迷了。

今天是个小雨天。章向晖睡了个饱，又陪父亲唠家常。家门外依旧人声鼎沸，一场如火如荼的运动正悄然兴起。关起门来，女儿听到的一个个故事，也从父亲走过的铺着血腥味和沾染炮火气的黄金岁月里姗姗来迟。

楚池打电话约汪锦琳去做衣服，顺带把请柬给她，粉色的请柬上还并写着周伟文的名字。汪锦琳陪着楚池添了几件敬酒用的旗袍，自己没看上合心意的，就说不做了。

章向晖听章晨光说，苏咏辰和楚池大婚那天，汪锦琳穿了一件毛蓝色的布旗袍。她用白丝线在布面上绣成了人字形花纹，还在旗袍下摆处钉上了明亮颜色的赛璐珞扣子，像是一颗颗的糖。"你一定想不到，她的披肩竟是一块白流苏桌布。"她的打扮完全抢了新娘子的风头。

章晨光只道汪锦琳的衣服是那晚枪响前的亮点，殊不知他最大的痛点——杨柳也在观礼人群里。

"没想到，妈妈对您还真有千个百个不放心啊！她真偏心，为了见您，她总托人照顾我。您的胃口是吃她饭养的，我却是吃百家饭长大的。"杨柳死时，章向晖才七岁，她这么拐着弯责怪章晨光也不算过分。

这件事是章晨光后来才告诉女儿的："我欠你们的太多太多，弥补不起了。"

章向晖不理会父亲的后悔，只是说："我看汪锦琳的书里头总爱写一大堆奇装异服。只可惜我也不算赶上好时候，那种衣服，现在穿出去就是不灵清。"她把最后五个字咬得很轻。

章晨光在苏咏辰和楚池的婚礼上证婚。二位新人念完誓词、交换好戒指后，他一手拉住一位新人，将他们的手交叠，宣布礼成时，刺耳的枪响和断电的巧合一齐赶来了。

"黑暗和枪声也会一起赶来为我们道贺。"苏咏辰和楚池为了不让章晨光有所担心，在婚礼前和他开了个玩笑。

可最后还是出了意想不到的状况。"还好不算太严重。"章晨光回忆说。

章向晖自信满满地说："这是您和苏伯伯说好的吧？"章晨光看了女儿一眼，不置可否。

在章晨光的回忆中，他让小豹子带着十几个弘光武馆里的兄弟换上便衣，混进了婚礼现场。章晨光事前就和小豹子对好了礼成时间。小豹子进去没多久，就和新人比手势，对他大哥章晨光点头示意，然后去往安装着饭店总闸的那条走廊，拿出手套和剪子，破坏了总电路。小豹子时不时会来饭店住一阵子，章晨光也很少瞒他什么，因此他对店里的一切非常熟悉，包括内部的路线。

章向晖抬眼看着父亲，不多发问了，挑了下眉眼，她知道他会将故事补全。

"我们道高一尺，有人魔高一丈啊。"章晨光拿过女儿搁在桌上、把封皮伪装过的《叛徒之爱》说："你别看汪锦琳遣词造句很老辣，在感情上就是个婴儿；他周伟文看着是个君子，实际上心机很深，是个不折不扣的梁上君子。"

章向晖撇撇嘴说："他还是个感情上的梁上君子。"

　　婚礼现场陷入黑暗前，楚池一直紧攥着苏咏辰的手臂，可两个人在黑暗中还是被慌乱的人群冲散。苏咏辰右肩窝中了一枪，楚池左手臂中了一枪。"汪锦琳也和他商量了个对策，其实都是周伟文一人的主意！"汪锦琳在一片混乱中，故意蹭到楚池身边，假意安慰她，以稳住她的心神。周伟文威胁了一名侍应生，他割了那人的喉咙，扒下了他的衣服换上，二人挟着楚池一起从饭店厨房后门逃逸。

　　章向晖听了，不禁骇然道："周伟文满腹才气真是使错了地方，还把汪锦琳迷得找不着北！这汪锦琳也不是个东西，竟然听信外人，拿自己表姐作人质！"

　　"她也是从小没得到关照，才这样冷面冷血冷心肠！"章晨光作了评语。

　　更糟心的计谋还在后面：跑出饭店的三人被躲在暗处的冯子佳布置好的人手盯上了。他的上级有令：务必狙杀亲日文化贼子周伟文！冯子佳亲自瞄准目标，对着目标吹出了一枚毒针！

　　"死的那个人，不是周伟文吧？"章向晖一本正经地问。

　　"你又知道了。"

　　周伟文在汪锦琳邀他一同去参加楚池婚礼前，就先找到了从小穿一条裤子长大的要好老乡。他的母亲患了痨病急需用钱，周伟文当然慷慨解囊，开出的条件是：他必须穿着他出席婚礼的衣服，和汪锦琳一起护送楚池去培恩公寓。周伟文在那里买下一套房子，作为他和汪锦琳的爱巢。

　　那老乡同意了，却没想到做了周伟文的替死鬼。事先答应他的一袋子银圆，自然也被收了回去。

　　另一边，苏咏辰找不到楚池很是焦急。恍然间猜测，妻子很大可能是在混乱中被汪锦琳、周伟文带走了，不由得非常慌乱。章晨光让弘光武馆的一个兄弟开车去秦家把梁溪给接来给苏咏辰做手术，尽快取出子弹。他答应苏咏辰，一定会替他找到楚池的，心里却有着最坏的想法，他怕苏咏辰挨不过。

　　电话铃响起。派出去的武馆兄弟在福煦路的公用电话亭回了话：秦家佣人说梁溪没回去，不知道去哪里了。

章晨光冲着话筒大吼:"那个刘宁呢?他人哪里去了?"

武馆的人说暂时也联系不上刘宁。

正在这时,房间门突然被敲响。章晨光给苏咏辰掖好被角,定了定心,走去开了门。门外站着的人是"蓝钻",他瞧了瞧门外,放她进来。

"蓝钻"蒙着半张脸,叫小豹子去准备一些医疗用品,她将为苏咏辰取出肩头的子弹。"放心,你会没事的。"她这样对苏咏辰说,没再看章晨光。

"你可是帮了我大忙了,谢谢。""蓝钻"替苏咏辰清创完毕后,章晨光由衷地说。

"以前在后方学过一些护理知识,举手之劳而已。注意他伤口,别感染了。""蓝钻"说完,离开了房间。

楚池第二天就回来了,是穿着前一日的婚纱回晨曦饭店的。她的伤口被清理过,但包扎得很粗糙。还好子弹只是擦过手臂,出了一点血而已。小豹子为她重新处理了伤口。

楚池对章晨光说:"我们现在根本扳不动那个姓周的。"

"难道就这样算了?就这样放过他?"声音很虚弱,发问的人是苏咏辰,"这可是上头明确下来的任务!"

"不,楚小姐说的只是暂时动不了周伟文。"章晨光说。

"那我们什么时候才可以动他?"小豹子问。

"在汪锦琳被他抛弃的时候。"楚池说。

2

章向晖盯着小豹子的遗像,好像那里面就能映出属于他的故事,或是他会把章向晖拉进自己的故事里。

油麻地的菜市里,小豹子的篮子里放着一堆买好的东西。他正准备回家,却被一位蓄须的陌生男子拦住了。

他禁不住后退了几步,很怕重复初来上海时的那次威胁。

蓄须男子倒是很温和。在临街的小食摊子上，他掏出了一个牛皮纸袋。

"我只知道，日军偷袭了珍珠港后，美军也终于坐不住了，对东京实施了首次的空袭。"章晨光从养和医院回到油麻地住处，对小豹子说。

"这是好事啊！"小豹子展开笑容说，"小鬼子的首都受创，看他们还敢不敢再嚣张了！"说完，他倒在屋角一张单人床上，一卷被子就睡沉了。章晨光走过去替他掖好被角。小豹子这两天里里外外给他帮衬着，真是太累了。

小豹子梦见了麻油地遇上的蓄须男子，无端被惊出一身冷汗，"刷"地一猛子坐起，蜷曲着双腿，脑海里浮现出白日的场景。

蓄须男子掏出一个牛皮纸袋对自己说："我知道，你最大的遗憾就是没有好好上学的机会，现在我给你这个机会。"小豹子一看里面的东西，是绿油油的美钞和金灿灿的金条。蓄须男子告诉他，他会给小豹子联系好美国的学校，让他好好读书。作为交换条件，他得供出"布偶"和"石狮"这两个人。

"我还从没见过这么多的钱。"小豹子感叹道。

"你到了美国慢慢变出息，还会见到更多的好东西。"

"真的吗？"小豹子故作惊喜地问。

"当然了！前提是你要活下去。"蓄须男子认为小豹子不傻。

"我虽然没了爹妈，也没机会上学堂，可我有两个很爱我的大哥，他们没有亏待过我。现在这世道，能这样活着，我已经很知足了。"小豹子是打算拒绝了。

"可你现在的处境并不乐观，你的身份就是一颗埋在你身上的定时炸弹。而你的这个身份，我也知道，随时可以把你供出去！你难道不想我帮你瞒着？"

小豹子心想，蓄须男子果然是暗中花时间调查过自己的，自己持有的那份"粉骷髅计划"也一定是调查内容。他的心一紧，对章晨光和梁溪的处境也忧心起来。

小豹子斜眼看着那男子问道："你是日本人派来的？"

"这不是最重要的。"蓄须男子说，"你们的人手上握有日本人和76号共商的'粉骷髅计划'，想要脱身不是容易的。"

"那和我的身份无关。""粉骷髅计划"原本是军统香港站站长靳世纯先拿到的。他是小豹子在来港渡轮上结识的忘年交，对小豹子不怎么设防。在一场"推心置腹"的推杯换盏下，靳世纯醉了，小豹子用微型相机拍下了它的副本，藏在了鞋子里。

"你还是答应的好。"蓄须男子说，"用一个胶卷换留学的机会，这是划算的生意。"

稍作思索，小豹子告诉他，三天后自己会在赤柱市集和"石狮"交换情报，让他把它带回内地，交给上级："我得先用那份计划诱他出来，你们的人再将它抢到手。这样，你们人也抓了，计划也还在，没损失。我拿到美钞和金条去国外，就更赚了。"

小豹子离开小食摊前，对蓄须男子说："其实，你还是撕下你这副胡子更好看，显年轻。"

他走后，那男子真的撕下了胡子，露出了一张清俊的面容。他就是郑迪。

郑迪当然知道"石狮"就是梁溪的新代号，不过他不能自己太过主动了，他不想让梁溪察觉自己已叛变。

章晨光从茶餐厅带了两份叉烧饭，在笼屉里热了热昨天的剩菜，又倒了两杯白水，两人坐下一块儿吃晚饭。小豹子很心虚，悄悄问他："光哥，如果有一天，你身边很亲近的人背叛了你，你会怎么办呢？"

"这种事情也分人。"章晨光用调羹塞下一大口饭说。

"如果，那个人是我呢？"小豹子沉默了好一会儿后问他。

"组织上任何一个人的背叛我都能处理。"章晨光听了，夹菜的手停在半空里，"只有你的背叛，我处理不了。"他望向小豹子，轻轻地说："不过我知道，任谁背叛，也轮不上你。"

小豹子默不作声，拿剩下的饭去喂萌萌。萌萌是他在油麻地一处菜场上花了原本用来买绿豆糕的钱买下的兔子。小豹子说和它有缘，会好好养它。他找来一只旁人废弃的菜篮子，又拿了一件自己穿旧的夹袄垫在篮子里，算是兔子的窝。

章晨光对此不满："你可真行，上面让我们来香港是来办事的，不是来游山玩水的。我们回去了，这兔子你养啊？"

"我养啊。"小豹子一口应下来。

章晨光把碗里的饭扒拉干净，对小豹子说，自己要去养和医院看朋友。

3

养和医院里，陪在妻子身边的乔汉文听到她喉头漱嗓子的"忽忽"声，像是一只破旧风箱的悲鸣。他将她的后背轻微半抱着，用吸痰器吸吮着她浑浊、带有血丝的痰液。他的表情不好受。

乔汉文用蘸了碘酒的棉签帮她的创口消毒后，红朵又昏昏沉沉睡去了。

"您去养和医院的时候，怕也没想到，自己的代号这么快就被日本人盯上了吧？"章向晖问。

"我原来以为最大的威胁是其他线上的同志，"章晨光悠悠地说，"他差一点也成了我最大的威胁。"

之前，为彻查叛徒"菡萏"一事，他已让丛弈提前赴港。这次组织上命令他赴港执行任务，他带上了小豹子，也打算与提前到港的梁溪碰头。

"可是，他最后不也没成为您的威胁，您才能平安返回上海吗？"章向晖不由得拿眼横住父亲。

章晨光说到这里，用满是褶皱和老年斑的手抹去了小豹子遗照上的灰尘，叹了口气道："他还是有思虑不周全的地方。"

章晨光对女儿说："你之前不是一直问我，那组真正有价值的根雕和开化纸《寻根赋》被换去哪儿了吗？"章向晖心想，父亲终于肯对那段秘密松口了。

屋外的运动浪潮也打不掉她的好奇心。

4

章晨光再次来到红朵病房的时候，乔汉文正在病床边翻着一本书。

他的双眼不由自主地看向了餐桌上的花瓶：瓶肚是空的，蒙上了尘埃，就像是从旧时光里淘出来似的。

杨晨突地一阵战栗，他似乎觉得有一只死神的手攫住了自己的脖子，也觉出了细水长流、永垂不朽的爱意，挥之不去，如影随形，就像一支悠扬的夜曲。

乔汉文说要出去一趟，替妻子联系转院一事。章晨光替他看护红朵，顺手抄起了病床柜上的稿子。之前红朵对他说起过，这是自己看了一篇英文小说后，为打发时间，顺着原来的故事情节写下的。她念书时自学过英文，看原文不困难。红朵还无法说话，他就一字一句念给她听，和之前一样。

红朵睡了一阵后又醒了，她没见到乔汉文，只剩了章晨光在身边。她没法说话，就打手势要来了纸笔。

"布偶"同志，我知道自己时日无多，已通知了继任的'红袍'同志。她在上海，时机到了会与你联系。"象棋"同志，也就是郑迪同志，他和香港区军统的人，还有日本人做走私生意，已成我党叛徒。

章晨光亲眼看到这几行字，不由得潸然泪下，赶紧背过身去拭泪。

"红朵——"少顷，章晨光回过身握住红朵的手。

红朵的喉头动了，苍白枯瘦的手比画着——我也舍不得你们！

5

香港烟灰色天空中，盛着一幕幕迷蒙的细雨。它们裹不住炮火声，也掩不住电波声。清晨五点多，"布偶"来电要求见面，地点是中环的翠华茶餐厅。之前，梁溪和秦乐婕都没睡意，书桌上还搁着半瓶红酒和两只酒杯。

梁溪换好了衬衣西装，对秦乐婕说："你乖，好好在家等我，时间不会太久的。"他的安抚话说得熟稔，就好像真能做到一样。

　　他开着在香港新买的福特车，赶去了中环的翠华茶餐厅。章晨光对他说，他们有同志病逝，自己必须尽快赶回上海与接任的新同志会合："我用英文给你写个地址，你去找我们的同志'蓝钻'，她会交代你接下来的任务。"

　　章晨光在梁溪离开之前又对他说："你怕是还不知道吧——你父亲半年前和那个女人离婚了。听说，她得到了一套房子，还有一些值钱的古董。"

　　梁溪先是微一愣怔，继而喃喃说道："是吗？"他被这消息堵得有些恍惚，听着像嫁女儿。梁溪看了看纸条上的英文地址，是在弥敦道。

　　在弥敦道一间布置得很有品位的公寓里，梁溪见到了章晨光口中的"蓝钻"同志。

　　"砚云，怎么是你？"梁溪深深望着穿着一袭蓝丝绒旗袍的梅砚云，柔声说道。他的手中拿着一份《香岛日报》，上面登了一则重磅消息：《新加坡著名爱国华侨梁忆华先生今日凌晨在港被处决》。

　　梅砚云走到他跟前，难以置信地开口道："梁溪，我也没想到！我以为你会在上海好好经营梁家的药房，离开家这几年，你竟然从事了这一行。"

　　"我也没想到啊。"梁溪眼窝漾着泪，苦笑着说，"我以为你会留在新加坡当护士，没想到你后来又嫁给我父亲。我也没想到，你竟然也从事了这一行。"他忽然明白了章晨光非要和他见面的原因，而不仅仅是一通电话来传达任务。

　　梅砚云轻叹道："现在这世道，药品是交给日本人的，曲子是唱给日本人的，"她吐了一句粗话，"你说，我们的国家，他们抢着做什么主！"

　　"他是为什么死的？"梁溪问。

　　"为了对你的一句承诺。"梅砚云给自己燃了一根烟说，"他从没忘了答应你的事。为了保下它们，他给日军提供了不少的药品，全港的华侨都在唾弃他。"

　　梁溪记起来了："你最好保住它的安全和完全，否则我不会原谅你！"他曾在三年前，在上海"凯司令"附近，在驾驶座上对梁忆华说过这样的话。那是气话，却被梁忆华当了真。

　　"梁先生把东西放在新加坡，却还是躲不掉前田政男。他让梁先生一定把那组'金陵十二钗'根雕和那卷《寻根赋》交出来，梁先生当然装不知道了。"前田政男联手76号的李墨成，又加上高木千雄，对梁忆华实施了各类酷刑，还强加了各种"叛国"罪名，梁忆华却仍然在装痴扮傻。

"我听说……你们离婚了？"梁溪试探着问她。

梅砚云笑了："是'布偶'同志告诉你的吧？"

"我没想到老爷子到了还是把你丢下了。"梁溪执起梅砚云的纤白玉手，那一刹，他全然忘了等在薄扶林道洋房里的秦乐婕。

梅砚云挣开他的手，朝卧室走去。她勾勾手指对他说："你过来。"

原来，梁溪一直都在误解梁忆华。

"梁先生登报同我离婚前，给我另买了房子，又贴了很多金银细软和一堆值钱的东西，其中就有那一组组织上让我们务必保全好的根雕和《寻根赋》。"梅砚云悠悠地说，"这样，就算日本人到时候找上他，我也与他没关系了，东西也可无虞。"梅砚云一边说，一边拉开了自己睡房床头的花梨板——床头靠板是空心的，里头码着一只只锦盒，锦盒中正放着那组黄杨木金陵十二钗根雕。

原来，章晨光已经把真的那组根雕交给父亲了。十二个美人均有窑瓶一般的大小，姿态各异，徐溪谷却琢出了每个人的神韵。

其中，有一支暗草绿色的锦盒尤为醒目。梁溪也不去打开，知道那一定就是那卷珍贵的《寻根赋》。

看来，梁忆华送她房子前，就缜密地安排好了一切，一切都留着后招，包括梅砚云这位姨太太，也是他为它们留下的"后招"。

梅砚云又补充道："梁先生，应该早知道我的身份了。"

"你怕是真的看轻了徐溪谷的根雕。"梅砚云对梁溪说，"徐溪谷也是我们的同志，你参与了这件事，就理应听我们的人说起过，他生在一个根雕世家，往上数，数代干的都是木匠。据说，祖上人的手艺，还曾大受大内的赏识……"

梁溪记起，小豹子之前去梁公馆陪他解闷的时候，也说了不少根雕的故事：西汉时期，孔子的后裔就看好楷木（即黄连木）自然弯曲的形态，当拐杖最好。而在南北朝时期，又出现了不少以树根制作的杖头、笔筒、佛柄、抓背、烟斗等用处极大的物品。隋唐之后，根雕不仅在民间普遍流传，同时也得到皇室贵族的青睐。

《新唐书·李泌传》里也有记载："泌尝取松樛枝以隐背，名曰'养和'，后得如龙形者，因以献帝，四方争效之。"至于明清两代，根雕技艺就更为成熟了，所以古往今来才有众多人被其吸引。

想来这是章晨光让小豹子照本宣科记下来说的。

"你之前帮过的赵越平先生，他的蛋雕作品是人工赋予的美。而根雕，注重的是浑然天成的美，它所经受的一切岁月磨蚀，说到底是接受了岁月的厚爱。"梅砚云说。

如果蛋雕是"三分天成，七分人工"的话，那根雕就是与之相反的另一重讲究。它要被留住自己的个性，而不是被迫吸收旁人强加的"应该"。纵然一条原生根雕有不少的畸变形态，可这种种并不是它们的错处，而是一群人愿意为之义无反顾的归处。

梁溪默然点头："既是根雕，寻根就是已知扎根故乡的益处。"这盒根雕要真到了残酷的异乡，就不再温婉，脾气就硬了，裂了坏了，可不由日本人说了算！根雕或卧或立在桑梓地，才可心甘情愿扛下侮雪欺霜的伤痛。每一条根雕痛处坏处最多的地方，也会是它最坚硬的地方。它目睹了故土的裂痕，欲伴她一道共克时艰，她怎忍心拒绝？

"砚云，你给我唱一曲吧，我记得你最拿手的角儿是李香君。"梁溪央求着她。

"可我没有行头呢。"梅砚云告诉他，"现在逃命都来不及，谁还顾得了那些？"

梁溪微笑道："你不用扮上，就这样唱。"

梅砚云又为难了："我都好久没吊嗓子了。"

"可我就是想听你唱李香君呢。"梁溪很少撒娇，很少对着女人撒娇。

"可那不是京戏，是昆曲呢。"梅砚云说。

"这不重要，着调才重要。"梁溪淡淡来了一句。

梅砚云听得出他话中隐喻，没再推辞，当下起范儿唱道：

> 寒风料峭透冰绡
> 香炉懒去烧
> 血痕一缕在眉梢
> 胭脂红让娇
> 孤影怯弱魂飘

梅砚云唱完后，对梁溪正色道："我们接下来该说正事了。"她迎着他疑惑又包着胆怯的眼色，安排他在明天正午时分赶去赤柱市集，与"豆糕"同志接头。

6

"怎么会是他？！"梁溪把车开到赤柱市集。他单手紧握着方向盘，一脸不可置信地问梅砚云。他看到一身学生装、右手拎着一玻璃瓶金鱼的小豹子等在约定好的成衣店门口。那一玻璃瓶金鱼是他们的接头相认方式。没一会儿，外面的小豹子开了枪，车里的两个人就眼睁睁看着他被几名便衣特务制伏了。

坐在车后座的梅砚云护住用大衣盖着的根雕箱子，低声催促梁溪："我们快走！"她的眼神也在告诉他：我也不知道"豆糕"就是小豹子。梁溪也是突然明白过来，章晨光也未必知道小豹子有这次行动。

"可……"梁溪试图坚持。

"快走！"梅砚云将一把左轮抵着梁溪后腰，"去你该去的地方。"

梁溪只好从命。他不知道这次的秘密接头为何会临时出现变故，更不知道这场变故该如何收场。

梁溪不知道的还有一件事：欧阳书晴也来了香港，并且就在他薄扶林道的洋房里。她此刻正和秦乐婕对坐着，身边堆着若干包装精美的礼盒。

梁溪想，她为何不好好在上海待着？看到微笑着的欧阳书晴，他皱眉说：

"你怎么会找到这里？"

还没等欧阳书晴回嘴，秦乐婕就接过他的问句说："这位欧阳小姐说是你的旧相识呢。"她又拿过礼盒，脸上洋溢着笑："也是赶巧了，她头一回来，正撞上我生日呢。"秦乐婕当面打开那些礼物，是一些高级的洋货脂粉。

梁溪没接秦乐婕的话头，只是说："我等会儿还要出去，乐婕你陪着她，下午送她走。"他现在满脑子都是梅砚云在车里对他说的话，得抓紧时间想办法打听到"豆糕"同志被羁押的地方。梅砚云下了梁溪的车，自己先回去了，把那箱子根雕藏在了汽车后座的底部。秦乐婕正想招待招待欧阳书晴，却被她婉拒，说自己打算回九龙租的公寓。

梁溪还不知道的事则是那日之后，欧阳书晴被前田政男在香港的眼线跟踪了。

秦乐婕也是在若干年后同梁溪回了新加坡才知道："那时的我很希望你会吃醋。"那时，梁溪的怀中正抱着他们两岁半的女儿梁念晴，正哄她认国文字块。

第十八章　有爪子的豹子

1

高蓉蓉从报上得知香港已沦陷。她没回丈夫的老家常山，而是躲在了江山的保安村。她在给赵越平的去信中这样解释：常山也已无一位亲眷，唯恐冷清不适应。若有一日不平静了，担心逃之不及。江山地貌险峻奇特，易守难攻，应不易遭遇炮火，遂安之。

高蓉蓉决定待在江山而不愿回常山的另一层顾虑便是她不愿再撞上赵之平。她并不知道赵之平已死。

她在村里揽了一份轻活儿，替一位村民照顾他生了病的哥哥。那位村民有位远亲是戴老板手下的译电员。高蓉蓉主要帮着做做饭洗洗衣服。她经常给赵越平写信，信中总提及她照顾的病人陆一凡和他的弟弟陆宇轩——那位陆少爷虽然是空军，但是不摆架子，出手大方，他哥哥也不难照料。自己正好赚些糊口的钱。

一日，陆宇轩回到保安村看望哥哥，高蓉蓉送来了鸡汤和炒腊肉。

"高姐的手艺还好吧？"陆宇轩问。

陆一凡说："再过些日子，就又是端午节了，我倒喜欢吃那芋头粽子。高姐做的菜很好吃，可这包粽子的工序复杂，我就怕麻烦她。"

"哥，"陆宇轩很踌躇，"可是哥，现在杜立特已经轰炸了东京，还有名古屋和神户，衢城机场也已被日军的第一飞行团盯上了。"这就意味着，他们想要的宁静也即将被搅乱。据说，上头的人已让先期到达的部队继续加固工事，随时做好坚守衢城及衢城机场的准备。

章向晖听着章晨光的故事，就好像在拼布头，缀连在一起，别样精致，精致过了李中勤手里的旗袍，那件"有凤来仪"。

章晨光还没打算说与女儿听，他当时之所以没有亲自赶去江山见陆一凡，并不是担心自己会暴露，而是"象牙"李中勤同志出事了：他在香港中环的寓所被人杀害。

据他派出去的"绿檀"丛弈回报，他在他自己公寓的书房里找到了一封绝笔信，信中提到了一个中共叛徒"菡萏"，但他没与"菡萏"接触过，不清楚究竟是谁。这个谜团始终未得开解。

"我听说，梁溪为了卖秦家小姐一个人情，未向组织汇报就让出了一盒药，有这回事儿？"弘光武馆歇业了，章晨光打发走了其他人后，就私下里冷着脸质问小豹子。他心中始终不愿相信，梁溪竟会在没和他联络的情况下私自让出如金的盘尼西林。

小豹子赶紧解释道："梁大哥给我打过电话，他说已经付了两倍的钱给那位'象棋'同志了。"看样子，是小豹子把这事给瞒下了。

"可我才是他的直属上司！"章晨光的语气不怒自威，小豹子心里揣着一只兔子。

章晨光在梁溪赴港半年多后，因组织回电提及他提供的盘尼西林数量不到位，便起了疑心。上级再次秘密约见他，强调了这批药的重要性：有一位多年暗中资助党内活动的资本家患了肺病，上头的命令是竭尽所能搞到药品，暗中送往那人的老家山东济南。在济南没找到人，后来多方辗转，才知人去了武汉，就又托人往那里去了。如今短了药，却苦于没线索揪出作梗者——会不会是李中勤信中的这个叛徒"菡萏"？

但无论如何，他对梁溪的疑心总算消失了。

那会是"象棋"吗？

章晨光那个时候并未与"象棋"打过交道，也只有梁溪单方面见过"象棋"，他会是谁呢？自己需要赴港去找他吗？

章晨光自然也没料到，去香港的时机很快就来了。

"如果那年我不把他一块儿带去香港执行任务，小豹子或许不会走呢。"章向晖一听，赶紧转到另外的话题，央着章晨光，让他改口讲陆一凡和陆宇轩的故事。

那一晚，接到保护衢城作战命令的陆宇轩和陆一凡并排躺在了一张旧的大床上，说了许多体己话。陆宇轩今年二十五岁了。他长到二十五岁，还是头一回说了那样多的话。

他也听陆一凡说。

陆一凡说，自己那时并不知道，父亲陆还夏在母亲"头七"后就另娶他人。

末了，陆宇轩说："哥，你知道吗，曾经我做梦都想在天上打鬼子，可现在又不想了。"

"怎么呢？"陆一凡虚弱地问他。

"因为我有哥哥了。"陆宇轩的母亲马氏因痢疾病殁后，他认为自己再无牵挂，是以满腔报国热情。谁料命运半路杀出了陆一凡这个同父异母的兄弟，刹住了他原本的无牵无挂。

陆一凡听后，默然不语，泪水却在紧闭双眼的瞬间滑落。

他也一样担心陆宇轩。在记忆中，母亲待他极为客气，缺少了家人之间过日子的烟火气。

2

翌日，陆宇轩就回衢城了。陆一凡想起弟弟交给自己的陆还夏的钢笔。他决定把不安收起来，用这支钢笔誊写小时就烂熟于心的《论语》。

钢笔是新的，需要灌墨水。陆一凡摘下笔帽吸墨水。

他把墨水瓶放回抽屉里时，赫然发现了一封信，是陆宇轩写给自己的。信封没有被封缄。

信中，陆宇轩告诉了陆一凡一个尘封已久的秘密：陆还夏年轻时曾东渡日本留学，在札幌的一间居酒屋里结识了女招待波穗容雅，两人交往过一段时间。可好景不长，陆还夏收到国内来信，说是祖父过世，让他必须回国奔丧。

他回到济南后，才知道被家里人摆了一道：他祖父身体硬朗得很，信中都是借口，想让孙子回来结婚的借口。

陆还夏不敢违命。不过新婚第二天就独自一人去了青岛，把新娘子一人留在了济南。

札幌那头，波穗容雅遇上了一位愿意对她一掷千金的男客山家小岛。陆还夏没消息来，她思量再三嫁了山家。

等到陆还夏有儿子，已经是三年后了。他是安泰药行的少爷，他的身份变了，新娘子却依然不受他待见。

"今天开始，你就不用在爹娘面前装了，你就是一凡的母亲。"陆还夏将一男婴抱给妻子。

山家小岛在一个夜晚被一位日本浪人夺去了性命，波穗容雅的肚子里还有他的遗腹子。这孩子是山家的，她知道，与陆还夏没有一点关系。

陆一凡潸然泪下：自己竟是日本人的孩子！

而陆宇轩，才是真正同陆还夏有血缘关系之人！旧不如新，陆还夏对续弦是有感情的——她的眼睛很像波穗容雅。

母亲对他的漠不关心是有迹可循的：孩子不是自己的，丈夫爱的始终是旁人，自己又何必剃头挑子一头热！

陆还夏在弥留之际告诉了陆宇轩真相。

章向晖没有猜错这个结局。

章晨光淡淡地说："生不逢时，乱世里，无论好的坏的感情，都是一种恩赐。"

面对这份稀有的恩赐，任何人都不应再造次。

3

赤柱的一处日军驻扎地审讯室里，小豹子被沉重的铁链子五花大绑。他的身上还没有伤痕，看起来心情也不沉重。一名日军从他衣领里搜出了一张记着莫尔斯电码的纸条，译电结果是个地址，在新界的石岗村。

"那里应该就是他和'石狮'的秘密接头点，说不定能牵出一串共党分子的名单。"日军驻香港派遣司令官玉置孝对前田政男的助手田原浩二说，"郑迪君不多时便会到了。"

等郑迪见到小豹子时，小豹子已经被折磨得昏死过去三次。他亲自将一盆滚烫的辣椒水倾在小豹子身上。小豹子被疼醒了，微微睁开眼，悠悠道："也算你没本事，之前都和他做过交易了，却还是抓不到那个叫'石狮'的……他虽然叫'石狮'，可足底抹了油，才不会蹲在原地不动去上当。"

"看样子我化装很失败。"郑迪冷着脸说，"年轻人就是好记性啊。"他走近小豹子，把他的头托正。小豹子懒得去看他。

"我是民国十一年入的党。说起来，还是你的前辈。"郑迪对他说，"后生后劲儿虽大，但很多时候，有很多意见还是得多听前辈的为好。"

"我是豹子，应该待在豹子群里……"小豹子感到很疼，却仍坚定地说，"与虎谋皮的事，我做不来；为虎作伥，我更是办不到。"

"我也不想问你别的，就是想知道'布偶'究竟是谁？我一开始只知道有'石狮'这个人，我同他见过面的，就是不方便亲自出面逮捕他。"郑迪拣了一样刑具问小豹子，"你知道这是干什么用的？"他上前捏住小豹子的一根手指，作势要对他上刑。

小豹子说道："你知道'石狮'是谁，却逮不动他。他不清楚叛徒就是你，可我知道了叛徒是你。"

"可是，你现在根本走不出这里！"郑迪嘬嘴作声，很为小豹子可惜，"我们不是说好了的吗？怎么又出尔反尔？"

"这话……我也可以反过来问你……"小豹子的一片指甲已被剥离，"你又为什么要背叛你身边那群有信仰的人？"

郑迪没打算回答他。关于"背叛"这个问题，或许他只会给秦乐怡答案。

郑迪只是开出了另一个条件："这样啊，那我问问你，'布偶'是谁？"

小豹子听了"布偶"二字，忍不住身上一个激灵，这细微的变化逃不开郑迪的眼睛。

"你应该认识'布偶'。"郑迪手中的刑具也饮了鲜血。

小豹子听了他的判断，突然一哂道："……我要说了，你会信吗？"

"那你快说！"郑迪突然眼前一亮，催促小豹子，"'布偶'到底是谁？"

"我不是约好了和'石狮'见面来着，他人我没见着，你们的人倒来搅局——"

"你少给我避重就轻！"郑迪吼道，"你明明应了我，也就是答应了日本人配合他们，临了却出尔反尔，让'石狮'跑了！"

"我确实没见过'石狮'，76号的人想抓'石狮'，不就为了撒网捞'布偶'这条大鱼么——"小豹子忍着痛吃力地说，"如果我告诉你，我就是'布偶'，你预备怎么处置我？喔——差点忘了，你不过是76号的一条狗，是日本人的一条狗，还没资格处置我呢。"

"你——"郑迪一时怒极，请小豹子干吃了好几个耳刮子。

"我听特工总部现在的行动处处长舒念琛说，近期他们那里总有不少人被杀，在其中供职的收发专员也截获了若干共党'布偶'的密报。"郑迪还在用刑具撬着小豹子的指甲，"这不得不让李墨成和前田政男疑心，特工总部出了内鬼。李墨成很笃定，'布偶'就是那个内鬼。"郑迪目露凶光，恶狠狠盯着小豹子。

"而你，特工总部没人见过你，76号档案室也没你的位置。"郑迪说，"所以你不必把屎盆子往自己头上扣。说吧，'布偶'到底是谁？"他依着舒念琛的判断来分析，章晨光和杨婷婷的可能性是最大的。自然，也不排除"布偶"就是舒念琛本人。

"你最好给我乖乖交代明白了，不然，你这双手的指甲一片都留不下！"之前特工总部也抓了不少共党分子，拔了两片指甲就招了，郑迪不相信小豹子有那般巨大的忍耐力。

"就算你拔完我一双手的指甲，我也还是这句话。"小豹子闭上眼睛，他太痛，也太累了。

4

话说，梁溪亲眼在赤柱市集看到小豹子被日本特务绑走后，心中一直焦急万分。辗转牵连上很多关系，得知小豹子被看管在一家日军医院里。他思来想去，还是决定冒死一试。

梁溪打听到，小豹子的看护是一名日本女军医，叫小岛佳子，平时没事喜欢去夜总会泡着。北角的丽池夜总会就是她离了医院后的窝，比她在深水埗的公寓还亲。而且，她的酒量也不赖。

在丽池夜总会暧昧不明的灯光下，梁溪的目光锁定了小岛佳子。无数支灯光横在他们中间：那是挑逗的亮，是不洁的亮，是故意的亮，是诱惑的亮。他就走在这样不情愿的光亮里，去邀请小岛佳子跳一曲探戈。

梁溪说起了一口流利优美的日语，扮演着一位善解人意的倾听者。他说日语时，不自主地想起了欧阳书晴，那个为了保下高木千智性命，独自跑去高木千雄公寓，求了一整夜的情，第二天才离开的善良女孩子。他知道，她不仅是为了自己堂妹梁惠，更是为了自己。

在梁溪假意的醉意里，小岛佳子还真有几分与欧阳书晴相似。小岛佳子最后的印象，是梁溪一直执着的酒杯，她在断片之前还在暗暗感叹自己的酒量下降了。

梁溪在那瓶昂贵的烈酒里，掺进了既不误事又不致命的安眠药，又托了酒保派人照看好她。

梁溪还是用回了"荒木泉"这个日本名字，推着载满药品的推车进了小豹子的病房。两小时前，他已在探戈曲中向小岛套出了病房号码。他向看守的日本兵解释，小岛医生今日身体不舒服，自己是她的助手，来看看犯人的情况。还掏出几块大洋，让两人去吃夜宵儿。

打发走了看守日兵，梁溪急忙掩上了门。

小豹子伤痕累累。他的双手没了指甲，只是两团血肉。脸色青白，奄奄一息。见此情状，蒙着口罩的梁溪内心倏地涌起一阵酸楚。他摘下口罩，轻声唤道："豹豹……豹豹……我是你梁大哥啊。"

小豹子微微睁眼道："……你怎么来了？"

"我听说你有肺病，看中医不大管用。"梁溪说出了暗语。

"是啊……我早想吃些西药试试了……"

小豹子的嘴角浮起了微笑："'石狮'同志，我们总算见面了……"在那通梁溪打到内地说明盘尼西林补款的电话里，小豹子也并不清楚他的代号。

梁溪心痛地点点头，也下了一个决定：无论如何，一定要把小豹子救出去。他不仅是自己的同志，也是他的弟弟。

想到此处，梁溪柔声对小豹子说："豹豹，你放心，梁大哥是不会丢下你的，我现在就带你出去！"他想把小豹子打横抱起来，小豹子却制止了他。

"……梁大哥，没用的……"小豹子气若游丝地说，"医院外面全是日本宪兵，他们看得很严……我们两个是逃不出去的……"

"你听我说……"小豹子看着梁溪说，"……前田政男的人搜走了我藏在衣领里的……密电码……你放心，那……那不是'粉骷髅计划'。那密电码译出来的地方，是军统香港站几个特工的一个秘密基地……靳先生早有埋伏，日本人……日本人不会……不会有好果子吃的……"梁溪猛然记起章晨光对他说过的一些听似日常的信息：小豹子口中的"靳先生"，应该就是军统香港站站长靳世纯，是他在来港渡轮上结识的忘年交朋友。

"豹豹，那份东西——"梁溪欲追问下去。

小豹子却猛地咳出一摊血，强撑着一口气问他："梁大哥……你说……我们能把小鬼子赶出去吗……"

"能！一定能的！"梁溪一面向他保证，一面强忍着双眼的泪水。

"……那……那你说……以后会有人记得我们吗……"小豹子气息微弱地再次问他。

"……会的……一定会的！"梁溪心知小豹子剩下的时间不多了，想同他作最后话别，却又如鲠在喉，悲意弥漫，无法说出更多，只好默默抚着他的头发。

小豹子听罢，唇边扬起了一线笑容："……我一直记得……你给我带回来好吃的……你还说，等有机会，会带我去浙西……吃手工面……像蚕吐丝那么滑……香……还有咸汤圆……还有麻饼……你说……会教我念洋文……可我多笨啊……"

梁溪的泪水再也藏不住了，倏然间，争抢着落下。他的嘴唇翕动着，不住地应着小豹子的奢侈回忆："我会教你的……你不笨，一点儿也不笨……等你好了……等你好起来……"

"梁大哥……你……你还记得吗……"小豹子说，"……我也答应过你……送你……你……一条新的领带……领带……不算太……太晚……"

梁溪听了这话，一时间不免心中生疑惑——小豹子说的是什么意思呢？

小豹子没再多说，目光却瞟了一眼医用推车：一管连着粗大针头的针筒立在医疗圆罐里，十分醒目："'石狮'同志，请你……把它给我……"他发音吐字很艰难。

"梁大哥……我是豹子，我有爪子……我有爪子的……"小豹子伸出那双成了一团血糊的双手，眼神坚定地道："……你……你放心……我……我不怕痛的……"

梁溪还未从小豹子之前的那番话中醒过神来："……你……你要干什么？"他看向立着针筒的方向，却不愿抽起针筒，心中溢起绝望。

前田政男在高木千雄的陪同下来到了日军医院。前田政男下了车，问高木千雄："我听香港的派遣军司令官玉置孝说，共党'布偶'就被押在这里？"

高木千雄吞吐着回答道："是……是……'布偶'的同伙，他素来负责与'布偶'单向联系，看着就是一个小孩，不是很识字，应该不难对付。"

"你懂什么！越是不起眼，越是看着好对付的人，通常越难对付！"前田政男剜了高木千雄一眼说，"中华大好的文化，一开始就应该属于我们大日本帝国！给一群不懂不知的支那人沾光，可惜了……"他边说边朝医院内走去。

病房里，小豹子正在与梁溪作最后的话别："……'石狮'同志……再见了……还有光哥……替我向他说声对不起……"他的声音很淡很淡。

"'豆糕'同志……"梁溪起身，回看了小豹子一眼。

"你快走……"小豹子虚弱地命令梁溪。同时，小豹子用已没了指甲的血手，抓过梁溪握在手里的那支粗头针筒，对准自己脖颈的动脉处，是想威胁他快走。

梁溪将心一横，放开小豹子的手臂，蒙好口罩，闪身出了病房，强自镇定地推着医疗推车走在走廊上。

待得高木千雄陪着前田政男来到了被严加看护的小豹子病房之时，地板上只留有一摊黑紫的血，一支卧在血泊里的粗管针筒，还有断了气的小豹子。

"人没走远。"高木千雄用日语对随从的下属说，"我们赶紧追！"他不知道，派出去新界的那支精锐队伍，正遭受着毁灭性的打击！

梁溪躲进了医院的卫生间，已换好衣服后从卫生间窗户逃走了。那日，梁溪的精神一直很恍惚，他自己都险些忘了是如何回到薄扶林道洋房的。小豹子的死比梁忆华"叛国"遭枪杀更令他伤痛。如果不是身边有秦乐婕的陪伴，他真的不确定是否能够扛过那份伤痛。

"这是你梁伯伯后来同我说的，我相信他，所以对小豹子也很放心。"章晨光对着正在客厅收拾东西的章向晖说。虽然，小豹子是真有那么一瞬间想做叛徒的。

"我当时只能把我自己赌给那个女人，没告诉你是怕你担心。"这句话是若干年后，秦乐婕生产那日，梁溪才告诉她的。不然，他就无法见到小豹子。

"这有什么。"秦乐婕微笑着说，"我们不是不打算登报结婚么，好赖只是彼此的依靠。"

5

梁溪在梁公馆门前看到了蜷在门外秋千上的小豹子，手上还抱着一摞中文书。他皱了皱眉，一脸无奈地走过去拍拍小豹子的头："你怎么来了？"

小豹子迷迷糊糊地醒转，讷讷地把书举到梁溪面前说："光哥让我来看看你，给你带点书。"他手上提着的正是一套儒学经典"四书""五经"。

"我看不懂这么难的东西。"梁溪掏钥匙开门，声音懒懒的，心中老大不乐意，他觉得头已经开始隐隐作痛了。

"你看不懂没关系，我可以教你啊。"小豹子胸有成竹地说。

梁溪就当他说的小孩子话，小豹子不懂这样深的学问的。他把小豹子让进门后，就一头扑倒在沙发上眯着眼，不去招呼来客了。

"梁大哥，你就别生光哥的气了，可以吧？"小豹子试探着问道。

"我没生他的气啊。"梁溪嘟哝着。他穿着的驼色坎肩背心下，压着一件没熨平整的白衬衣。衬衣上泛出多条褶皱，像个老者。

他这样说，就是在生章晨光的气。小豹子见状，也不好说更多。他心里清楚：现在的梁溪没了任务却保留着党员身份，是章晨光转圈很多次向组织申请到的最好的结果。他们都还需要梁溪，需要他为他们去完成更重要、更艰巨的任务。

小豹子笑着说："就是在家蹲着，你也得把自己收拾干净了啊。"他记得，梁溪是很爱干净的一个人，吃穿用度和武馆里的大家伙档次不同，应该是天天住饭店的。

"活儿都给别人去干了。"梁溪有些丧气地说。

"我还是喜欢看你在衬衫外面打领带加西装。"小豹子笑着对梁溪说，"以后有机会，我送你一条领带吧。"

"这可是你说的。"梁溪也笑着看向他。原本他幼时就生活优裕，是压根看不上小豹子送的东西的，可这是他的一番心意，自己总要成全他的愿望，应下来也不损失什么。

"一言为定。"小豹子伸出右手小指和他拉钩儿。

梁溪又做了这个沉重冗长的梦。

6

陆一凡趁着高蓉蓉来送菜之时，向她提出了一个不情之请："高姐，你会包粽子吗？就是衢城最流行的芋头粽，芋头切成碎丁，里面还填有雪菜和咸肉。"他心里惦着陆宇轩。端午又近了。他没有亲人了，陆宇轩就是他唯一的亲人，他答应过陆一凡，到时会回来和自己一道吃粽子的。

高蓉蓉爽快地答应了他："这太简单了，我明天就给你做去。"

陆一凡应着道谢，翻开当天的报纸看起来。他刚刚给自己下了一碗索面条，添上了大葱段和少量的菌菇，没敢放辣酱，怕又添病重。陆一凡一面往嘴里扒拉面条，一面读报。

"……浙江籍笕桥航校飞行员陆宇轩因跳伞误入敌圈，为不做俘虏，保住中华之气节，遂举枪自尽，享年二十五岁。"陆一凡不禁颤声念出了他不愿接受的事实，心头平添一抹新痛。

陆宇轩在衢州的空战中活了下来，却死于重庆空战。

"陆先生，快来快来，这粽子我给您包好了……"高蓉蓉的声音带着一股娇柔之气。她来到陆一凡的家，把一竹筐粽子塞给了他。高蓉蓉忙活了好几天，算是赶在端午前扎出了粽子，可以和陆一凡交差了。

陆一凡道了谢，说他正好下了面条，还剩了挺多，让高蓉蓉进屋吃一碗。他盛面条时想起了邻家姜阿姨留给他的一碟卤味：橘皮酿鸭掌。佐料里还有陈皮、花椒等物。陆一凡内心接纳陆宇轩后，这些总给他留着，是一份一次次团聚中的心意。现在这鸭掌用不上了。

一开始，高蓉蓉很斯文地吃面。在灾乱年头，鸭掌属实是珍馐，斯文吃起来不香的。想到这里，她顿时没了讲究，右手拈着鸭掌，把荤食吸吮得津津有味。吃完后，还去吸吮手指头，边吮边朝陆一凡露出了不太好意思的笑容。她在啮咬着自己的指甲。

高蓉蓉告辞后，陆一凡便脚步不稳地回房躺下了。

一个燠热的夜，程昱延接到章晨光的命令来到浙西的保安村，与陆一凡秘密见面。

程昱延在一片寂静里敲开了陆一凡的家门："是'紫烟'同志吗？"

"等等！"陆一凡狐疑地盯着程昱延。他的咳嗽又重了，可手上依旧不放松，拿枪指着程昱延，"君子喻于义……小人……喻于……利……"他唯恐自己的咳嗽声会影响这句话的准确度，预备着再说一遍。

"《论语·里仁》。"程昱延说出了他们的接头暗语。

陆一凡内心很是激动：他终于等到了和组织接头的这一天！

"'紫烟'同志，这些年辛苦你了。"程昱延对陆一凡说，"我是'琴键'，'布偶'同志因有别的要事在身，所以派我过来。"

"我知道。"陆一凡喘着气对程昱延说，"他一直想找出日谍'夜莺'，只可惜我这个不争气的身体……不能……"

程昱延打断他的话说："你别自责了，我这里带来一份重要情报，需要你帮组织上留意。"接着，他告诉陆一凡：自己已经译出了一份同志送来的日本军方的情报，日军方面打算和76号合谋制定一个'粉骷髅计划'，是一个蓄谋已久的文化侵略计划，地点是浙西。

"另外，'象牙'同志在香港被杀害。"程昱延最后说，"在他留下的绝笔信中，提到过一个叛徒，叫'菡萏'，说是他有个吃完东西后咬指甲的癖好。如果你一旦有了这方面类似的消息，还请第一时间报告给上级。"

"我们有同志为了抢先一步拿到这个计划，已在香港牺牲了。"程昱延沉声说，"所以，拜托了。"

陆一凡点点头，将孔丽梅遗留给他的明崇祯珍本"四书""五经"交给了程昱延。程昱延未敢多做停留，当晚趁着夜色坐船回沪。同时，也甩开了跟踪他的人。

只不过，程昱延也不明确那人究竟是谁，也不知那个人是否正是自己曾一心怀疑着的人。

陆一凡发完了给章晨光的电报。

7

陆一凡没想到会在浙西又遇见吉田一功，他成了江山这个小县城的不速之客。原本对陆一凡十分关照的姜阿姨一家先遭了难，一家四口都着了日本人的道。

一日，姜阿姨的大儿子小南举着一方手帕，进门用乡音嚷道："姆妈！姆妈！快点来，我们有好吃的啦！"他的手帕里包着一块油汪汪的月饼。

后来，吉田一功找上了陆一凡。

"陆桑，你在武汉给我的书，是假的！"吉田阴着一张脸说，"你是不是该给我一个解释？"

陆一凡正巧煮了两只粽子，模样瘦长，是衢城一带很流行的芋头粽，是高蓉蓉不知自己暴露时亲手包给他的粽子。

陆一凡把两只粽子剥好，分装成两碟子，对吉田一功说："没想到你们还是跟着来了。"又加了一句："来者都是客，先坐下吃粽子吧。"他把左手边的粽子放在吉田面前。

吉田一功不言不动，却难掩他生疑的神色。

"你怕有毒吗？"陆一凡轻笑道，"那就这一碟。"他把右手边的粽子递过去。

吉田一功还在犹豫，怕陆一凡使诈。

"那我先吃给你看。"

陆一凡用筷子夹起一段粽子，馅子里有大半丝丝的咸肉，香气四溢。他吃得愉快，惹得随吉田一功来的几名日兵很眼馋。

吉田一功这才坐下吃粽子，不多会儿就吃完了。

"这粽子有一种独特的香味。"吉田擦擦嘴说，"陆桑，现在你可以告诉我，真正的崇祯本'四书''五经'到底在哪里了吧？我向你保证，只要拿到它们，回日本献给天皇，你也会有享不尽的荣华富贵。"

"你知道刚才的粽子为什么这么香吗？"陆一凡突然扯出了一抹诡异的笑容，"那是因为，我在里头包了毒，氰化钾！"

"什么！"吉田大惊失色。

"你一直想知道古籍的下落，但可惜了，你是永远都不会知道的！"陆一凡用尽力气大喊道，"我要亲眼看着你……下！地！狱！"他体内的氰化钾发作了，一线鲜血从嘴角挂出来。

　　吉田一功突觉腹部一阵绞痛，他才知道自己中计了："你……"随从的日兵
还没有对陆一凡动手，吉田一功就断了气。

　　陆一凡也断了气。只是他的眼睛闭不上，就是盼着弟弟陆宇轩能回来团聚。

第十九章　剧　痛

1

　　最近，梁溪和欧阳书晴的交往过密，他没打算瞒着，自打欧阳书晴养好伤后，他们有太多的往事要被翻出来温习。

　　他正在和章晨光说一通电话。内容很家常，就是章辰光邀他去晨曦饭店。梁溪明白，章晨光指名亲自见他，肯定又有要紧事。难道，章晨光会亲口告诉他，组织上应允他重新参与新的行动了？

　　梁溪一星期前就在马尔斯咖啡馆订好了位子。电话铃响了。欧阳书晴在电话的那一头撒娇，说自己本来想等梁溪去华盛顿公寓接她的。她知道他是大忙人，就不劳他这个驾了："我都自己过来了，还等不到结账的人。"

　　梁溪只好握着听筒一通抱歉，说之后一定另找时间补上，好不容易把欧阳书晴哄好了。

　　"梁溪哥哥，你还是那么可爱啊。"她很高兴自己的回忆还没变质，又说，"今天是我自己愿意先等在咖啡馆的，你不用道歉。"

　　欧阳书晴挂了电话，回到之前的座位上喝咖啡，她不太愿意浪费东西。

　　"请问，你是欧阳书晴小姐吗？"一声粗犷的问话突然响起。

　　"你是？"欧阳书晴微微愣怔。一个蓄须男子摘下礼帽和墨镜坐在了她对面的卡座里："是前田司令官派我来的。"

　　晨曦饭店的包间里，梁溪第三次见到了麦馥兰。

"你俩之前见过，我就不多介绍了。"

章晨光直奔主题对梁溪说，自己即将要去 76 号特务机关工作，76 号特工部主任是章晨光曾经在淞沪会战中救出的李墨成。有这一层关系，组织上自然同意让他潜进去。至于戴老板这边，是想让章晨光深入虎穴，试图从多方打探到日军的"粉骷髅计划"。不仅如此，戴还扔给他五个军统内部抓出来的贪腐人员，其中一人就是刘宁的叔叔。

章晨光说："我之前就接到戴老板从重庆过来的秘密电报。电文里说，就拿这五个人当作送给李墨成的礼物，方便我日后在 76 号站稳脚跟。"

"墨成墨成，墨守成规，难成气候啊。"梁溪突然感慨道。

章晨光还挺惊喜："豹豹从前还真上心对了，让你恶补国文还是有用，这不，成语也用得不错了。"又说李墨成对日本人奴颜屈膝，是不成气候，是汉奸就人人得以诛之。

"那地方可是狼窝！"梁溪没好气地冲章晨光喊道。

"如今的中国虎狼环伺。"章晨光正色说，"为了我们的孩子不再住着狼窝，捣毁狼窝就是最好的办法。"

章晨光让梁溪暂时还不能有动作。自己过去汪伪特工总部后，麦馥兰会负责传达信息和指令，梁溪也得听指挥。那次见面半年多以后，梁溪就住进了秦宅。他福煦路上的梁公馆就变成了章晨光这条线上的另一处重要联络点。

2

梁溪一时间有太多的新信息需要接纳和消化。刘宁因为叔叔贪腐之故，已求梁溪让他离开梁公馆回老家广州，身边没人可商量。自己或许还可以去找欧阳书晴？

这个名字忽闪过梁溪的脑海，但立马被他排除。

他对章晨光唯一的请求是别动他福煦路上的诊所。

"那当然，你本来就是医生嘛。"章晨光说。

一切就这样成了定局。

章晨光回到了汪伪司令部。有人告诉他，李墨成刚才有个电话进来，是找他的。章晨光回过去，李墨成说今晚在华懋饭店设宴，除了特高科高木科长和他太太高木美纪外，前田政男也会光临。

"这次虽是家宴，但届时将有个重量级人物出现，我希望饭桌上能有你这个译电组组长作陪。"李墨成说。章晨光想推辞，但转念一想，或许这是个绝好的机会。

章晨光问李墨成为何不让情报处的梅处长去。李墨成只是说："他也会来，不过迟一些。我们76号是个讲礼数的地方，贵客将至，我们得先候着。"

他又说："我晓得你是不太喜欢应酬的，把你叫上是我对你的看重，因为你曾经救过我的命。"实际上，章晨光不会不明白，李墨成狡诈多疑，他谁都不相信，包括他的枕边人。此次摆的正是一场鸿门宴，也是对自己立场的一次甄别和试探，醉翁之意不在酒。

述说到了这一段，章晨光同女儿下意识地交换了个眼色。章向晖的眼睛没离开书，若有所思地道："那场宴会，怕是抓了你们的人。"

"那是比抓了我们的人更麻烦的事儿。"章晨光苦恼地说。

赴宴应当有女伴。章晨光脑海中第一个跳出来的人选是杨柳，可他从76号走出去时，路线竟不是去虹口日侨集聚地，而是孙晓铮的画舫停泊的河岸。

章晨光庆幸那日晚宴带出场面的女伴是孙晓铮而不是杨柳。因为那天凌晨，军统上海区有几十人被捕，叛徒正是舒念琛，把杨婷婷迷得七荤八素的原军统上海区站长舒念琛。而杨婷婷，也随着他一道叛国投敌。这一刹那，章晨光觉得自己内心潜伏多年的野兽已破笼而出，他不想在包房再待下去，甚至在他看见舒念琛的一刹就想杀死他。

李墨成十分满意地看了前田政男一眼说："恭喜前田将军，舒先生和杨小姐识时务，两人都是真俊杰，想必日后一定能为大日本帝国造福。"

前田政男也作表面客气道："李主任，今后76号也会如虎添翼，与我们大日本帝国共创大东亚共荣的繁荣局面。"他又看向门口的一男一女说："舒先生，杨小姐，快过来入席吧。"

舒念琛和杨婷婷先后道了谢。落座之后，舒念琛倒上了酒，对前田政男和李墨成举杯说："从前在军统，舒某不过是个小站长。上海站站长，看着权力大，可我鞠躬尽瘁，万般努力，却还是换不来戴老板的青眼。舒某深知主位难坐，这回承蒙前田将军和李主任抬爱，愿为76号肝脑涂地，在所不辞！舒某给将军和主任准备的薄礼，还望能令二位欢喜。"说着，他又望向章晨光："我们原先也同章组长一道共事过，今后在76号，还望多多照料指教了。"

前田政男对舒念琛这样唯命是从的态度很满意："墨成兄，舒先生这一回几近毁掉了整个军统上海区，功劳大大的，你看对他怎么安排为好？"

李墨成对前田说："正好我们之前的一位行动队队长罗倩倩回老家嫁人去了，这职位空着，要是他不嫌弃，不如就让他顶上。我相信他的实力，今后会在76号如鱼得水，干出一番漂亮的成绩。"

席间响起了稀稀落落的掌声，只有章晨光和孙晓铮对他的发言干瞪着眼。孙晓铮不动声色地用胳膊肘捅了一下章晨光。章晨光只是在想杨柳，他既担心又庆幸：担心的是杨柳会有危险，庆幸的是杨柳在舒念琛看来算是个无关轻重的角色，没有危险。

章晨光这才勉强提起精神笑道："念琛兄这还算薄礼？章某不才，三个月前带来的才是薄礼。"

杨婷婷拉着舒念琛过来敬酒："章组长也太过谦虚了，说起密电文，我俩可都是肚皮里的墨水蘸到眼皮子上了。从前一道在军统共事的时候，您替我们解了不少的围。如今总是缘分深，您要是有任何难处，喊不动舒队长，总是可以来找我的。"说罢，向在她身边的舒念琛递眼色。舒念琛口是心非地道："杨小姐说漏了一处，若是章组长有为难处找我帮忙，我也乐意的。"

李墨成的兴致也很高，转到了爱将章晨光身上："前田将军，这位是我们特工总部的译电组组长章晨光。他不仅对破译情报很精通，还会中国功夫——"

"别看小章还没女朋友，可他骨子里很顾家呢，烧得一手好菜，晨曦饭店就是他家的。"李夫人在一旁帮腔道，"再有就是，他又长得一表人才，在当今世道真是难得。"章晨光被李夫人夸得十分不好意思，旁人看了还以为他是酒精上头。

前田政男点了点头，又问章晨光是否有中意女子："我家中本有一女，她叫洋子，可惜了，我这个糟老头子管不住她——"他的中文有点蹩脚。

"俗话说，君子不夺人所好嘛。"章晨光笑道，"既然令爱心中另存他人，我怎好意思横插一杠子呢？"

前田政男被章晨光最后半句话给弄愣了，李墨成赶紧打圆场说："晨光这是不想让令千金心里因儿女之事为难，没别的意思。"又示意章晨光赶紧举杯赔罪。

席间，前田政男提到了浙西地区的蛋雕，提到了"金陵十二钗"的根雕，也提到了崇祯本的"四书""五经"，还提到了周伟文。可这些话题，皆被章晨光一杯接一杯的酒给烫化了。

宴席结束了。章晨光回武馆后辗转难眠，酒精根本不起作用。虽说和军统各自所站的立场不同，但大家总是同胞，在抗日的大节上总有互通相助之时。今晚军统上海站损失颇重，等于他这方或许也间接失去了一些强有力的抗日支持。

在这场宴席的头一天晚上，章晨光接到了赵越平来自香港的电话："象牙"李中勤同志在中环寓所被杀，房中没有多少值钱之物，仅在书房抽屉中找出一封绝笔信。

章晨光在知道了信中内容后，马上让程昱延动身去了江山，程昱延也因此逃过了一劫。

3

培恩公寓里，汪锦琳披着一件浅紫色的缎面棉晨衣坐在书桌前看书。最近，她不是在赶稿子，而是在准备剑桥大学的入学考试。突然，她眉心紧蹙，双手捂住了胃部。因饮食、作息颠倒，她的老胃病又犯了。

周伟文捧了一杯热牛奶给她，嗔怪道："考试是重要的，可你温习也别太狠了。"汪锦琳前阵子已累到眼睛出血，他早就为她约了医生，她却总推说太忙。

汪锦琳回头对周伟文漾着笑道："我要是能考上，我们就可以一起离开了。"她乐观地想。那晚周伟文重伤，在福煦路的私人诊所幽暗的白色灯光下，汪锦琳对他所做的一切，善的恶的，得已或不得已的，都有了谅解。只因他对她好。

周伟文不禁蹙紧了眉头去看她。汪锦琳终究是过于天真——汪先生盯上了他的文笔，他又怎可轻易脱身？

"我不过空有一手小文采，怎拧得过所趋大势，不过也是个要吃饭的人。"周伟文哄着汪锦琳。他已任职了汪伪政府宣传部的副部长，骑虎难下。

周伟文对她的温情脉脉，更坚定了汪锦琳要和他一起走的决心。

"可她汪锦琳一考完试，周伟文便出了件大事。"章晨光帮着女儿一起卷毛线。天凉了，章向晖想给父亲织一条围巾。

"周伟文死了？"章向晖问。

章晨光一脸的灰苦相。章向晖马上明白道："若真要死的是他，您也就不会摆臭脸给我看了。"

章晨光告诉女儿，那晚死的那个人，是孙晓铮。

"对了，你还记不记得，你买过涂了很多辣酱的豆干儿？"章晨光突然问她。

章向晖怎么会忘呢。

4

那天，章晨光忙完，在办公楼里看见杨柳走了出来。

"我知道附近有个粤菜馆很不错的，就是不知道杨小姐肯不肯赏光一起去呢？"章晨光问她。

"我嘛，打算早些回家做饭，孩子一星期前就嚷嚷着要吃小馄饨呢。"杨柳把坤包换了只手拎着，拦下一辆黄包车离开了。

炮火流弹依旧冲不散傍晚扰攘的叫卖声。章晨光信步走至了虹口区，看见一家"小四川"馄饨铺的招牌。他停下脚步，想着进去吃碗抄手。

这时，他的眼光瞟到了铺子边摆着的一副豆干挑子。卤水臭豆干的香气在一片氤氲水气中传出来，循着这道香气找来的还有一个四五岁的小姑娘。她梳着两个可爱的丸子头，从一位老伯手里接过一串竹签，上头排着的臭豆干好像有点沉，她显然抓不牢，豆干们都在竹签上左右晃动着。

她正是杨柳的女儿依依。现在，她正踮着脚尖，左手抓着蘸酱刷子去够小瓦罐里的辣椒酱，又抹在了豆干上。依依太小，辣椒酱抹不均匀，便蘸了好几刷子。辣椒酱像鲜艳的颜料，在豆干身上深浅不一，如同结了块。那豆干挑子的老伯原先还和善，后来看这小姑娘一直抹不要钱的辣椒酱，心里就十分不快。

"这位先生，是要吃豆干吗？"老人看见了站在依依身后的章晨光。章晨光躬下腰，拿走了依依手上的蘸酱刷子和豆干，把辣椒酱涂匀后喂她吃。

章晨光悬着的一颗心放下了，杨柳果真让女儿蘸了辣椒酱。

"爸爸！"依依见到章晨光，就想起了放家里床头边上的相片，确定面前的这个人就是自己的爸爸。

她不知不觉吃了满嘴的辣酱，借着辣劲儿朝着他哭鼻子，小手搂不到他的脖子。

"你应该叫我叔叔。"章晨光扭过头，深吸一口气，压下心头不能与骨肉相认的痛苦，"以后别叫错了，知道吗？"

"可你真的是我爸爸呀。"天真的依依很较真地歪着脑袋反对章晨光。

"不！"章晨光正色对依依说，"我是你的叔叔！"

"哦。"小姑娘似懂非懂地点点头，重新叫了章晨光一句："叔叔。"她心想，或许世界上真的有和爸爸长得很像的男人吧。

章晨光满意了，向女儿展开了笑容："叔叔带你去喝东西好不好？"

"好。"依依乖巧地回应道。她被他牵着小手，被他抱上了黄包车，被他领去了晨曦饭店。

章晨光记起，杨柳在美国的时候就很喜欢做奶茶。红茶和牛奶争个不休，你中有我，我中有你。他喜欢她的这个比喻，也因此更喜欢奶茶。奶茶给他的感觉始终是混沌、暧昧、温和，有些女性化，与浓醇的咖啡和刺人心扉的烈酒不一样。但生活不像咖啡烈酒，没有决绝；也不完全像奶茶，不能纯粹。奶茶比生活幸运得多：生活有冷暖，能从中剖析出炎凉；奶茶也分冷暖，却完全不必理会炎凉。奶茶的单纯就像章晨光印象里十八九岁的杨柳，也像现在坐在自己对面吮着奶茶的女儿依依。

"我当时还不明白呢，"章晨光看着女儿说，"你那么小，竟然不听你妈妈的话，就和我走了。"

章向晖瞟了父亲一眼说："谁让我那时候总看见妈妈对着你们的合影偷偷哭呢。"

章晨光在晨曦饭店和杨柳过完自己三十七岁生日后，向她提出了一个请求。

杨柳专心地吻着他，末了又捧着他的脸柔声说："咱们……还用得着这样客气呀？"两人虽站在不同立场，因这立场而分开，"我们的心不是早就拧成一条绳了？"

她想得太简单了，章晨光的"请求"无异于将她往火坑里推。

"我那条线上的人得到消息，说周伟文下周二会入住我的饭店，我想要你去——"章晨光把后半句话为难地吞下肚，等着杨柳自己品出来。周伟文是臭名昭著的汉奸，更是情场老手，在上海滩早已是个公开的秘密。不论是军统还是共产党的人，都欲除周伟文而后快。

杨柳认清了：认清了章晨光，认清了他咽回肚的半句话，还认清了他施给她的缠绵——它不过是一场畸形交易。她的身体得到了太多来自章晨光的关照和滋养，反应也变得古怪刁钻。

她的身体不由得朝后跌去，眼窝蓄着一包绝望的泪。不消多说，她一直觉得，乱世中过得心惊肉跳没得挑，但只这晨曦饭店一处是干净的，它没有风声，没有暗算，也没有草木皆兵的错觉。在这里，一切的风吹草动都浇上了蜜。

饭店其实是最波诡云谲之处，杨柳觉得它干净，只因为饭店里有章晨光。

章晨光上前，一把捉住杨柳的手腕，正色说："如果你同意了，就让孩子去虹口家附近的'小四川'馄饨铺子旁买豆干儿。孩子抹了辣椒酱，我就当你同意了，她空嘴吃就代表你不同意。"他紧紧追着她如墨点漆的眼睛，一半乞求，另一半是深情的命令。

他放开了她的手。

"我才不会去呢！"杨柳无力地对章晨光说道，她拿了自己的坤包就要离开。

"柳枝儿！"章晨光又一次反手一把拖住了她说，"相信我，你会没事的。"杨柳怔怔地望着他，拨开了他的手，离开了。

5

秦乐婕提着两大袋食品和日用品回到薄扶林道的洋房，给梁溪下了碗云吞面。平时总是梁溪外出张罗，自己居内打理家事，只是这几天对调过来，因为梁溪得了重病。赵越平被已成叛徒的妻子高蓉蓉出卖，他杀妻后自杀。他仍不愿相信此事为真。另外，那一份在梅砚云家看到的《香岛日报》上，突然刊载了梁忆华生前为汪伪政府及特高科人员提供药品、军火经费的消息，如此抹黑他的父亲，更令梁溪感到震惊心寒。

消息是从梅砚云家里知道的，后来秦乐婕又念给他听了很多次——梁溪强迫她念给他听，尽管他之前已知父亲的结局。这回，他又强行逼迫自己温习这个结局，不过是又一次的斑斑血迹的折磨。秦乐婕虽心疼却也无法，只能顺着他。

秦乐婕去请了西医，西医认为不过轻微的伤风。几日过去，梁溪病体并无好转。她又费了好大工夫请来个中医，诊断出是郁愤伤肝，留下了几味中药。秦乐婕知晓梁溪对中医疗法心有顾虑，便没有马上煎药。

此刻，她端着汤碗进卧室，一眼瞥见梁溪蜷缩着身体，靠在近阳台处的地板上，赤着双足窝着头，在小声啜泣，他身上褶皱很深的白衬衣也似在啜泣。

秦乐婕在梁溪面前半蹲下，双手托着他的面颊，柔声道："梁溪，梁溪，你看看我……"她推搡了梁溪半天，他才突地紧紧拥住她。他的啜泣放大了分贝，埋在秦乐婕肩窝的面庞在不知不觉间已全是泪水："乐婕，你说，像'月牙'，像'核桃'……还有豹豹……他们都是很好的人，都是善良的人……怎么……"梁溪哽咽半晌后，又抽噎道："……还有我父亲……他怎么会……"他的心中很不安，不仅仅是对父亲被害的悲伤。

一阵门铃声中止了梁溪的哭泣，他与秦乐婕疑惑地对望了片刻，她便起来去开门。

邮递员递给秦乐婕一只包装精致的礼盒，包装纸上印着"胜记"的字样，那是位于中环的一家很知名的成衣店。她问邮递员寄件人姓名，邮递员却说："是一个后生仔啦，他没留名，就叫我一定送到梁生手上。"

秦乐婕把礼盒拿进屋，送到情绪低落的梁溪面前。

"这是给你的。"秦乐婕劝说，"你好歹看一看，也不知是谁寄的。"

梁溪去开盒，可双手不听他的指使，剧烈地抖震着。秦乐婕帮他拆开，盒子里是一条精致的领带。

梁溪的脑中倏然闪现出他与小豹子临别的对白："前田政男的人搜走了我藏在衣领里的……密电码……你放心，那……那不是'粉骷髅计划'……那密电码译出来的地方，是军统香港站特工的一个秘密基地……靳先生早有埋伏，日本人……日本人不会……不会有好果子吃的……"

"梁大哥……你……你还记得吗……我也答应过你……送你……你……一条新的领带……领带……不算太……太晚……"

当时，梁溪并不理解他的这番话。如今，他逐渐嗅到了一丝线索——难道，小豹子是把藏有"粉骷髅计划"的地址放在了领带里？

念及至此，他立刻慌慌张张地揉捏着那条簇新的领带，又让秦乐婕拿剪子来。

梁溪接过剪子铰开了领带，从它的双面缝隙中摸出了一张指甲盖大小的纸条，上面写着好几组数字。

他给了秦乐婕一个眼色。她会意，吃力地把梁溪扶起来，自觉地走了出去。梁溪找出《茶经》，译出了里面的内容。密码中提到的那个地址，在油麻地。

第二十章　夜莺啼血

1

孙晓铮穿了一身月白色斜条纹的织锦缎旗袍，梳着大盘头。这一次的谈话不在她的画舫上，而是在晨曦饭店、三天前章晨光和杨柳待过的房间里。

"嗨！我还当是什么事体，侬信得过我，我肯定听侬交代的话，会把事体给办好的。"在听完章晨光的整场计划后，孙晓铮痛快地应下了。

这一回，是孙晓铮对章晨光的郑重许诺。

"谢谢你。"章晨光对孙晓铮是充满感激的，她也是自己弥补不了更多亏欠的一个女人。

孙晓铮轻笑了一声，那丝短促的气息似从鼻中喷出，更显得凄凉了些许。她却故作无谓道："杨柳妹子去我船上找过我一次，当时我有客人，把她吓得不轻呢。"孙晓铮拖长声音，音色脆而薄，又很虚弱。

"我会看卦你信不信？"章晨光突然告诉她。

"什么？"孙晓铮很惊奇地问道，"你没骗我？"

"我不骗你啊。"章晨光温和地笑着说，"我看的卦象上讲，你一定会没事的。"

"我也希望这样。"孙晓铮微笑着说。

章晨光又陪她吃了消夜，两人还聊起了苏州河畔的第一次见面："五年前要是没你护着我，我哪还能有今天呢。"

"你瞎说什么呢。"章晨光对她嗔笑道，"你何苦看轻自己，这些年来，你不也帮了我不少的忙么。"

"你还记得你救了我之后，我对你说的话吗？"孙晓铮问他。

章晨光不愿说了。他将她护在身边，后背被流弹灼伤，孙晓铮毫发无损。她对他说："我是妓女，你没必要救我的。"

"我不知道你是干什么的，只知道你是中国人。这时候中国人还不救中国人，乐的就是他们日本人。"章晨光被孙晓铮带回自家画舫上包扎。

自鸣钟敲了十一下，他站起身对孙晓铮说："这两天你就留在饭店休息好了，到时候会有人来带你过去。"

孙晓铮忽然露出了一副伤感的表情，仰起脸对章晨光强笑道："我知道的，这五年，是我同你借来的日脚，总要还的。"她跟着站了起来，顿了一会儿又问他，"我能抱抱你吗？"

章晨光展开手臂微笑道："好啊。"

孙晓铮笑了。这是自己对心上人的允诺，也是她对章晨光这个拥抱的企图。

故事讲到这里，章向晖没再自作聪明往下推。因为她晓得，就算她不讲，父亲也忍不住会继续讲。

周伟文撇开汪锦琳，入住了晨曦饭店。当晚，杨柳穿了一件在"群芳"旗袍店新制的洋服也去了饭店。

"不用多说，你只要出现在舞场里，就一定是最吸睛的那个女人。"他们在美国时，章晨光就对杨柳下过这样的评语。

现在，最吸睛的女人杨柳粉墨登场了。

章晨光作了一回引子，和她先跳了一曲探戈 *La Cumparsita*，把那曲经典的《一步之遥》让给了周伟文，让它作了他沉溺美色的麻醉剂。章晨光与杨柳会心地交换了一个眼色，便退场去找孙晓铮了。

杨柳面对着汉奸舞伴周伟文有说不出的厌恶。可任务在身，她推脱不得，少不得一个劲儿地向他献媚，将他敷衍得密不透风，一连跳了三支舞，赢来不少掌声。杨柳还陪他玩骰子，又灌了他不少烈酒，结果当然如章晨光所预想的：

素来酒量颇好的周伟文被灌醉了。汪锦琳总喜欢夜间赶稿子，身体毕竟孱弱，相见时间总不吻合，其时周伟文对她早已生厌。杨柳既媚且乖，令他痴醉。

对杨柳而言，还有个更重的障碍等待她去克服；而对周伟文来说，那一夜的寻欢滋味胜过了之前的所有。

杨柳娇声细气地哄着周伟文回房间，半路却看见章晨光和孙晓铮。孙晓铮着了一身月白色斜条纹的织锦缎旗袍向杨柳走去。

原来，章晨光对杨柳的信誓旦旦，就是调包这场刺杀计划中的女主角。

他首先想到的人，自然是孙晓铮。

杨柳望向章晨光，沁出了一副难以置信的表情，有不解，有感动，也有痛楚。孙晓铮则不说一句，自顾去掰开杨柳圈在周伟文胳臂里的手，自己去扶住了周伟文，脚步故意踉跄地回了房间。

杨柳走到章晨光的面前。章晨光满含柔情地看着她，好像在说"你看，我并没有对你说谎"。谁知，他没等来杨柳的感谢，却吃了她一记耳光！

"你说我会平安无事，就是这样的平安无事？！"杨柳被章晨光拖到房间里。她再也控制不了自己的情绪，愤怒地问他。

"周伟文唯一的软肋只有女人啊。"章晨光这句话是在暗示杨柳：你不情愿做的事，我找人替你做了，你怎好意思还生怨气？

杨柳那张柔媚的脸庞变得黯然失色。章晨光回转过身看她，那脸忧愁就像是烙上去的，摘都摘不落。

他走到杨柳的身边，放软声音说："开弓没有回头箭。她既已阴差阳错入了局，我们只能保佑一切顺利了。"

那晚，二人睡意皆无，静候着孙晓铮能传出一个好消息。

凌晨，饭店里传出了枪声——来自周伟文手里的枪。章晨光布置的"美人计"失手了。在意料之外，似乎也在情理之中。

"一朝被蛇咬，十年怕井绳。"苏咏辰和楚池是翌日从报上看到的这宗命案。楚池抱着五个月大的女儿，惋惜地说："他一个四面楚歌之人，怎会不晓得小心提防。"她到如今最心疼的人，自然是表妹汪锦琳。

"晨光，……我错了，我真的错了！"杨柳跪在章晨光的脚边痛哭流涕，"早知道是这样，我一定就自己去了！我……我一定可以破了周伟文的局的……"

章晨光低下头看她，苦笑道："你哭什么！你不是向来不喜欢她吗？她总要横在你和我之间，不是吗？"

杨柳脸上挂着泪珠，哭声渐渐低了下去。

"她可是你的敌人，你怎么会心软到放你的敌人好过呢？"章晨光反问她。"情敌"也被他囊括在敌人之列。

章晨光用双手摩挲着她的泪水，轻声哄道："别再哭了啊。"

杨柳终于停止了抽泣，咬着牙发狠说道："晓铮不是我的敌人，小鬼子才是，那些替小鬼子做事的汉奸才是！我不会放我的敌人好过！"

章晨光听了，只是淡淡说道："你记得住就好。"

天亮了，杨柳窝在章晨光怀中睡着了，像他女儿一般睡去。

章晨光自也心痛无比。他禁不住想起了孙晓铮在画舫中的一次娇嗔："早知道欠你一命的人情是要替你担风险，还不如当初就还你一条命的好！"

2

"既然您说起孙阿姨会伤心，就再说说梁伯伯算了。"章向晖解劝父亲。

"我还是跟你说赵伯伯的事儿好。"章晨光叹气道，"你梁伯伯毕竟心思重，总觉得欠他挺多。"

在香港新界的一处公寓内，住了快半年的赵越平没有废寝忘食雕刻蛋壳，而是在亲自下厨。自从与高蓉蓉分隔两地，他已经很久没有下厨了，上一回下厨还是在李中勤家里。他在报上得知李中勤遇害的消息，败了很久的胃口，更无心烹饪。

赵越平于前几天接到了高蓉蓉拍的电报，她说自己会在今天到港。电报中提到战火、孤单，最重要的是陆一凡的死。这些事绞在一块，弄浅了她的胃口。

高蓉蓉在之前拍给赵越平的电报里还问他，来香港团聚是否破坏了组织上的规矩。

赵越平心里当然是千万分乐意，高蓉蓉就办了船票和通行证。她对此次行程自信满满：上一回的谋杀处理得干净利落，这一回处理的是自己人，更好控制些。

"我原以为男男女女顶多在床上才会犯贱，我却是低估了，他们在赌桌上也会犯贱。麻雀牌一抓，轻而易举毁掉一个家。"秦乐怡半裸着身体，睨着郑迪，她的娇俏与她那一口参差不齐黏着烟渍的牙很不匹配。郑迪在屋外案头上燃了一炷香。香火的主人是李甜甜。

秦乐怡对赌也是有瘾的，比烟瘾更甚。她不会相信秦乐婕当年和梁溪来香港不带私心。她姐俩的父亲就是因赌而倾家荡产，姐姐的筹码多，下的赌注大，所以她赢走了梁溪，自己只得退而求其次，随了心机颇深的郑迪。

"有时候我真不懂你——一头呢，机关算尽假他人之手弄死人家父亲；另一头，又换副面孔这样虚情假意轸念她。"秦乐怡吸过大烟，来了精神，顺口挖苦郑迪。

郑迪在外间一听，立马冲进来掐着她颈子，小声地暗暗威胁道："我应该把你的大烟膏子收走，免得你这样不知轻重！"秦乐怡听了，由不得身上阵阵发寒。从前，梁溪是她的软肋，而现在，她的这个软肋被大烟膏子替掉了。

有很多次，秦乐怡厘不清具体多少次，她犯烟瘾时总是会想起姐姐秦乐婕。姐姐是鸦片上瘾才使得梁溪怜悯心顿生，自己又为何不可追着她的做法铤而走险？

可是，她并没有收到一个男人的垂怜，砸在她身上的只是断断续续的冷言冷语："东施效颦！刺探男人怜悯心的女人是最傻的女人！"郑迪骂她。

3

"我要出门去赵师父家一趟，晚饭可能赶不回来了。烟膏子管够，你注意一点，最好去榻上抽。午餐晚餐——"郑迪在茶餐厅听赵越平说起过好几道家乡菜，十分仰慕他的手艺。他自己做不来好饭菜。

"我自己去楼下的叉烧店解决。"秦乐怡懒懒地说,"我晓得啦,钱留下就好。"

"他是我师父,我才拜师不久。"他这样对秦乐怡说。

她不懂郑迪学蛋雕的动机:"真要看上了他的蛋雕,出钱让他卖给你不就好了?"

郑迪丢下一句没好气的话:"你懂什么!"之后有些扫兴地出了门。搭上一辆黄包车,说了赵越平住址。那车夫拉起他就跑开,郑迪觉得方向不对,便喊人停下。

谁料那车夫充耳不闻,将他拉到了一处茶楼前说:"郑先生,有人想见你。"

郑迪半信半疑地被人引进去,包房里正坐着一位身着和服、蒙黑纱斗笠的女人。他用日语打了一声招呼,坐到了女人对面。

那女人并不露真容,只是语气平平道:"郑先生,之前那一场借刀杀人的游戏,静静当个旁观者,不用担心惹火上身,又除去了心腹大患,一定很有意思吧?"女子声音柔美,郑迪猜不出她见自己的目的。

郑迪知道她是在说李中勤。他的脸一下子黄了,连忙惊慌道:"那是李先生自己不愿意交出那件粤绣,也不愿意替天皇的女眷作刺绣,还咬住了蛋雕的藏匿之处不松口,这才自食恶果。那是日本人干的,不是我!更何况,他和赵越平各自交换旗袍蛋雕一事,我也在场,早就同你们说了!"

郑迪避重就轻,说了部分实话:明明是日本方面派出"夜莺"暗杀了李中勤,可那时候自己并不在现场。女人这样讽刺他,他是不能接受的。

"别急呀,我有说是你动的手么?"那女人笑道,"你只要替我们家小姐办一件事,之后寻个靠山总是不愁的。"

"什么事呢?"现在郑迪的心中悬着另一桩要事,他因自我利益而惦着另一个女人。

"粤绣的事会有人处理,好东西也不止它一样。"女人说,"共党分子怕是早怀疑上郑先生了,您的时间不多了。不过,想要抓到'石狮',倒是还有一个机会。"她亮出一张密电。

密电的内容："黄石"不日将携甲骨文到港，请"石狮"同志前去接应。

4

今晚的餐桌上，多了程昱延让章向晖带回来的南京板鸭。她一面吃着东西，一面听父亲说着人家不愿亲自开口的旧事。

程昱延的妻子，果真不只有个简单身份，和赵越平家的那位差不了多少，只是程昱延的结局比赵越平幸福。

"洋子，我们的人得到一条密报，说是河南洛阳有中国人交易了几片难得的宝贝甲骨，那位中国商人现在在香岛。"前田政男意味深长地盯着前田洋子，换了日语淫笑道，"密报是从他手上截来的，希望你能趁这个机会将功补过，不然，"她眼中不正派的男人捏了一把她下颔，冷笑道："你知道会有什么后果！"

前田洋子的身体缩在一隅，口中不住地喃喃道："昱延君……"她无惧养父的禽兽之行，却独惧他们的私下行动会对丈夫的安全造成威胁。

"如果我抓住了这个机会，您会放我们走吗？"

前田洋子从前田政男住处逃离不久，便去向担任上海中日亲善大使的欧阳书晴商量，让她只身一人去一趟香港："欧阳小姐，真是太谢谢你了，我真的因为要照顾我家先生走不了。"

欧阳书晴也是对着前田洋子一阵客气。她会爽快应下来跑一趟，只因为梁溪也在香港。

"程太太，我真的很羡慕你。"欧阳书晴对她说。

"你放心。"前田洋子亲切地拉着她的手说："你按我的计划去香港行事，找到郑先生，一起把东西带回来。之后，我会等在上海，亲自给你和梁先生举办婚礼。"

5

"哟，我大老远就闻到香味了。"郑迪一踏进赵越平家就笑道，"这鸭掌是照着你老家做法来的吧？"他毫不客气地拈起一只鸭掌。

"拿刻刀的手今天倒是拿起菜刀了，也真的稀罕。"赵越平没忘记与李中勤相见时，李中勤对郑迪的评价和怀疑，因此听了这话也不顶回去。他庆幸自己当初同意收下郑迪为徒，现在方便亲自抓一抓他背叛的真凭实据——"当归"生前和他说起过他模糊的叛变。当时他决定去上海，正是打算向组织上报这个消息。他不发密电，只是不想增加暴露的风险。只是没想到，当初自己刚到上海就被盯上了。

赵越平在灶台前守着炖鸡择菜，没有回头："今天你师母就到了，她馋家乡味，你不能馋太多。"

一道简单的小葱拌豆腐做好了。赵越平拿调羹试吃，皱眉说："味道还是不正，"解下围裙说必须出门买麻油和牛肉酱："加上那两样东西，才是我心目中的一清二白。"

郑迪心中突然没来由地搐动了一记。

赵越平让他帮着看门，自己拿了零钱下楼去买佐料。

6

郑迪听见了敲门声，很急密。敲七下为一组，这敲门声分成了两组。他的唇边泛起一丝阴鸷的微笑："夜莺"来了！

门开了，他看到的是被捆绑住手脚、嘴上塞住黑布条的"夜莺"。郑迪惊觉一支乌黑的左轮枪正抵在"夜莺"的背心，他的另一只手举着枪对准他眉心，用阴沉冷静的嗓音命令道："让我进去！"

赵越平提了佐料赶回家。持枪男子控制着"夜莺"，让郑迪去开门。赵越平进门后，手中的东西瞬间滚落在地："蓉蓉！"他恶狠狠地冲绑着妻子的男子吼道："你快放开她！"

"'月牙'同志。"那男子放轻了口气说，"如果你还站在当初的那个立场里，还记得'象牙'同志给你交代的话，你今天就别阻止我！"他的面相很凶，操着一口台州乡音继续说道："如果我今天绑的人不是她，那死的人就会是你！"

他的枪托再一次顶了一记高蓉蓉的腰。

男子就是丛弈。赵越平从没见过他，也不知道他的代号叫"绿檀"，是自己的同志。当然，他现在知道了。

"正是因为'象牙'同志被杀，我才更要保护好组织交我保管的东西！"赵越平厉声说，"你可知道她是谁？！她是我的妻子，也是我们的同志！"

屋中突然炸起一声枪响。郑迪开枪了，是根据高蓉蓉递的眼色开枪的。他有意打偏位置，只伤了赵越平三分。

赵越平突觉自己右肩窝热辣辣的，宛如被人沉沉滚了一锤子。

就在他怔惊之时，又一下枪响炸开，郑迪胸口中了一枪！却是赵越平开的枪！

"赵越平！"丛弈仍控制着高蓉蓉，只手将左轮贴地一滑，枪到了赵越平脚下，"你不是和我通过电话，说自己心里清楚郑迪是叛徒吗？你不是说我没有扳倒高蓉蓉的证据吗？证据在这里——"他扔掉了之前对着郑迪的枪，腾出空的手又伸进裤兜，将一块包好的手帕掼到地上。

郑迪的脸上有明显的疑惑之情，而高蓉蓉却是心虚。

"当时，郑迪想要抢来，却又吃了你赵伯伯一枪子儿。"章晨光笑道，"谁让他脚底板痒，站队不稳喜欢当叛徒！"

赵越平一发子弹险些打废了郑迪的右手。他不断地惨叫着，在场三人却无一顾及他。赵越平解开手帕，里面包着几片赛璐珞残片，上面还留着斑驳掉色的红色蔻丹。

"你知道这是什么？"丛弈忍住怒气问他，"这个，就是遗落在'象牙'同志寓所的铁证！"他义愤填膺地告诉赵越平：高蓉蓉混进党组织、勾结郑迪为日本人办事，牵连迫害同志，破坏浙西地下交通线，昧心窝藏紧急药品……

"还有，你以为她为何会嫁给你，就是为了窃取你的手艺，好拿去向日本人献媚！"丛弈说，自己就是受人之托查了"象牙"的案子，"他们还沆瀣一气，想要盗走古籍！手帕里的这东西，就是她想掩盖自己癖好的赛璐珞指甲片！"

"你从小就有咬指甲的习惯，所以指甲的形状并不好看，正因为这样才粘的赛璐珞片，我没说错吧？"丛弈问高蓉蓉。

高蓉蓉沉默了，她默认了。

赵越平听了，却没有任何动作，只是思绪不定，悠悠浮着，四散飞走。他想起了从前在常山老家灶台间妻子忙碌的景象。她在医院工作忙碌，回家又揽了所有家务。赵越平心疼她，在雕刻之余，渐渐也学会了掌勺和收拾家什，让她好好养指甲。没想到，高蓉蓉背地里作了大祸，杀了李中勤，想来也是为了那件粤绣旗袍。原本，他以为叛徒只有郑迪一人。

万幸老天开眼，让她在凶杀现场遗留下了赛璐珞片，锁定了真正的凶手。

"我不清楚你还在犹豫什么？"丛弈向赵越平抱怨。

赵越平对高蓉蓉开枪了，却只是打了她的左臂："我对她开了枪，答应你的事做到了。"他对丛弈说。

"接下来你想怎么做？"他松了松手劲，没再紧拧着高蓉蓉，把她全权交给了赵越平。

"蓉蓉，我只想问你，你怎么就非要做叛徒呢？"赵越平的音色里噙着痛楚。

高蓉蓉斜睨郑迪一眼，对丈夫说："你让他先放了郑迪。"她这样说，就已经承认了他俩是一伙的。

"放他走吧。"赵越平对丛弈说，语气很无力。

"你……"丛弈恨铁不成钢。

赵越平不去理会他的不痛快，只是看着郑迪捂着伤口仓皇而逃："现在你可以说了吧？"他用眼色示意丛弈别去追。

突然，赵越平中了妻子一枪，在腿肚子上。霎时，他的身子不由得半跪在地上，眼中溢着绝望。

"你们不是想知道原因吗？"高蓉蓉冷冷地回击着丈夫的绝望，"那好，我今天就全说了！"

7

梁溪拎着一只皮箱如往常一样回了家，秦乐婕没迎出来。上楼去了卧室，也没发现她人影。他暗自在心中碾出笑意，将那只皮箱纳进了衣柜。

天空突降暴雨。秦乐婕从屋里望出去，看见梁溪和欧阳书晴两个人在屋外院前争执得厉害，还间歇性动了手。她不明就里，只担心地张望着。梁溪进了屋，欧阳书晴依旧站在雨中。秦乐婕又哀求梁溪说："梁溪，外头这样大的雨，你还是让欧阳小姐进屋来说吧！"

梁溪却"腾"的一下从沙发中站起，将一张晨报摔给她，对秦乐婕怒目相向道："你自己看！"

秦乐婕拾起报纸，其中一条《中日混血美人欧阳书晴出任中日亲善大使》的新闻标题甚是醒目。她再一看报纸的时间，两年前，那时正是 76 号特工总部成立不久。

秦乐婕见梁溪如此窝火，不免细声解劝道："那时候你国文本就不在行，没注意到、没及时拦住她也不是你的错，那个时候你们不是还没见……"她惊觉说错，掉转了话头，"都怪我那时候身子不好，令你操心。"

"你和我上来。"梁溪阴着脸去牵她的手。

"不是，梁溪，你究竟、究竟要干什么呀？"秦乐婕想要阻止他却无果。

直到梁溪关上了卧室房门才同秦乐婕说，欧阳书晴一心想与自己成婚："总之我一定是不肯的。"他先向她保证自己心意，"可她竟然背着我和日本人勾结，答应他们夹香港，协助他们密捕我的同事，还企图抢走他托给我的东西！"

"等等……"秦乐婕大脑很乱，喘着细碎的气息问他，"所以你……"她望着梁溪走向衣柜，从里面提出皮箱，打开给她看。

她很疑惑："不过是一些旧衣服啊。"有的大衣扣子已遗落，有的长衫袖口已磨损，拿去当铺都不会被正眼看待。

"要紧的东西在这儿。"梁溪最后捧出来的是一只紫檀木骨灰盒。

秦乐婕吓了一跳："这是？"

她看着梁溪用医用剪子割开了一件口袋处打着一块深蓝色补丁的西装，里面藏着一把精致的小钥匙。他取出钥匙打开骨灰盒说："我同事和我讲了，这里面的甲骨很重要。这种文化，你应该比我懂。"

"你太高看我了，这四个字我也认不出……"秦乐婕告诉他。

这四片甲骨，正是"黄石"求学时途经洛阳，留宿在一位收藏家家中得以一饱眼福的无价之宝。他虚心地聆听了许多甲骨知识，也提出了很多独到的见解，很快被收藏家引为知己。

"之后，河南旱灾，他那不成器的儿子试图把它们卖给日本人换粮食。收藏家心急，就亲自拍电报去'黄石'的学校，想让他把东西接走。"梁溪全凭"黄石"跟他在上环茶餐厅会面的记忆复述情节，不连贯也难免。

在"黄石"见收藏家前，当然是向"布偶"章晨光打过报告请示的。

秦乐婕说她累了，不想梁溪说与她无关的事。

如今"黄石"黄思哲下落不明，帮凶正是不知事态轻重的欧阳书晴，梁溪当然会对她有怒火。

"如果是与你有关的事，我还愿意听听。"秦乐婕虚弱地说。

而现在，梁溪只把温柔留给了一直陪着他的秦乐婕。他凑近她耳畔，开合着嘴唇，像是在密语，又只仿似在亲昵。

此时，欧阳书晴正跪在梁溪薄扶林道的洋房外，一身的狼狈，满心的歉疚。而这场暴雨，却丝毫没有要停歇的意思。

8

"高蓉蓉对赵越平同志说，她对现在的抗战时局很失望。"丛弈在晨曦饭店办公室对章晨光说。

"她其实更多的是对赵越平的失望吧？"章晨光插嘴。高蓉蓉这样一个争强好胜的女人，心中十有八九是看不惯赵越平这番温吞水性格的。

丛弈下意识地点点头说："而日本人又很重视她的能力，这让她觉得重新找回了自己的价值。"

"不管怎么说，你还是杀了她，这次做得不错。"章晨光递给他一杯酒。

"原来，你真的是冲着那件旗袍来的？"赵越平喃喃地说。

"是啊！"高蓉蓉毫无愧意地用一把袖珍枪对准赵越平的额头，"只要你肯告诉我东西在哪里，我一定会向皇军求情，放你一条生路！"

只是，两人的夫妻情分，也就此不复存在。

那一刻，赵越平才惊觉：他破坏的不是组织上的规矩，而是妻子破坏了他的信仰！

他的信仰，是无数只蛋壳上的伤痕，剜心割肉凿出的花纹。这不是耻辱，而是洗刷耻辱的不屈，也是永志不忘的刺青，可镌刻数不胜数的历史、秘密与记忆。脆弱如卵，却也坚如磐石。以卵击石，粉身碎骨浑不怕。

赵越平对每一只蛋壳都万分上心。他的每一刀仿似都会令蛋壳渗出血迹，每一块花纹下仿似都是自己的伤口。伤口经过刀尖的摧残，却依旧顽强开出花来。

他瘦瘦的身躯忍不住在抽动。自己的专注力都倾在了雕刻上，凭良心讲，他多数时候的确是忽略了妻子的感受和需求，才惹出了她诸多的怨怼。

"我知道旗袍在哪里，我知道你也想知道——"赵越平微笑着说，"或许，你早就知道了它被我带走了，它是已经被我带走了！"他突然将头一偏，咬开了藏在衣领里的氰化钾。

"我狠不下心杀你，就只能自己以死谢罪，我带着你最想要的东西一起走！"这是赵越平对高蓉蓉说的最后一句话。

"如果有一天，让你去为不是蛋雕的任务做出牺牲，你会答应吗？"

"我会的，象牙同志。"

第二十一章 "粉骷髅计划"

1

章晨光又来到了香港。

养和医院没多少看护了。章晨光和乔汉文神情温和地看着红朵吃罐头。这天红朵精神不错："好久没吃那么多了。"她看看乔汉文，又看看章晨光，含笑问他们："你们怎么都不抽烟呢？"

两人都知道这是她的回光返照。乔汉文拜托章晨光照看红朵，自己去联系法国医院。

章晨光写字给红朵看：你放心，我已经去联系"红袍"同志了。他看见红朵在微笑，没有说话。

还没等到转院，红朵就不行了。她死在三天后的凌晨。

他们为她选了墓地，在浅水湾。

2

程昱延下班后路过晨曦饭店，买了些现成的日式料理。今天是前田洋子的生日。他喊黄包车回家途中，仰头发现夕阳的媚眼眯成一线，夕阳的心也在滴血。

黄包车停在石库门的弄堂口。程昱延正在付钱，突然冲出一个孩子冲着他嚷嚷，说他家玻璃被人砸了："洋子姐姐吓得嘞，一直在那里抹眼泪，侬赶紧回去看看吧。"

　　前田洋子见到丈夫，便一头栽进他怀中痛哭，用日语和他说："昱延君，今天是我生日，我才穿的和服。以前在日本，我被他管得没机会，我还差点被他……"她突然发狠，咬上了程昱延的肩。

　　程昱延暗自强忍着。过一会儿，洋子的牙松了，她睁着泪眼看着他那张与自己不差多少的年轻的脸。程昱延以额相贴她的额，笑道："在中国，男人的肩膀是借给女人做依靠的，不是让女人咬的。"见洋子破涕为笑，又说："我去做饭，今天给你做你家乡的料理。"

　　洋子点点头。两人又紧紧依偎在一起，却貌合神离，各怀心事。

　　"你怎么现在才来？"程昱延对一个高个男子抱怨道，"不是你摇电话叫我来的？"晨曦饭店包间里光线不足，让程昱延的等待变得惴惴不安。

　　高个男子没有说话，而是从裤袋里摸出一截卖相难看的铅笔丢给他，程昱延顿时觉得内心一抖震。

　　"张乐琴被李墨成的人抓了。"高个男子就是两天前才从香港回到上海的章晨光。他说："你们，是同学？"

　　"你刚刚是见过他了，所以才来迟了……对吧？"程昱延没和章晨光提过张乐琴，那就只有一种可能，是张乐琴自己说的。此刻，他的喉头发紧，恨不得将手中的酒杯捏碎。

　　"他说他并不是带走那些古本的'夜莺'。"章晨光拿了两副扑克牌掼在桌上说，"有兴趣来两局吗？"

　　"我们……"程昱延犹豫着说，"还是来那个'警察抓小偷'？"

　　"警察抓小偷"就是洗牌后二人轮流抓牌，一直到最后一张。接着各自轮流去抽对方手里的牌，抽到的那张牌如果与手中一张牌凑成双胞胎，就一起抽出，让它们成为弃婴。如此循环反复，直到某一人手中只剩一张牌，而另一人手中没了牌（因为他之前抽中的是"双胞胎"，成对了），才能宣布结束。没牌的人是"警察"，而只剩一张牌的人便是"小偷"。

李墨成叫上章晨光一道去审讯室。

"又来犯人了啊？好烦人啊。"章晨光懒懒地说，"李主任，我中饭都没吃饱，您就把我叫回来了。"

"我看你呀，就是头喂不饱的狼！"李墨成嗔他，"我们找到了一条重要线索，抓了一个非常重要的人。"

"什么线索呀？"章晨光故作漫不经心地问，实际上心中警铃大作。

李墨成说："你还记不记得，据传偷走了'四书''五经'的'夜莺'？"

"找到人了？"章晨光敛起了自己滑头的一面。

"你对他有兴趣？"李墨成一下倒对章晨光更感兴趣。

章晨光不再无所谓，也不再多说，而是跟着李墨成往审讯室走去。

李墨成告诉他："我们的人是在愚园路一带的美华琴行抓到的他。"

"学音乐的啊？"章晨光左右仔细地打量着张乐琴说，"看着不像啊。"

这时，老虎凳上被重刑折磨得皮肉翻飞、气息一奄的张乐琴冷笑道："多了这条疤，你怎么还看得出我的本来面目？"

"天皇的生辰是个大日子。"李墨成悠悠地吐着烟圈说，"那套崇祯本的古籍，是前田政男司令官点名要献给天皇的礼物。"他又转头对章晨光说："你应该也听我讲过，为了讨天皇高兴，为了这份礼物，他最近做什么都是亲力亲为，我都自愧不如。"

"他小日本过生日跟我有什么关系？！"张乐琴光火道，尽管他很虚弱。

"我们的人很早之前就截获了一张共党的情报，说是一名日谍'夜莺'，他私自携着古籍逃了。后来，我们派出去一批又一批的人，'夜莺'没抓着，倒是抓回了不少亲共分子。我们也想尽了各种办法，都推不出'夜莺'究竟藏身何处，死了不少冤枉人，但我们也破坏了共党分子好几条地下交通线。"李墨成说完这段话后，向张乐琴伤痕累累的脸上喷了一口浓烟，转头看着章晨光继续说道："还是行动队的舒队长上心，趁着美华琴行招聘声乐老师的时候，混进去打听到，这个张乐琴老师嗓子好性格也好，很受孩子们喜欢，还被送了雅称'夜莺'，这不，就他的嫌疑最大！"

"等一等,李大哥,"章晨光改了口,反问道:"既然'夜莺'是日本人那边的人,你不也应该是——"他收回了后面的话,因为他看到了李墨成阴冷的一瞥:"夸你聪明也算聪明绝顶,说你愚笨也真是愚笨之极!"

章晨光赶紧吐了吐舌头示好,又耸了耸肩,表示人犯随他李墨成处理。也是,碰上了这样珍贵难得的古本,爱好古玩的李墨成真会甘心拱手送给日本人?

他又听得李墨成对张乐琴说:"不管你原来的面目是丑是俊,你要是不说出古本的下落,我就可以让你面目全非!"

"那要是我说,"张乐琴故意停顿道,"我说不出它们的下落呢?"

3

"他和我说,他不是'夜莺'。"章晨光从一个很破烂的纸烟盒子里扔了一支受潮严重的烟给程昱延,"他的确不是'夜莺'。"

"先别急着抽啊。"章晨光提醒他,"把烟卷剥开。"

"我不抽。"程昱延把玩着那根烟说,"洋子不喜欢我身上有烟味。"所以,哪怕他于不自知时抽了烟,随后都会自觉地嗽口,还会喝绿茶冲淡口中的烟味。

"真是老婆奴。"章晨光笑他。

76号的审讯室内,只剩下章晨光一个人。李墨成心脏不舒服,他说要先回办公室:"你得替我好好审他,别糊弄我!"章晨光自然嬉笑着答应了。

"现在你可以告诉我那些书的下落了吧?"章晨光看李墨成走出审讯室,原路返回办公室了,转头平静地对张乐琴说。

"如果我说,我并不知道什么古本书籍,可真正的'夜莺'的确是另有他人,你会信吗?"张乐琴扯着笑,也牵动了伤口里的污血。

章晨光抽出一根烟,想塞进他嘴里。张乐琴一歪头,很倔强地拧着脖子拒绝了。

"怎么,嫌弃啊?"章晨光把张乐琴拒绝的烟塞进自己嘴里。

"我戒烟了。"张乐琴透过鲜血模糊的视线看着章晨光,语气平平地说:"我去一家西医诊所看的，医生姓梁。他给我开的药，全是英文，他说他不会认中文，和我讲的却是中文……"

"抽烟不是好习惯。"章晨光说，"戒了也挺好的。"

张乐琴最后却说："你能给我一支烟吗？"

"你说什么？"章晨光听着难以置信，"你不是戒烟了吗？"

"谁告诉你我要烟是拿来抽的？我抽你你信不信？"张乐琴在临终前还说着冷笑话。

"他是被人收买的，目的只是让真正的'夜莺'方便从中搞破坏活动。"章晨光说。随后，他将一杯轩尼诗一口喝干。

章晨光放下杯子，看向程昱延。他剥开了烟卷，抽出了里面的小纸条，眼中兜着泪花。

"他把该和你说，却面对你说不出口的话，都在里面说了，我掏空了里头的烟丝。"章晨光走过去拍拍程昱延的肩说，"他虽然做错过事，可这些年也一直记着你的好。对脸上那道疤痕，他也一直没有深怨过你。"

小纸条上的内容是：程昱延，是我让人杀了郑先生，杀了他妻女，汪政遇害也是我托人做的。我用假的身份与人做交易，为自己心中的疙瘩报了仇，对不起。但是，我绝不后悔。点心的好味道我一直记得呢，谢谢你。

程昱延苦笑着说道："如果我是他，我也不后悔，甚至会做得比他还过分。"他想，汪政的婚期不就是自己有意透露给张乐琴的吗？

程昱延用袖口抹了一把泪，继续声音瓮瓮地问章晨光："乐琴……有没有和你说……杀了郑先生的人到底是谁？"

章晨光开口道："是那个真正的'夜莺'。"刺杀郑红岗当然是"夜莺"和张乐琴的一次密谋，是张乐琴答应伪装"夜莺"的交换条件。

也是，不然仅凭张乐琴一人，他怎么敢动郑红岗呢？

"他还提起了我什么事？"程昱延又问。

"他说他希望能见你一面，被我拒绝了。"章晨光向他解释，"真见面了，你和我都会很危险，还希望你理解。"

"我理解。"程昱延看见章晨光又在洗牌，便去坐到他旁边，想借这份无趣的娱乐压下心口的伤痛与挣扎。

4

程昱延不知道，其时的前田洋子也很痛苦，也在挣扎："父亲……求你……放开我……放开我……"她用日文呼救。在思南路的一幢洋房里，她被前田政男死死扼住了咽喉，还是"夜莺"的及时赶到制止了他。

"'夜莺'小姐，关于那批古籍，查到下落了吗？"前田政男用不算太标准的中文问她。

"夜莺"瞟了一眼正在喘气的前田洋子，进入正题说："属下这几个月来一直在江山保安村假扮烧菜阿姨候着，并没有发现您之前怀疑的那个嫌疑人，就是那位陆先生也没有任何异样举动。"她见前田政男摆摆手打断她，冷哼道："'夜莺'小姐还没有'绵羊'小姐心思活络灵敏。"前田政男说的是日语，"夜莺"也没有不习惯，反而对前田洋子很恭敬："我是该向'绵羊'小姐多学学。"

前田政男给养女前田洋子的间谍代号是"绵羊"。

"另外，属下这回，是来向将军辞行的，我准备去香港了。"这一句话，"夜莺"说得不卑不亢，甚至有几分急切和骄傲，"我要过去和我丈夫会合。"

前田政男看不得"夜莺"的甜蜜神情，只是对她冷冷地道："你办事不力，还想去香港？你以为，大日本帝国会这么轻易放走你在意的人？你身为大日本帝国的人，丈夫是微不足道的。为大日本帝国工作的人，也不应该挂记儿女情长。请记住，帝国的光荣才是你一生的追求！"

"夜莺"也还以冷笑道："将军若以为我是跑去和他卿卿我我，我这骨头也太轻了！"

"那你？"前田政男疑惑道。

"我是去将功补过的。""夜莺"阴沉着嗓子说。

前田政男轻微地"唔"了一声，转而对前田洋子说："洋子，你该多向'夜莺'小姐学学。"

"我告辞了。""夜莺"走出这幢洋房之前，又轻蔑地瞟了一眼前田洋子。

这段故事，丛弈也跟踪到了，只是没来得及和赵越平说起，"夜莺"就和他死在了同一天。

5

"程伯伯其实还是没有原谅张伯伯，对吧？"章向晖问父亲。

"也谈不上原不原谅吧。人走了，就不多说是非了。再说了，比起郑先生，那时候腹有诗书的热血男儿多得是！"章晨光说。

程昱延摸走章晨光的一张牌，漫不经意地说："思哲，被我们的人救出来了，就是得留在香港养伤。"

程昱延口中的"思哲"就是黄思哲。他考上清华后不久，学校为了躲避战火搬到了云南，学校也改名叫西南联大。

迁校云南的第二年，章晨光在西南联大第一次见到一个名叫黄真的小伙子，领着他在那面鲜红的中国共产党党旗前宣了誓。黄真后改名黄思哲，代号"黄石"。程昱延昨夜避开前田洋子收到了他的电报，这就给章晨光送来了。

"我知道了。"章晨光说。程昱延口中说的"黄石"护着的甲骨，他已经让梁溪拿到手了。任务为重，"黄石"的安危不得已次之。

"还有，"程昱延没继续说"黄石"，反而用剪子铰开了自己西装的下摆，掏出一张小纸片说："这是军统截获的让我连夜译出来的情报，说是日本人接下来会有一个对军统、对我党都极具破坏力的文化侵略计划，但还不确定计划的具体内容是什么，不知日本人又要干什么丧心病狂的事，我们——"

章晨光制止了程昱延接下去的提问，沉静地说："如果没有猜错，它就是'粉骷髅计划'！"

张乐琴在审讯室问章晨光要烟的时候，趁机附在他耳边耳语："粉骷髅……"

"什么？"章晨光一脸的莫名其妙，故意的莫名其妙。小豹子生前已将"粉骷髅计划"的微缩本藏在了养兔子的竹篮下，它本来就是他从靳世纯那里获得的，章晨光心中不感到疑惑。

"'夜莺'不止一次和我提过'粉骷髅'三个字，我不懂，但或许你们需要……"这是张乐琴对章晨光说的最后一句话。

章晨光心中发苦，对程昱延说："张乐琴太自以为是了，以为只有他知道这个计划，殊不知，我们和军统的人早就得知了。"

程昱延的眼角一直湿湿的："他呀，做什么事好像都慢人一拍，上学时就这样。"

他没有再见过张乐琴，张乐琴一星期后被处以死刑。

"你打牌还真是有一手啊。"章晨光把手中最后一张牌掼在桌上说，"看来，我这辈子都别想赢过你了。"他想了想，又补充道："有时候，打得一手好亲情牌，也是本事啊。"

程昱延却苦笑道："真论起打亲情牌的人，就是乐琴了。"他是吃准了自己耳根子软，一定能获得原谅。他在赌程昱延的心慈。

章晨光愣了一下，对程昱延正色说："接下来的事很重要，你可别给我打亲情牌！"

程昱延神色一凛说："你是想说……洋子？"

"这样方便的条件，你得抓紧了。"章晨光收起扑克告诉他："你赶紧回去吧，今天不是她生日吗？"

临了，章晨光又和程昱延说："其实，就算你这次不讲，我也已经知道'夜莺'是谁了，我的人和我讲了。我让他，也就是'绿檀'留在香港，自己赶回来见你，他处理掉叛徒后就回来，他一定会回来的！"他这样说，就是担心程昱延会担心丛弈。

程昱延自然也心知肚明："这你不用担心，我们等着'绿檀'，等他好好地从香港回了上海，就可以安十二分的心了。"他说，"之前，你们不也是已在浙西见过面了吗？"

"是啊。"章晨光思索着说道，"我一直很重视他，不然这次的整个跟踪行动，也不会派他去，他就是我的定心丸。"

"你自己都说了！他是你的爱将，也是你的福将，一定会没事的！"程昱延想，他还曾答应过自己，等战事结束后一块儿搭伙做邻居。

"到时候我天天给你炸好吃的酱馉子。"这是丛弈对他朴素的承诺。

"日本人想要的东西，前田政男拿不到，也拿不走；同理，洋子也一样拿不到，拿不走。"程昱延心中不是没有预警：既然前田洋子轻敌，将他程昱延看成傻子，那她就必将承受来自一个"傻子"致命的一击！

"她爱上你，才是最致命的，谁让你长得就这么致命呢。"在四伏的危机下，章晨光还可以有心情开玩笑。

"你错了。"程昱延叹一口气道，"她爱上我的动机，对我才是最致命的。"

致命的爱，往往也是致命的幸福。

6

章晨光带着"粉骷髅计划"的微缩本，还有小豹子的遗照，与带着十二根珍稀根雕与四片珍贵甲骨的梁溪一道秘密回到了上海。

"我托武馆里的弟兄买了两张车票，后天一早七点半的火车，目的地是金华站。"章晨光计划到了之后再由梁溪去打通关系借车赴衢州。梁家的西药生意做得很大，让人行个方便并不难。

章晨光拍了拍梁溪的肩说："在走之前，我们把该了的牵挂都了了。"梁溪怎能不懂章晨光话中之意，就笑着说："也好，我回家去准备准备，也能和小惠聚一聚，道个别。"

章晨光来到了闵行路，敲开了杨柳的家门。

杨柳见是章晨光，戒备的神色顷刻转为欢喜，双臂直愣愣朝他脖颈上一圈。章晨光倒是一红脸，讪讪道："我先进去再说。"他瞧了瞧杨柳的月白色旗袍，图案是刺绣精致的玫瑰花，"这衣裳我没见过呀。"杨柳说："你当然没见过，这是我去店里新做的。"

章晨光上下打量着妻子："唔，我瞧你胖了不少，是该新做一些衣裳了。"

　　杨柳面庞上忽然现出一缕甜蜜的笑意，她朝他招招手，让章晨光更靠近她一些。章晨光的目光落在杨柳手掌护着的腹部，走近妻子，在她身前单腿跪下，高度正好方便他捧着她的腰。她的腹部略微隆起，但穿着宽松大衣，身形仍不显胖大。这要是不清楚内情的外人看，不会知道这个娇俏万种的女人有了身子。

　　章晨光内心惊喜得如一个孩童："你又有我们的宝宝了？"杨柳没说话，只是默默笑着，默认了。

　　她提醒他："你别听了，孩子还小呢。"他的耳朵贴着杨柳的肚子，思路还漾在幸福中，这孩子应该不是他单独在馄饨摊见女儿那次来的。章晨光心中盘算，应该是自己和小豹子赴港之前私会的那一回。他带着小豹子一同去，却没能力带他回家。杨柳肚里的孩子真像是小豹子的来生，他很想狠狠疼爱。忽然，章晨光的右手下意识地轻触着她的肚子，五指规律地上下起落着，像在弹琴。杨柳不禁失笑道："你干什么呢？"

　　"我希望这次可以是个儿子，这样将来我要不在了，他就可以保护你了。"章晨光语音中略带伤感，"你要乖乖的，别怪妈妈现在做的事儿，长大以后也要好好保护她。爸爸不知道能不能等到你出世……"

　　杨柳那双扶着章晨光肩膀的手突然变得僵硬，心头也堵得慌，不由得低声嗔道："你净说浑话！我会管好两个孩子，你也得保重你自己。"

　　远处天边的两朵铅云一直抱作一团，迟迟不肯离去，像极了窗里相拥的一对男女。

　　章晨光收拾好稍微惨淡的心情，扯出笑来对杨柳说："难得见回面，咱们不提不开心的事儿。我去给你熬糖粥喝——"他放开她准备去厨房，杨柳却反手一把捏住章晨光的西装衣袖，摇着头说："天太晚了，熬粥费工夫，你走得太迟也不好——"正在这时，一串古意的竹梆声与清亮的叫卖声一唱一和，传了开来："糖粥……糖粥……卖糖粥了……"

　　杨柳冲着章晨光调皮一笑说："就给我买一碗得了。"章晨光一面应着，一面到窗边喊住那糖粥小贩："等一等，给我来碗粥。"他放下一只竹篮，里面放了只瓷碗，法币压在碗下面。不一会儿，他又把竹篮牵上来。碗中的白粥里潜伏着红枣、红豆、花生、莲子和去了核的桂圆干，清香无比。杨柳把找零的钱放抽屉收好，自顾端着碗吃着粥。

时间也不知不觉地溜走了，在杨柳一口一口的满足中溜走了。

第二十二章　你心软，我不心软

1

梁溪回到了梁公馆。他被组织停职赴港前、赴港潜伏时、留港出任务间，他都很少回这里来。这次他也狠了心没让秦乐婕一起回来："你知道，我有要事在身，没法儿顾及你。我不在香港的这段时间，你可以去和书晴住。"他的意思很明显，就是希望她相信自己。

梁溪将梅砚云交给他的根雕箱子和"黄石"同志交给他的四片甲骨都藏在了阁楼里。说是"阁楼"，其实就是他二楼卧室拐角处的一个隐藏通道。原来此处悬着一幅西洋油画。章晨光曾私底下多次找他商量，他点头同意在家中设置下几处不为人知的机关。

梁溪在秦乐婕家住着，章晨光就花钱请人移走油画，放了一只红木盆栽架，还摆上了一株万年青。万年青掩去了主人的心机，它一被人"扭头"，瞬间便会亮出一道秘密楼梯。这只盆栽、这间"阁楼"只是其中的机关之一，里面既干燥又干净，根雕和甲骨放在其中也不会坏。更妙的地方是，一旦公馆里的人被包围难脱身，它也可用作一条逃生通道。

"希望我们永远用不上它。"梁溪看了章晨光的改造后说。

此时，梁溪从阁楼出来，把盆栽架恢复原位。

门铃响了，他下楼去开门。来的人是章晨光，梁溪把他让进屋。他很少见章晨光这样慌张。

"'樱花'同志死了。"章晨光对梁溪说。

"怎么会？！"此消息对梁溪而言，就像是一把针齐齐扎在心上。良久，他才木讷地问："他……怎么死的？"他期望在章晨光的消息中带出凶手。

"暂时还不清楚。"章晨光只能这样说，"别又是出了内鬼。"他觉得自己走不开了，思忖片刻便道："看样子，这回浙西之行我们得请人代劳了。"

"你打算找谁？"梁溪问他。章晨光能想到的人选是"长笛"苏咏辰和"琴键"程昱延。

"你是怎么知道出了内鬼的？"梁溪问他。章晨光拿眼睛去横他，意思是让他不该问的别问。

章晨光却答非所问地说："我们暂时管不了内鬼了，倒是得想办法赶回香港。"

"啊？！"梁溪惊愕得下巴都快掉了，"不是吧！你玩儿我呢！"他又问章晨光根雕和甲骨怎么办？

梁溪以为会得到一个令人放心的回答，却听章晨光淡淡地说："就放你这儿啊。"

梁溪觉得简直不可思议，脱口用英文反问了他一句话，意思是"你没跟我开玩笑吧"。

"你这里是租界。"章晨光说，"之前，我们不是有一批盘尼西林也存在你这儿吗？"

经章晨光这一提醒，梁溪才回忆起这一茬事，问道："我们再回去香港，需要带上它们？"他去厨房拿了一只灰扑扑的挎包，里面装着各式各样的工具。

"不用带，这是让别人带到浙西的。"章晨光回答，"借个电话。"

"我走了以后，楼下的电话就被你们收了。"梁溪指指二楼说，"楼上可以打，万年青的旁边。"

梁溪是这个家的一家之主，自己说了算。等章晨光上去打电话，他开始搞"破坏"：撬开了花梨木地板。在公馆通向二楼的一整层花梨木台阶的中心，藏着贵比金条的盘尼西林。

这边，章晨光也打完了电话，梁溪听着只是普通的交货暗语。他找到一口空箱子把药码整齐，交给章晨光。

章晨光又问道："你前一阵在香港，知道'象棋'的情况吗？"

梁溪愣了一愣，含糊地道："他还好，就那样，靳大哥派人看着他呢。'绿屋'咖啡屋全换上了我们的人，生意还不冷清。"他们知道郑迪的行径可疑，只是还不到最后处置时刻，就把他先交给靳世纯盯着了。

"我知道了，再见。"章晨光说。

章晨光提着装满盘尼西林的箱子走出梁公馆，梁溪折回了阁楼。

二楼的电话铃又响了。梅砚云自香港一通电话打到上海的梁公馆，告诉了梁溪一件自己当初漏下的事：梁忆华生前给他写了一封绝笔信。

"我给你一起放箱子里了，当时忘了讲。"

梁溪就回去翻那只箱子，找到信拆开看了。信中通篇英文，这回他不用借助词典了。

读完信，梁溪将信纸弃在一旁，他整个身体在不可抑制地发抖，有一种僵得无法直立的错觉。过了好一会儿，他两只手握成拳，勉力撑着站起，拿起书桌旁的一只空酒杯，走到酒柜边续满新酒。

几杯酒下肚后，他走至电话前，拨了几个数字："是小惠吧……哥已经从香港回来了呢……"知分寸，洞悉妹妹的心，"你不如带上孩子来我这边住吧，好歹是租界，安全些。好的，那我等你。"

2

梁惠带着女儿来到梁公馆时，天已完全擦黑。

她的眼睛红红的。梁溪开她玩笑："遇上再大的事儿也别做兔子啊。"他抱起外甥女，问梁惠："孩子起的什么名字？""她叫念念。"梁惠同堂哥讲，一面在他手心写下了"今""心"二字。梁溪一笑说："是这个字呀。"她还当哥哥国文很不着调。

梁惠让梁溪帮忙哄孩子，自己去厨房做饭。梁溪赶紧制止了她，苦笑道：

"让我做饭还行，照顾孩子可是真手生了。"

梁惠却勉强笑说："还是我做吧，你这当舅舅的该和外甥女亲近亲近！"梁溪拗不过，也就答应了，却是一面在客厅哄着念念玩，一面还时不时地询问梁惠的情况。

梁惠做了四菜一汤，吃一半又给念念泡了奶粉，念念喝完奶就睡着了。梁溪执意要抱她去楼上睡："放心，我家也有婴儿床，念念不会有危险的。"这点倒是真——婴儿床是章晨光让手下提前备下的，当出任务有需要时作掩护的。

饭后，兄妹俩又争着洗碗，梁溪又没争过妹妹，只好说："那这样，我给你拿条围裙来。"

梁溪拿着围裙走到梁惠身后，替她系好。梁惠边洗碗边笑着说："我婚后高木是舍不得让我做活的，和其他女人比起来，我算很幸福了。"突然，她感觉自己后腰处顶着一样冰冷的金属器具——不安立刻围罩了全身，是枪！

"堂哥——"梁惠怯怯地开口，发觉自己双手已被梁溪反手死死地扣在身后，很难挣脱。

"别叫我哥！"梁溪的心在发颤，右手却稳稳地持着枪，声音冷冷地说："你就别装了，最好说实话！"后一句他说的是日语。

"哥，你在说什么啊！"梁惠笑得苦涩。

梁溪依旧在说日语："你要叫我哥哥，那也要看你的血缘是不是纯正的！"他语气冰冷，"我应该没说错吧，高木小姐。"

"哥哥！"梁惠有意撒娇道，"你竟然不叫我小名了，我记得你从前总是叫我小惠，或者惠子。"梁惠的神情明显慌了，"我虽然嫁给了高木，可从血缘上说，我还是梁家人呢。"

"高木惠子小姐！"梁溪将枪往前顶了顶，"你不该喊我哥哥，因为高木千雄才是你的哥哥！"

梁惠听了这话，原先有些慌乱的眼神倒变得平静了，她禁不住失笑道："可我嫁给了高木千智。你来给我说说，如果我和高木千雄有这样近的血缘关系，那高木千智又算什么？我怎会同他结婚？又怎会生下念念？"她说这段话时也是用的日语。

"很简单。"梁溪回答，"高木千智根本不是高木家的人，而是梁家的人！"

梁溪在梁忆华的全英文信中得知：北平的大伯原来有个儿子，就是如今的高木千智。在各地军阀混战时期，他那个堂哥在一次外出中走丢了。大伯和大妈回到原处找，亲儿子没找到，却看到一个小女孩。梁家夫妇自知乱世中缘分不可强求，就把那个没血缘但很乖巧的女孩带回了家养着，也算是一种心理补偿。

梁溪越往后看越觉得气愤。信中还写道：其实这一切都是高木千雄的阴谋。高木惠子在梁家渐渐长大，高木千雄的这个阴谋也越养越深。

"你们高木家可真的个个是高手，把我们梁家当什么了？！"梁溪冷冷地看着梁惠，恨不能一枪结果了她！

"其实，你也是后来才知道，高木千雄是你亲哥哥。"梁溪说，"你受不了这个打击，又不得不屈服于他对你的胁迫，觉得你这一生的不幸都是他带来的。"

梁溪推断这就是梁惠，不，高木惠子的杀人动机。

一声枪响，念念的哭声也一道传来，梁溪往客房的婴儿床走去。毕竟，她是堂哥的孩子，这点不容质疑。他想把她送到秦乐婕身边去，好好将她养大。

3

程昱延在办公室里接到一通电话，约莫半个小时后，又给家里挂了电话，告诉洋子日本的老同学来了上海，想小聚一回。

"不，不用……你不用忙了。他说约在马尔斯咖啡馆……我不一定能准时回家……你先吃……"程昱延还是告诉她自己会去的地方，不然到家洋子有得闹。

程昱延拿起西装，对他的跟班说，自己要去马尔斯咖啡馆买点吃的垫垫饥。跟班想替他跑腿，被他拦下。

前田洋子挂了电话后，拿上帽子和手包就出门了："马尔斯咖啡馆。"她对车夫说。

程昱延坐在马尔斯咖啡馆临窗的座位，点了两杯咖啡，他面前还摆着一客牛角包。

这都是在暗处的前田洋子观察到的。要是她判断不错，程昱延应该是和人接头来了。

程昱延在咖啡馆枯等了半小时左右，结账后招呼一辆黄包车。他上车前还有意朝洋子匿身的地方瞥了一眼，确认她并没发现自己（其实是在确认她不会跟丢自己）后，才对车夫说：“去弘光武馆。”他坐上车，拉上了雨篷。

前田洋子也拦下一辆车，叫车夫跟上程昱延那辆车。

前田洋子感觉到肩上传来一阵湿意——落雨了。她赶紧让车夫支起雨篷，雨珠在篷顶噼啪作响。

程昱延的车夫绕了近半个小时后，在美华琴行后门停下来，程昱延对车夫说：“要不，我俩换身行头怎样？”

那车夫露出一脸灿烂的笑容答道：“可以啊，我听您的。”他竟是方博豪。

雨越来越大了。前田洋子的车夫在暴雨声中扯着嗓子对她致歉：“小姐，对不起……前面的车不见了……”

前田洋子盯着前路，早没了丈夫那辆黄包车的影子，遂忿忿然说：“掉头，去思南路！”

另一边，那辆被跟丢的黄包车在一片巨大的雨幕中划出了一道口子，来到弘光武馆门前。车夫敲敲门，来人问做哪一行的，他说是来收货的。

“这次‘樱花’同志被杀，特高科里可就没人了。”在弘光武馆的后院中，章晨光对前来接头、一身黄包车夫打扮的程昱延说，“也有可能，他的死正是76号和特高科对我的一次警告。”

“什么警告？”程昱延心中突突的，等着对方接下去的话。

“很大可能……”章晨光不愿多想那个后果：自己的身份已经暴露了。他的第一反应是想到了舒念琛——他很可能在投诚76号前就怀疑上自己了。

章晨光应该快些找个机会解决他。

程昱延见他不愿多透露，就随手顺过石桌上的一份《战时简报》读起来。没一会儿便来了脾气：“日本人一年多前在浙西一带投放鼠疫病菌，公然违反

《国际法》，现在又在山西投下病菌！"

　　章晨光把装着药品的箱子打开给程昱延看，让他去找"绿檀"，"虽说现在是国共合作时期，可'皖南事变'是不争的一个铁证，我们的药品就不必浪费在他们身上了。"

　　"两年前，在浙西的马金老街，我曾经让你去找过他，你肯定没忘。前一阵子，我让他去了香港。现在，他已经回到浙西了。"章晨光对程昱延说。

　　"对他，我有很深的印象。"程昱延不会忘了碧菡茶行，不会忘了茶行里那位躲过自己岳父前田政男枪口，把新电台和新密码本安全送到他手上的"绿檀"。他那时候说，他的名字叫丛弈，丛林的丛，博弈的弈，长相凶巴巴的。

　　"你把这一箱盘尼西林交给他。"章晨光对程昱延说。

　　"交给他？"程昱延再一次反问。

　　"是的。"章晨光说，"他会想办法交给组织上在浙西一带的同志，我相信他。"章晨光忽又若有所思地说，"还有，你得和他要两份骨灰。"

　　"骨灰？！"程昱延听了，禁不住打一寒战，"哪两个同志？谁的骨灰？"

　　"你还记不记得重庆的这一场空战？"章晨光拿出一份旧报纸问程昱延。

　　程昱延点点头。

　　"这个把最后一颗子弹留给自己的飞行员，就是'紫烟'同志的弟弟，笕桥航校的优秀毕业生陆宇轩。"章晨光说，"'紫烟'同志为了保住古籍，保住我们身后一大群同志，扛住了日本人的威胁，在粽子里下了毒，和那个吉田一功一道同归于尽了。"他们兄弟俩的骨灰现在被丛弈保管着。

　　程昱延突觉心酸。他与"紫烟"有过一面之缘，他的谨慎，他的信任，他的郑重，他的倔强，都变得具体，仿佛在他眼前挥之不去。

　　章晨光对他说，组织上决定，不惜一切代价，要将他们兄弟的骨灰送回济南老家，好好安葬。

　　"我们的同志'蓝钻'也总念着他呢。"

　　程昱延沉默了，心中暗暗发誓：一定要将"紫烟"和陆宇轩的骨灰完完整整地送回济南。

"还有，"章晨光对程昱延建议说，"你今天就去晨曦饭店住着吧，车票是后天的，今晚就给你送去饭店。"

"好。"程昱延知道，差不多是时候和前田洋子做道别了，"'布偶'同志，您先请。"他看着章晨光拎起装了药品的皮箱，自己也跟着往武馆前门走去。章晨光坐进黄包车里，拉上雨篷，程昱延照旧扮着车夫，在雨中奔向晨曦饭店。

程昱延在晨曦饭店安顿下来，向家里挂了个电话："洋子，老家突然来信，说表哥生了恶疾，我明天得回去一趟……对……坐船走……在十六铺码头……"他向妻子表达的意思十分自然流畅，完全不像谎话。

"洋子。"前田洋子才放下听筒，就听到了前田政男的声音。她不禁退后着步子，难掩惊慌。

"刚才，是昱延来的电话吧？"前田政男问。他的口气瞬间变得像一个慈祥的父亲，少了七八成的压迫感。

"是……"前田洋子嗫嚅着说道。

"唔，"前田政男思索着，突然问道："那你，有什么好主意？"

"他说，明天早上十点，从十六铺码头上船……回池州老家……"前田洋子的声音低了下去。

4

一阵婴儿的啼哭声穿出了石库门，浮在弄堂上空。江南进入梅雨季节，鸭蛋青色的天空也跟着愁眉不展。苏咏辰正手忙脚乱地哄着已满周岁的女儿。他手生，抱孩子的姿势引来了妻子楚池的嗔怪："你好好看着她，奶粉我放在放面粉的橱柜里，别搞混了，记得按时泡上给她喝。"她匆匆在旗袍外加了一件呢大衣说，"冲奶粉的水一定是温水啊。我走了，锦琳约会不喜欢对方迟到的。"苏咏辰自然一一答应。

楚池出门后，苏咏辰将烧开的滚水倒在搪瓷杯中凉着，转身又去舀奶粉。他做家事有些许笨拙，怕奶粉弄洒，就拾一张昨天的报纸垫着。

奶粉果然还是洒出奶瓶口，报纸上一则醒目的标题直扑苏咏辰的眼帘：《〈大楚报〉主编周伟文与汉口医院护士长萧箫喜结连理》。

马尔斯咖啡馆里，一身华丽旗袍的汪锦琳见到了气色极好、满脸幸福的表姐楚池，两个人边吃着牛排边交心谈话。

"我并不是看了报纸才知道他的事，"汪锦琳冷淡丧气地说，"两个月前，他从武汉去信香港告知了我。"她切牛排的动作很不流畅，很不自然，好像周伟文就是盘里的肉，她定要一刀一刀地割下它们才解恨似的。

"你什么时候回去？"楚池问她。

"我下个星期就回香港，春假快结束了。"汪锦琳说。

"周伟文的事，你打算怎么办？"楚池不拖泥带水，直接挑明了说。

"其实，我在去香港读书前就看出来了，不过没拆穿他。"汪锦琳这样对楚池讲。

楚池又怎会不知道，汪锦琳不拆穿周伟文的原因，不过是好面子。如今，他与另一女子公然登报宣布婚讯，也算和汪锦琳撕破脸面，她应该再没什么可顾忌的。

"别人再怎么样，你也总得为自己做个长久打算。"楚池劝她。

"我能有什么打算，我的一切打算都让炮火打散了。"汪锦琳说完，苦笑着喝了一口果汁。她对于自己被迫留在香港、无法成行英国始终是抱憾。

"如果我能给你个去英国读书的机会，"楚池盯着汪锦琳的眼睛说，"你，愿意同他结束吗？"其实，她问出这句话时心里也没底。

"如果真可以，那我倒是没什么不可以的。"汪锦琳说。

"你可是想清楚了。"楚池再一次向她确认。

"嗯。"汪锦琳声音很浅，却是下了决心，这回一定要与周伟文一刀两断。

"我同妈说过，我是无论如何都要读书的。"她本来考取了英国的剑桥，却因战事被迫搁浅，这才无奈转学到港大。读书，哪能有越读学校越差的道理？

"那好。"楚池正色说，"你替你姐，替你姐夫做件事。事成之后，我们就会想办法送你去英国读书。"她用汪锦琳的夙愿当诱饵，抹杀掉汪锦琳对周伟文心存的最后一丝幻想。

汪锦琳听了，放下刀叉问："什么事？"

香港"绿屋"咖啡馆里，穿一件粉紫色新旗袍的汪锦琳坐在二楼最角落的位置，她的对面坐着衣冠楚楚的周伟文。

"可以上东西了。"周伟文对身旁的侍应生说，"一壶加奶去糖的美式，还要一客蓝莓乳酪蛋糕。"蛋糕是给汪锦琳点的，他自己从不喜欢吃甜食。

"你还记得我喜欢的东西。"汪锦琳悠悠问他。

"因为是你喜欢的，所以我都会记得。"周伟文说。

汪锦琳的心一下被刺痛，她太认得这句话了："你是不是也对她说过这句话？"

"没有，"周伟文只好撒谎。

汪锦琳急于接着呛他，这时侍应生送上了咖啡和蛋糕。

"我这次回香港，就是想和你说，我和萧箫结婚是迫不得已——"周伟文还未说完，汪锦琳就接道："你是不是还要说，和我脱离夫妻关系，也是迫不得已？"她饮了一大口咖啡，太苦了，又用叉子去挖蛋糕，"就像这样，剜着我的真心！"

周伟文很尴尬，连连小口地啜饮着咖啡："小萧才十八岁，无父无母，无依无靠。她不像你，读了很多书，写了很多书，她只是个看护。"

"你的意思是，让我放你走？"汪锦琳冷笑道。

"我知道你会同意的。"周伟文恬不知耻地恳求道。

沉默又横亘在两人之间，周伟文只是一杯接一杯续咖啡。

"那好吧……"汪锦琳缓缓地说。

周伟文听得汪锦琳这样说，欣喜道："锦琳，你真的同意我们离婚了？"

"我早就料到了，你是来同我摊牌的。"汪锦琳说，"可我不图别的，也就是放不下你，我给你带来了我写剧本挣的五十万元的支票。你要再回内地，总得让人家姑娘觉得你可依靠。"她从包里拿出一只信封，"这是给你的。"

　　趁周伟文的注意力放在信封上之时，汪锦琳又从包中掏出了一支"掌心雷"小手枪对准了周伟文。两枪都准了，一枪在肩头，一枪在胸口。

　　周伟文一脸的震惊与疑惑，更多的是误判了汪锦琳态度的痛楚，他喃喃道："为什么……锦琳……为什么……你为什么要这么做……为什么一定要杀我……"他不过是爱上了另一个人，汪锦琳为何就是参不透内里的变化，为何就是不肯放手呢？

　　周伟文捂着肩头的伤口，颤声问道："锦琳……当年我的确是心思都给了你，可是……可是人是会变的……万事万物都可以变……为什么我对你就不可以变呢？"

　　"就是不可以变！"汪锦琳突然歇斯底里地喊起来。她生平最痛恨背叛自己之人，也从没忘了对姑母的保证。

　　自己曾对姑母说："你放心好嘞，钱我是不肯吃亏的。人就算吃亏了，我也肯定把吃过的亏双倍还回去。"

　　既然周伟文最终选择了背叛她，这条死路就是他自找的。

　　当下，周伟文想趁汪锦琳不注意逃下楼去。"掌心雷"小巧便携，只有几发子弹。刚才她的做法，便是没打算要他的命。

　　汪锦琳的声音从他身后传来："你走不出这里的。"

　　正逃到楼梯半途的周伟文突然僵住脚步，感觉呼吸一窒。顷刻，他整个身体就顺着一整条楼梯滚了下去，嘴唇发乌，它包不住甜腥的鲜血。

　　"锦琳……锦琳……"周伟文似乎在做最后一丝挣扎，眼睛干瞪着二楼扶栏方向，"你在咖啡里……"汪锦琳从二楼款款下来，冷冷地说："对的，我在咖啡里头下了毒，刚才我们一起喝完了。"

　　她看着周伟文仍旧一脸的不甘心和不相信，又解释道："我知道，你是从来不喜欢吃甜食的，所以，解药只下在了蛋糕里。"

　　她说完，又举起枪"砰砰"两声，打光了"掌心雷"里的子弹。这时，苏咏辰、楚池和章晨光三人从后厨走了出来。

　　楚池在一旁不停地劝慰着汪锦琳。谁知，汪锦琳却转身问章晨光有没有带枪。

楚池吓一跳，急忙与苏咏辰对眼色。章晨光犹豫了一会儿，还是从腰间掏出一把 M1906 塞进了她手中。

"绿屋"里又一次响起了一连串的枪声。周伟文的尸体已经惨不忍睹，整个成了一大块血肉。汪锦琳将手枪里的子弹尽数射进了周伟文的身体。

汪锦琳扔掉枪，跪在周伟文尸身前失声痛哭。楚池上前拉住她，把她带离了咖啡馆，送上了停在门口的轿车。

章晨光开走了轿车。

轿车停了下来。章晨光对汪锦琳说："谢谢你，汪小姐。"他拿出了去英国的船票，告诉她一星期后就可启程去英国读书，是她心向往之的剑桥大学。

"生活费和住宿都不用操心，表姐给你安排好了，你只管认真读书就好。"苏咏辰对汪锦琳说。他和楚池坐在后排。

"你们不必谢我，倒是我该谢谢你们。"汪锦琳恢复了平静，接过船票对章晨光说，"还有一事，我想单独同章先生聊聊。"

汪锦琳目送苏咏辰和楚池进了弄堂，转头对身边驾驶座上的章晨光聊起了赵越平："他生前曾来找过我，还交给我一件旗袍。"

第二十三章　演　员

1

赵越平拿着李中勤交给他的粤绣旗袍离开后，觉得东西放在自己身边，或许会招致更大的祸。思忖了几天，他作出了一个一反常理的决定。

赵越平听说过汪锦琳有傲气，轻易不见客，就算同意见客了，时间也有严格规定：普通周末的见客时间都是下午三点。提前了不开门，过时了也不候。

赵越平写了封信，与汪锦琳约了一个周六的时间。那天，赵越平担心过时，就提前在她位于近皇后大道租赁的公寓下多等了一个钟头。汪锦琳盛装打扮，用窗帘当披肩，拿上好的茶具待客。

"我能想得出来，赵越平对那种场面一定不适应。"章晨光对女儿说。章向晖自也笑着同意。

赵越平直切主题：想把李中勤交托他保管的"有凤来仪"粤绣旗袍转交给她。

"赵老师。"汪锦琳难得对一个陌生人用尊称，"您是知道的，除了写作，我是一律不管其他事的。"她自顾剥了一颗糖炒栗子丢进嘴里说。看来，她已知道了赵越平的身份。

"这我知道，"朴实的赵越平在华丽的汪锦琳面前险些结巴，"可我也知道，旗袍是你的心头好。"他看过她发表的关于时装的文章。

汪锦琳当然还是不同意：这件旗袍是日本人多方争夺的对象，她害怕自己会有性命之虞。

"章先生，你知道他最后怎么说服我的？"汪锦琳笑问章晨光。

"其实，你很早就想与周伟文断了吧？"章晨光问。

汪锦琳一愣，神情黯然道："你，你和我表姐他们，那时候就猜出来了？"

她和周伟文的事，赵越平不难打听。他会想到将东西让汪锦琳保管，自有他的难处和考量。

"他有他的难处，旗袍交给你，也是清楚你的情况。"章晨光对汪锦琳说，赵越平的妻子是他们当中的叛徒，他自身岌岌可危；而她这边，一方面是珍爱各式旗袍，一方面又打定主意放弃周伟文。可以说一切都是巧合。

章晨光要送汪锦琳回家。车开到半路，他却对汪锦琳说："麻烦等我一下。"他开始在车上、在汪锦琳的目视下发电报。

"汪小姐请别担心，我这是不得已的权宜之计。"章晨光说。日本方面搞到了若干辆无线电侦察车，他们为了躲避侦察，要发电报，只能选择在车上这样操作。

汪锦琳只是淡淡回一句："你们的事，与我无关。"她还想着，既然赵越平的上级亲自到来，等会儿不妨将旗袍还了回去。

在汪锦琳正准备下车之时，藏在车里的发报机的信号灯亮了起来："还请汪小姐再等等。"章晨光接收了电报。约五分钟后，他摘下耳机对汪锦琳说："汪小姐，我们上面的人经开会讨论，已决定由你将那件粤绣旗袍带往英国。"

汪锦琳听了，微微发怔。过了好一会儿，才开口说道："是吗？早知道这样，我刚才倒是白想这么久了。"

汪锦琳去英国读书后，就再没回过香港，更别提重回大陆。她在四十二岁时经友人、英籍华侨收藏家左其美的介绍，结识了一位没落的英国贵族爱荷华，他比她大了三十岁。那老头晚年中风，卧床不起，汪锦琳很辛苦，夜以继日地创作剧本，以此换钱维持他的生命。至于她自己，1992年在纽约因心脏病去世，享年七十五岁。在遗嘱中，她将自己生前所有的存款、手稿及一部分私人用品全委托了左其美保管，其中就有那件李中勤、赵越平舍命保留下的粤绣旗袍"有凤来仪"。左其美临终前托女儿捐给了英国的一处华侨组织。它是汪锦琳的珍宝，却孤独地躺在了在遥远的英国，向一代又一代的后人诉说着中国华夏古老的锦绣故事。

2

梁溪看着梁惠的尸体，决定把根雕和甲骨从阁楼里移出，把尸体藏进去。等他再次从阁楼出来时，白衬衣领上染上了她的血迹，混着梁溪的冷汗，血渍化成了水红色。

梁溪想去换件衣服，门铃却在响，他不由得被吓得毛骨悚然。随手套上了一件半旧的坎肩毛线背心，决定先去开门。

来人是欧阳书晴和秦乐婕："我不是让你们好好在香港待着吗？现在兵荒马乱的，一路上会有多危险，你们自己不知道啊。"他一见到她俩便忍不住抱怨道。

秦乐婕不去理他的话，只是一把抱住他，嘤嘤抽泣了起来，好像完全忽略了在一旁的欧阳书晴。

"是我让秦小姐陪我回来的。"欧阳书晴对梁溪说。

"那正好了。"梁溪放开秦乐婕说，"有件事情，书晴你得为我处理一下。"他指的是梁惠的尸体。

他又安慰秦乐婕道："你乖，我和书晴有话说。你去帮我照顾一个孩子。"看着秦乐婕害怕又疑惑的眼神，他忙说孩子是他一个兄弟的："这孩子今后可是要辛苦你照看的。"

"我知道你一定会来的。"晨曦饭店套房中一片黑暗，可程昱延还是能判断出来人是前田洋子，"我那通电话还是骗不过神通广大的你！"他顿了顿，又说："你跟踪我，怕是不止一回了吧。"

前田洋子心虚，开口问道："你什么时候知道的？"

程昱延说："是我在江山最后一次见到我同志的时候。"

"我一直觉得你像我的小猫咪，猫咪果然离不开主人，摇摇尾巴就跟来了，还没认错路。"程昱延紧盯着洋子的枪口，盯着她有些发胖的身体，自嘲地说，"比起杀我，你更想要知道我此次的行踪，我没猜错吧？"

"你错了。"前田洋子说，"比起你这次的行踪，我更好奇的是你要见的人。"

"比起我要见的人，其实你更想知道我带走的是什么东西吧？"程昱延笑得浮夸，"对了，忘了告诉你，我要带走的东西，就是你那禽兽不如的养父费尽心机都想要得到的古籍！"这样说，那批盘尼西林就安全了。

"不！"洋子突然崩溃大叫道，"不是古籍……"她抽抽噎噎地向程昱延说："父亲说，他们无法截获到有关古籍的任何信息。最近，他们只查出一个代号叫'布偶'的人，但他的发报手法和另一个人是一样的，就还没法确定他到底是军统还是共党，到底谁才是'布偶'，因为军统有人合作。"

"如果我说，'布偶'就是我，你是不是可以向他复命了？"程昱延平静地问。停了一会儿，又向她笑道："是军统的人还是我们的人，说到底，在他们看来又有什么分别？"

前田洋子慌乱地摇着头。她明白，在丈夫面前，无论是什么紧要物件，都是得不了手的。她的心遇见丈夫就软了、酥了、烂了："我知道，我是赢不过昱延君的。"

"所以，"程昱延走上前搭着洋子的双肩，"你最好放我走，让我去查明真相，查出到底谁才是'布偶'。"

他打开窗对妻子说："你快走，别让我反悔。"心里想着的却是别惊动饭店里的人。程昱延朝窗外墨黑的天空打了一枪，连声催促："快走！"

洋子犹豫了一会儿，用日语说："柴房很潮，你的东西别放在那里为好。"

程昱延听着顿了一顿，柔声说："你也清楚，现在只有我是你的亲人。"

洋子逃到街道上，饭店的安保人员敲开程昱延房门："程先生，你还好吧？"程昱延当然找个理由混过去了。

前田洋子兜着一件半旧的羊绒披肩，在刺骨的凉风中疾步返回石库门。走了没一会儿，她停下撑着路旁粗大的树干开始干呕。洋子口中呢喃道："昱延君，你快做爸爸了……"

3

章晨光这次回上海，是为了等新任同志"红袍"的消息。他在晨曦饭店里，终于等来了"红袍"的电话。

他和新任的"红袍"同志约在马尔斯咖啡馆。章晨光提前订了二楼小包间。说是小包间，不过是用一道屏风隔离出来的一方空间。

"来的路上，我猜测过很多人，可唯独漏了你。"章晨光望着对座女子的姣好面庞，往咖啡下了颗方糖。

杨婷婷搅了搅咖啡，喝了一口说："连你这样一个深谋远虑的负责人都没想到，看来我的确做得不差。"她顿了顿手上的动作，又怅然地说："我对不起你。当初，在浙西，我只能救一个。"

章晨光想起了章程，笑道："没事，幸好你还在。"

"让你潜伏在 76 号是屈才，你应该去明星电影公司应聘。"章晨光说。他想，若是没有这场战争，没有必须完成的危险使命，以杨婷婷的条件，她应该做个演员，她很适合做演员。

"你那时候是不是真认为，我只是个沉迷在恋爱里的傻姑娘？"杨婷婷问章晨光。

章晨光不好意思地笑了。他在舒念琛背叛军统的那场晚宴上的确这样认为。就算两人到了 76 号，杨婷婷仍不改她的"轻浮"之色，三天两头黏着舒念琛，搞得他头大。

"念琛，我知道你瞧不上我，可我也是个女人呀，需要爱的——"杨婷婷从舒念琛办公室的沙发上起身，扣好旗袍盘扣，对他娇声说道。

舒念琛对她的娇憨不为所动："杨小姐，你总是不及另一个杨小姐的。"他的语气中满载着不屑，心中却兜着杨柳。

"可我需要爱！"杨婷婷冲着衣冠未整的舒念琛微愠道，"没有爱的女人是最可悲的呢。"

"这话你和别人说去，别跟我说。"舒念琛毫不留情。

"可惜了，在那个杨小姐心里，你也比不上另一个人！"杨婷婷又去呛他。

她离开他的办公室，路过的同僚不由得在背后对她指指点点，连章晨光也在列。

"看什么看！家里没女人呐！该干吗干吗去！"忍不住开口大骂的人不是杨婷婷，而是舒念琛。

杨婷婷就用如此看似张扬轻薄的举止骗过了特工总部的所有人，包括她的新上级"布偶"。

"这些年，我一直处于休眠状态，没法联系任何同志，就等着组织来启用我。"杨婷婷神情落寞地说，"红朵和'象棋'在一起的那段时间，她爱来找我聊闲话，不止一次猜疑他很可能是内部叛徒，总是说自己拿不住他，这是她最大的遗憾。"

"怎么会呢？"章晨光略带苦涩地说，"你不是来接她的班了？"

杨婷婷对章晨光说："你不赶时间吧——听我说个故事怎么样？"

那日，红艳艳的晚霞一直陪着他们。章晨光为了听杨婷婷的这个故事，连着续了三杯咖啡。

"我们呀，三年前在鲁艺的时候就认识了。"杨婷婷说。那一年，还是郑迪领着她在党旗跟前宣了誓。

"他说他很感谢我，还约我出去。"

章晨光笑问："也是这样的咖啡馆吗？"

"哪里会有呀。"杨婷婷没好气地说，"他带我去爬山。"

"这不挺好的吗！"章晨光笑着说。

"好什么呀。"杨婷婷啐道，"他带我去看石头！"

郑迪到杨婷婷公寓找她，说带她出去玩。他笑道："之前我就说过，凡事都是缘分，也都有代价。你付出了代价，理应有所报酬。"

杨婷婷当时心仪于他，慌忙脱口而出："我当然愿意去了！"她又问，"不是去西湖吧？"

郑迪悠悠地吐出烟圈："浙西，三衢山。"

杨婷婷跟着喃喃地重复："三衢山？浙西？"

章晨光同她说："组织上派给我的任务，也都在那一带呢。"

那时候是初冬。他们去登三衢山的前一日，赶巧下了场暴雨，登山当天也是濛濛细雨不减。郑迪穿了一件黑风衣，杨婷婷则穿着一身姜汁黄的织锦缎短袖旗袍，加一件柠檬黄的羊绒披肩，还戴着一顶黑色的贝雷帽，一双矮跟的黑皮鞋里，玻璃丝袜裹住了她滚圆的小腿。

郑迪嗔她道："明知道要爬山了，还穿皮鞋。"

"我乐意！"

三衢山最壮观的便是各式巧夺天工的天然石景了。

"宋代的曾几就写有那一首著名的《三衢道中》——"郑迪的话音未落，杨婷婷就抢过了话头说："我读书时候背过的——梅子黄时日日晴，小溪泛尽却山行。绿荫不减来时路，添得黄鹂四五声。"她背诵的语气中透出一股洋洋自得。

郑迪看着她的模样，忍不住笑了："这首诗传诵千古，就算你会背又有什么稀奇？"他们一面说着，一面拾级而上，不一会儿便到了一座亭子前。

杨婷婷停下问他："这亭子的匾额是念'舐犊亭'吗？"

郑迪点点头打趣她："要是哪一天你有孩子了，倒可以带他上这儿来玩玩。"

杨婷婷早已走得有些喘了，听了这话不免又来了气，就自先行进亭子里休息。刚要坐下，却听得一声裂帛声响。杨婷婷因为是穿的皮鞋，双脚早就走得肿胀，自己还糊涂着。

郑迪笑着指着她的旗袍下摆提醒道："衣服开线了。"杨婷婷侧过眼一看，脸庞顿时绯红，竟是旗袍下摆的开衩处张了口。

她一时手足无措起来：不能用披肩去遮挡，只恨自己没有穿那件灰色的大衣。

郑迪连忙脱下了自己的风衣给她披上，风衣宽博长大，足够她遮羞的。他又将她的披肩抽了出来，卷在自己手中团作一团。

杨婷婷低低地说了一声："谢谢。"又自顾自去捶腿。

郑迪没有回应她刚才的感谢，只是问："腿很疼吗？"

杨婷婷抬头笑着问："怎么办？我的脚已经磨破了。"

郑迪先是问："你还能走吗？"

杨婷婷不愿逆着郑迪的意思，只好勉强地点了点头。

郑迪又沉吟了一会儿才说："那我先陪你坐坐吧。"顺势在她身边坐了下来。

一时间两人都无话。还是杨婷婷开口打破了僵局："方才我的腿疼得厉害，磨破的地方更是又痒又疼的，就很容易联想到小时候总爱生冻疮。"郑迪却笑了："你怎么还能想到这个？"

杨婷婷苦笑着说："小时候只要我一生了冻疮，就会哭闹着睡不着。每当那时候，妈妈总是会弄来一些红花，泡在白酒里给我擦，一个星期包管好的。可惜妈妈已经不在了，她走的那一天正是我十六岁生日呢。"

她又看向郑迪，原本逐渐黯淡的眸子忽又清亮了起来："反正我都大了，过不过生日也无所谓。我一直在想，生逢乱世，我是活不长的，所以我并不要你给我名分，也不会要孩子。你瞧不上我，我心里都清楚。哪天我要是要去见妈妈了，我一定在我走之前，把想对你说的话都说出来。我有一肚子的话要说，但现在是说不出口的——"她的话音未落，就被郑迪揽进了怀中。他的手指骨骼突出，有些许的粗糙，却是干燥有力，似是要将她嵌进自己的身体内。杨婷婷的脸颊紧贴着他的开司米坎肩背心，一双白皙、涂了猩红色蔻丹的手亦牢牢箍住了他的胳臂，把他的白衬衣都揉皱了。

那一日，他们俩借宿在山脚下的一间农舍里。杨婷婷睡床，郑迪打地铺。他过于疲累，早早酣眠，她反而在床上翻来覆去，暗自甜蜜。她在为自己庆幸：以为自己选对了人，选对了信仰，得以终身有靠。

"可我过了很久才知道，那一切都不是真的。"杨婷婷怅然地说道，"后来，他昧着良心干的那些事，你都是清楚的，是红朵首先起的疑。她绕过你，直接打了电报给组织。"她欲与郑迪在贫寒的假象里上演一场旷世恋情，想去独自完成诛杀叛徒的任务。

杨婷婷因为郑迪而选择了一个崭新的信仰，可最后那个领路人却当了逃兵。

"你应该还有更重要的任务。"章晨光说，"郑迪会有人处理的。"

杨婷婷全身紧绷起来，抬眼问道："那我的任务是？"

"舒念琛。"章晨光喝干杯中咖啡说，"我还得赶回香港，再见。"

4

在梁念晴的记忆里，父亲总爱和她说同一个故事。

梁溪去了油麻地的那个亭子间，见到了章晨光。章晨光才坐轮船从上海赶回来不久，他已与新到任的"红袍"见过面、布置完了下一步的任务。

"'布偶'同志，我……我对不起豹豹……"梁溪看着章晨光，内心既羞惭又悲伤。等他瞥见小豹子的遗像后，压住痛入骨髓的悲伤，默默为他上了一炷香。章晨光作了一个打算：他在哪儿，小豹子就会跟他去哪儿，两个人再也不分开，两个人再也分不开！

"没事儿。"章晨光问梁溪，"你妹妹，高木惠子她？"梁溪马上反应过来说："我已经把她解决了。"

"心里不好受吧？"

"没有。"梁溪摇着头说，"她不是我亲人。这世界上，只有我父亲和堂兄是我的亲人。"

"应该还有一个人吧？"章晨光打断他。梁溪默不作声，他知道他指的是梅砚云。

"要不是他当初在根雕的箱子里塞给我那封英文信，我压根儿就不知道敌人就在身边。"梁溪懊恼地说。

章晨光当然不会说，这个消息是"黄石"冒着生命危险得到的，他把它放在了杨柳喝的糖粥碗底。那封梁忆华的"亲笔信"，是章晨光央求着杨柳仿造梁忆华笔迹写的，还和梅砚云统一了口径。在去梁公馆告诉梁溪"樱花"的死讯时，借口打电话，趁主人不注意时，将那封信放进了存放根雕的皮箱里。至于英文，则难不倒他们。

　　"你就算不为了他，也可以为了我；就算不为了我，就当只为了我们的这个孩子将来有个美好的世界。"他当时是这样求她的。杨柳与自己信仰相悖，他无力作转圜，但他深爱着她，这总错不了。

第二十四章　调　包

1

这天章向晖下班回家，在门后挂好军用斜挎包，挽袖子准备去做饭。无意中朝父亲卧室瞟了一眼：他正佝偻着腰翻着柜里的东西，无非就是一些见不得阳光的老相册和日记本。女儿记得，章晨光写了不止一本日记。

那天，我与豹豹在驶往香港的邮轮上遇上了高木先生和梁小姐。据他们说，是专程来探望抱病的梁溪。我之前从未同他们相见过。那时我们都不晓得，梁溪也未曾和我说过，高木千智就是"樱花"。

章向晖拿起卷了边的日记本，慢慢读起来。章晨光在一旁喝道："你读什么呢！放下！"他中断的故事，原想在女儿读的这段话中续上。

"你的豹子叔叔平时话不多，看着像个呆头鹅，倒是很清楚主次。"章晨光对女儿回忆道，"那时我们在邮轮上等着吃午餐。轮到我们的时候，剩下的种类不多了，只有火腿鸡蛋饭还勉强。他盛来了饭，却觉得嘴里淡，不太愿意吃，一直叨叨着忘带酱菜，我也没办法。"

也巧了，当时坐在他们临近座位的一个身着高档西装、体型如鼓的男子也在发愁：自己的苏州籍姨太太刚开始说要吃重庆口味的饭菜，就大着胆子要了一碗红油抄手，可没吃两口又觉得辣子呛人，她一边吸气一边泪汪汪，又撒娇说想吃清淡的饭菜。

小豹子没兴趣的饭菜正好做了人情。他对那位胖胖的男子说："我可以拿这饭和你们换抄手吗？"语气大方而自然。

"我们就是这样相熟的。"军统香港站站长靳世纯将一碗撒了足量辣子的云吞面放在了小豹子遗像前："你这后生，还活不过我，真不成话。"说着又惹起他一阵呜咽。

他走到章晨光跟前。章晨光伸出手想与他相握，靳世纯只是说："我们早晚会再见面的。"他一思量，笑了。靳世纯说的是对的。

靳世纯告辞后，章晨光马上同梁溪进入了正题："'豆糕'同志已经说得很明白了吧？"他招呼梁溪走近当兔子窝的菜篮子前，又让梁溪抱着兔子："这还是他一定要养的。"梁溪抚了抚兔子毛，哀伤地说："他就是个孩子。"

"你很意外吗？"章晨光从兔窝棉垫下翻出了小豹子藏好的那份微缩版的"粉骷髅计划"。

"我只是替他觉得不值。"梁溪问他，"'粉骷髅计划'究竟有多重要？让你舍得把豹豹搭进去！"他的语气已有明显失控。

"当初豹豹的确是抱着一个单纯的想法才入党的，他希望能帮我做事，这样我会因此高兴。"章晨光在悠悠回忆，"入党后他很卖力，别看他长得像奶豹子，可也曾经大大小小受伤无数，是头彪悍勇猛动真格的豹子。这些，我是过了很久才看出来的。"所以，章晨光并不认为是他把小豹子白白送至险地，而是小豹子自己有这份心，一份赤诚之心！

"我们弄清楚了，日本人的这份计划针对的就是浙西衢县一带，他们的目的主要还是那套崇祯本古籍。"

章晨光对梁溪说完话，突地一拳砸在桌面上，恨恨地说道："崇祯本，我们是不可能让出去的！小豹子的仇，我们也是一定要报的！"

那天梁溪和章晨光喝了很多酒。梁溪是第一回喝那么多酒，也是第一回听到关于小豹子工作之外的趣事。

章晨光有心想送小豹子去美国念书，多次和他商量这件事，还给他挑好了学校办好了护照。就在送他去码头的那天，小豹子突然对异乡心生胆怯，在章晨光眼皮子底下溜回了弘光武馆。

"他其实不怕的，"章晨光喝得微醺对梁溪笑道，"他就是觉得英文难。"

梁溪也笑了，笑意过渡成了落寞——他曾答应了小豹子会教他英文，终究还是成了空头支票。

后来章晨光就和小豹子交换条件：不去美国可以，不学英文也可以，那就学点别的东西。

梁溪明白了："你就让他学发报了？"

章晨光点点头。他想，密电码可比英文难多了。

但他到底学会了。

<h1 style="text-align:center">2</h1>

"郑迪死了。"一天，梁溪来到油麻地对章晨光说，"我一枪击中了他的动脉。"他特意等章晨光的痛意淡了，才来说出这个消息，"我怕是最后一个知道他是叛徒的人。"

章晨光听了，长舒一口气，面对他微笑道："原来叛徒让你解决了！"他略为激动，顺手在梁溪肩膀上敲下一记轻拳。这是他计划好的：让梁溪去杀郑迪，把这次的功劳让给他。

梁溪忍不住倒抽一口气，刻意与章晨光保持着距离。

"你怎么了？"章晨光忙又问，"你也受伤了？"他顿时很自责，只顾沉浸悲痛，忘了梁溪的情况。

"还有一件事，我得和你说……"梁溪的语气有些吞吐不定，掌中卧着一粒浴了血的子弹。

他把它递给章晨光说："这个上面有……"章晨光一手取了子弹，一手去拿放大镜。子弹壳上刻有若干数字，应该是摩尔斯密码。

梁溪看着那枚带血的子弹对章晨光说："我跟他交手了。"郑迪咽气前，嘴里说的一直是"子弹"二字。

那日在赵越平家，郑迪躲过了"绿檀"的诘问，却逃不开秦乐怡的追问。卧室的床上铺着码得整整齐齐的盘尼西林。

她娇小姐脾气上来了，抄起一盒盘尼西林质问他："你老实告诉我，你究竟是什么身份？你是不是在赚昧心钱？你是不是在给日本人做事？你是不是汉奸？！"

郑迪不由分说就劈头盖面对她下了重手，一边施威一边骂道："告诉你，把你刚才的话咽回去，咽回去！"他每打秦乐怡一下就会提炼一条重点：说现在她的生活是他给的，她的衣服是他给的，她的鸦片膏也是他给的，她在香港所有的一切都是他给的！

"你说我是汉奸……我就是汉奸……我要是不做汉奸了你也就没这份日子了……你的鸦片膏……还有你的吗啡针……除了我还有谁能给你？能给你这些的只有我！只有我！"郑迪边打边吼，完全失去了风度，大半晌后，秦乐怡没了声音。

郑迪这才停住。他看见秦乐怡被他打出了新伤，旧伤也加重了，弱弱地瑟缩在床脚发抖，不知她是因为害怕还是因为犯了烟瘾。

看着她这幅楚楚可怜的模样，他一时间心上开满了蔷薇般的刺痛，他替她抹了把脸，又替她注射了吗啡："乐怡，你听我说好吗……我这样做也是不得已的……"郑迪将脸埋在秦乐怡肩头，失声痛哭。

秦乐怡的颤抖渐渐止住了。她被郑迪的模样吓坏了，口中无意识地连连安慰着他。

"我要你理解我，你知道吗……我要你理解我……"郑迪满脸痛苦地哀求着她。

他说，自己的父亲早死，自己一直以来与叔叔相依为命："可……我叔叔又被人割下头惨死，眼珠子也没了……还有我的婶婶和堂妹她们……他只是个教书先生……"

他说，自己并不想背叛，但是没办法："我们根本打不过日本人！"

郑迪最后强调："希望你理解我。"

可他没弄清楚的有一件事：光是秦乐怡理解没有用，他要面对的，是自己曾经的信仰。

这是梁溪对他说的。

3

"你赶紧回去收拾一下。"章晨光对梁溪说，"我们得赶紧回内地。"章晨光想着：油麻地的这个亭子间，自己怕是不再会回来租住了。

"这就回去了？"梁溪很不解。他才和梅砚云重逢不久，不想这么快离开香港。

"对，我们要马上赶回浙西衢县。"章晨光对梁溪说。他转身把小豹子的遗照妥帖地收到皮箱里。

"那'蓝钻'同志……"梁溪欲言又止。

"下个星期，就有一趟去新加坡的船。"章晨光早就安排好了，"我知道，她心里一直有一个人，不是梁先生，却也是梁先生。"

"我可以出事，"梁溪对章晨光说，"但她绝不可以！"

章晨光心想：若"蓝钻"真会出事，怕是谁也拦不住的。

4

夜深了，四马路上的思儒书屋还燃着一豆橘黄的灯光，一位身着斗篷的人敲开了书店的门。斗篷后的一张清丽面庞正是前田洋子，书店店主是她的线人，叫麻瓜。

"精装版的《张恨水全集》还有吗？"前田洋子开始对暗语了。

"小姐你来晚一步，刚刚有位先生买走了最后一套。"麻瓜满脸赔笑说，"不过店里刚进了一套明朝的'四书''五经'，您可以看看。"

前田洋子点点头，跟着麻瓜走向另一个书柜。麻瓜把那一整套书给她过了目，打好包递过去。前田洋子推给他一包东西："这里头，是二十根金条。从明天起，这地方你就不用再来了，也别让我在上海看见你，不然的话——"她眼神突变严厉，做了个抹脖子的动作。

"小姐您慢走。"麻瓜堆着笑送客。

他反锁上门没多久，就有另一个瘦高个子的男子从里屋转了出来，脸上挂着志得意满又顽皮的笑。他正是丛弈，也是章晨光最器重的"绿檀"。

麻瓜立马板着脸面，神情像是一个被主人操控的玩偶。只听他毕恭毕敬地对丛弈说："程先生，这里有二十根金条，您点一点。"

丛弈没有用自己的真名，故意用了程昱延的姓以保证自己的安全，或许也可间接保护程昱延。

麻瓜又越过丛弈去里屋，移开一只红木衣柜，后头是可抽动青砖砌成的墙。麻瓜费了些时候，搬下一堆砖块，拎出一口藤织箱子交给丛弈："这是你朋友的书。"丛弈开箱检查，一沓沓精致整齐的线装书——明崇祯版的"四书""五经"乖乖地躺在里面，没有霉变、损坏的痕迹。

"不用点了。"丛弈把那包金条塞回麻瓜手里说，"你做得很好。这些钱，留着以后备用。"他随后从随身箱子里拿出一只比麻瓜那份还略大一些的油布包，递过去。麻瓜愣在当场，不敢有动作。

看麻瓜心虚的神色，丛弈咧开嘴嘿嘿笑道："怕什么？拿着吧！"

麻瓜双手开始发抖，解开布结，顿时瞠目结舌。丛弈告诉他，这里是五十根金条。麻瓜的一重身份是前田洋子的线人，另一重身份则是丛弈的线人，也更像心腹。他效忠的人是丛弈。方才，他交给前田洋子的古籍是赝品，藏在柜后墙内的才是正品。

麻瓜和丛弈是因为一罐龙顶茶叶结缘的。

麻瓜出生于浙南地区的一户殷实农家，他父亲没什么爱好，除了抽旱烟和喝茶两项。后来战争来了，家境一落千丈，麻瓜父亲也突然患上重病，养病两年多。一日，父亲从前的一位故交给他带来一罐茶叶。

"我父亲从前就知道龙顶茶叶的，不过不常能喝着。这次病中更是喝一回念叨一回，叨叨的都是夸茶叶的。"

麻瓜父亲给龙顶的评语很高：入口清爽，唇齿纯冽，回味澄澈甘甜。

"后来，我去'和为贵'茶楼找这龙顶，好巧碰上了您弟弟。"麻瓜现在回想起来还是一脸感激。麻瓜口中的"弟弟"就是程昱延，当时洋子也跟在他身边。

这段经过程昱延同丛弈讲过：因为学校调动的关系，夫妻俩曾在浙南待过一阵子。那时候邻里间不熟悉，洋子便十分想念家乡，想饮日本茶，程昱延就提议去"和为贵"茶楼，当地最好的一间茶楼碰碰运气。

那时候程昱延才结识了丛弈不久，正是他拿回新电台和新密码本之后的事。而前田洋子那时去茶楼也只是与人接头，"夜莺"就是那阵子秘密培养的间谍。

麻瓜在茶楼里四下向茶客打听龙顶茶，引起了程昱延的注意。他好脾气地问清情况后，写给他一个马金老街的地址："你去这个茶行，找一个叫程先生的人就行了。他是老板，手上能有新鲜货。"程昱延说的老板正是丛弈，"程先生"是他见到程昱延后给自己的另一个化名。

麻瓜找到了丛弈的茶行，终于替重病中的父亲买回了两罐龙顶茶叶，了却了他平凡的小念想，尽了绵薄的孝子之责。

"我马上要去浙西了。"丛弈对麻瓜说，"你多保重。"麻瓜取出一只信封对丛弈说："车票给您准备好了，程先生多保重。"

丛弈离开思儒书屋，拐进了一处清冷的弄堂，忽听身后一个女声冷冷地说："'绿檀'先生，还请您留步。"

丛弈顿住了脚步，勉强按捺自己不去回头。直到来人站在他面前，他才开口："我要是没猜错，你就是延弟的妻子，是吧？"丛弈的确没认错，识穿他身份的来人正是前田洋子。

前田洋子未发一言，只是盯着丛弈手中的藤箱子。

丛弈会意，骇笑道："我手上的东西，你是拿不走的。"

他还想再说下去，没料到却换来了洋子的骇笑："我跟着你，不是为了自己，不是为了天皇，更不是为了日本。"她止住话头，低下头，轻轻抚着肚子。

丛弈大悟，放缓语气又不失正色道："那你来做什么？"

"我都明白，他让你放在书店的东西是假的。"前田洋子说，"可我对他的感情却是真的。"

丛弈把藤箱子换到左手,对洋子伸出摘了手套的右手:"我就住在前面的旅馆,我们可以一起聊聊。"

洋子心里疑惑:"你就不怕我抢走你这口藤箱子?"

丛弈笑道:"你要是抢得下我这口箱子,我就能抢先拿下你的性命。一口箱子换两条人命,我还赚了!"

"从前我们一道在日本读书的时候,我就听昱延君说过,中国大明朝的崇祯皇帝朱由检性情怪僻,刚愎自用,疑心重重,以致错杀良将贤臣,李岩和袁崇焕都是他听信了奸臣的谗言而被处死的。"洋子的语气很轻蔑,"倒真难想象,他是以儒家思想来治国,如今却是被钉在历史的耻辱柱上。"

丛弈倒是从容作答:"你应该换一种想法——闯王破城日,崇祯除了留太子小命,嫔妃皆被杀死,连平日得宠的长平公主也没了一条胳臂。他重振河山的梦被践踏,壮士断腕,自缢煤山,却让自己翻阅过的'四书''五经'毫发未损传到今天。他很多事都做错了,他的错正是为了让后来者清醒,不该重蹈他的覆辙。我们要是跟着错,也将会是历史的罪人!"丛弈用盆里的热水洗了手,顺带泼掉了水:"覆水难收——国土若被占领了,还会有收复之日。可这些古籍不一样,如果失去了,散佚了,都是找补不回来的,就像你们的孩子,如果失去了就永远失去了。古书字画、雕刻珍玩,也是中国的孩子,一旦失去就将永远失去,纵然呼天抢地也没补救机会!但真能有照应好它们的机会,我们便不会放弃!"

"我祈祷你能平安生下孩子,不希望你伤害程先生。"丛弈说着,掏出了一枚玉观音挂坠,"送给你。"他正准备送客。

洋子接了玉观音,突然发问:"先生,你打算把东西放到哪里去?"

"我告诉你,你回头就会告诉他的。"丛弈不相信她,哪怕她是自己的弟媳。

"你把东西存在哪里都好,就是别存去浙西的那一家南宗孔庙。"洋子急急地开口。

丛弈顿时愣了:"你说什么?!"洋子披好了斗篷,但转瞬间被他扣住了手腕。

洋子告诉丛弈，她在去书店的路上，遭到了他们那边一个叛徒"象棋"的挟持："我……说出了金华的一个地址……"

"是哪里？"丛弈问道。

"是诸葛八卦村。"郑迪被章晨光的人抓回了弘光武馆，狼狈地面对着曾与自己并肩作战的同志。

"好，我知道了。"章晨光说，"你按照我说的去做，我给你留一个体面。"

章晨光想把这份功劳留给梁溪。

5

程昱延又与丛弈见面了。丛弈对过暗号，在马金老街的茶行内室收下药品后告诉他，由他带回寄存在思儒书屋的那批古籍，也是陆一凡同志生前保管的古籍已被送到隐秘之处，很安全："不过它们现在没放在上海，我们放了假风声出去，因为日本人的'粉骷髅计划'对浙西文物的破坏性太严重了。既然他们执意想要摧毁衢城，拿到古籍，那我们偏就不如他们的意，干脆在衢城粉碎他们这阴谋！"

"我听说，'布偶'这个代号已经被前田政男和高木千雄盯上了，李墨成那边也是一样的情况。"程昱延想到前田洋子放他走的夜晚对他说的那番话，很是忧心，不过也懂了他口中的"假风声"。

"你受伤了？"丛弈问他。

"小伤。"程昱延踌躇了小半会儿，才艰难开口感慨："真不知道上头什么时候会再来新任务。"

"不急啊。"丛弈说，"药安全给我了，你可以暂时松口气。开化这地方小，和上海肯定没得比，怕是要委屈你了。"

"我不是说这个。"程昱延倒真急了，"我想求你适当时候替我向上面说情，让我去延安。"

丛弈倒水的动作停了下来："这话可不敢随便说，我们要做好长期的地下斗争准备。"

"我就要当爸爸了。"程昱延说。

丛弈心里当然清楚:"那你接下来打算怎么办?"

"洋子早晚有一天会离开我的。"程昱延尽力扯出笑容,"孩子是无辜的。可我也不能因为不确定的一些事,就放弃自己确定可以做到的一些事!"

6

章晨光找出了那颗梁溪交给他、刻有摩尔斯密码的子弹。

梁溪是在去自家诊所的路上遇上身负重伤的郑迪,也就是自己第一次赴港时唯一的接头同志、现在已成叛徒的"象棋"。他从香港靳世纯眼皮子底下偷渡回来,就料想到了后果。

郑迪面色煞白,口中嗫嚅地说:"求求你……梁医生……救救我……"上一次在香港赵越平家,他侥幸从丛弈的枪口下逃脱。这一次,他奉前田政男之命,从香港军统区的严管下潜回上海,为的就是找到那批古籍的下落。自己是共产党的叛徒,看来这次的突然遇袭,自己是躲不过的,他们的人必定不会罢休。

"我现在可成了共产党的头号大敌。"郑迪卧在梁溪的诊所病床上,苦笑着说,"也许,是'绿檀'在暗中放了冷枪。"

"'绿檀'?"梁溪皱起了眉头,想起了多年前在浙西"寻根堂"的脱险经历。

"我不知道你见没见过他,总之,他也是你们的同志。这小子,厉害着呢!"郑迪的语气中有恨意。

"那我应当拔去你这颗眼中钉了。"梁溪还没开始替他取子弹,不过夹着药棉止血。他永远也忘不了"绿檀"对自己的救命之恩。

"哼……"郑迪喘着粗气断续道,"我这颗钉子早生了锈,看起来是没用了,但在它最锋利、最致命之处却有重点。你拔掉它,那个重点很有可能就成了秘密,再也翻不出来了。"郑迪把头歪向一边,粉刷雪白的墙上挂着一帧相片,是梁溪和秦乐婕的合影。他不由得心里一动。

此时，梁溪也跟着郑迪的目光，看向了那帧照片，内心也是一阵颤动。

"你是想活下来的，对吧？"梁溪转移话题问他，"日本人威胁咱们，你这个中国人也来威胁同胞，现在人人欲除你而后快，"梁溪突地一笑道，"还是死了的好，不容易被活着的人戳脊梁骨！"

"你这个在南洋出生，从小家境优越的大少爷是不会懂我的。"郑迪叹道，"人一旦饥不择食，观音土也会吃；人一旦走投无路，明知是死路也得走过去。"

"可你想过没有，日本人为什么会这样对你？"梁溪替郑迪碾出伤口中的脓血，"是因为他们知道，他们可以这样对你，而且他们也知道，你只配他们这样对你。"

郑迪自暴自弃地说："我这样子，的确配不上更好的对待。"

梁溪沉默半晌，突然开口道："要是，我有办法帮你洗清呢？"

郑迪听了，不由警觉地苦笑道："你不会白白帮我。"但他的表情是一份心甘情愿，"不过，我也可以告诉你，你杀了高木千雄的亲妹妹，他也饶不了你。"他故作一声长叹，似乎接受了这份安排。

郑迪自知难逃一死。死在自己人手上，总比死在日本人手上要好，留个全尸也是好的。

梁溪思忖着，打算自作主张走一步险棋，他看向了那张合影："我和你说个秘密……"

他要以此从郑迪口中换取那批古籍的藏匿处。这是章晨光给他的任务，现在每一步都是按照他教的做。

梁溪不知道的是，郑迪会答应这个交易，完全是章晨光私底下寄了一封匿名信，信中谈到了红朵，谈到了她对郑迪的深情。章晨光就用同志的这份深情作筹码，逼一个曾经有着相同信仰的叛徒就范。

"……我是无路可逃了，长痛不如短痛……"郑迪看着梁溪说，"你也愿意忍一份虚假的痛吗？"

"你是什么意思？"梁溪夹着带血的棉球扔进垃圾桶。

"在上海，前田政男处处有眼线……"

在一个炮火掩不住繁华的上海的黄昏里，梁溪提早关闭了诊所，挎一只医药箱拐过马路。他没有直接走回梁公馆的那条路，而是在诊所外的马路上拦下一辆黄包车说："麻烦去四马路的思儒书屋……"话音未落，他便感觉自己腹部一股热泉涌了出来，左手下意识地去摸藏在裤管里的枪。

两声沉闷的枪声，如一池低声呜咽起皱的春水。梁溪右胸口也中了一枪。当然行凶的车夫也没落着好，左胸口中了梁溪一枪，另一枪伤在了颈动脉。由于是近距离，衬着血红的夕阳，更显得残酷凄凉。

车夫缓缓倒地，他竟然是郑迪！他的五指渗着黏糊的鲜血，神情没有不甘，苍白带笑的脸上是解脱。郑迪又倏然喃喃道："……快走……你快走……"对梁溪，这颗子弹是一份虚假的痛；对他自己，这颗子弹是颗实在的惩罚。他清楚，梁溪要再不走，他们的人想要的东西就会作废，老天爷也不会垂怜。梁溪愣了愣，从西装兜里掏出一粒药丸，不利索地塞进他嘴里，顺带自己也吞了一粒："再见，'象棋'同志，来世别再走错棋。"

与此同时，高木千雄奉前田政男之命，带着手下正朝着梁溪诊所方向行进。他们撞开诊所的门，扭开秘密机关，却只能对着一排排码得整整齐齐的普通药瓶发呆……

机关后面，根本没有郑迪所说的秘密电台！

梁溪跑了一阵，捂着伤，打算叫车回梁公馆。晨曦饭店和弘光武馆去不得，欧阳书晴已说这两处已被盯上。

一辆黑色的福特转到了梁溪跟前，驾驶座上坐着欧阳书晴："快上车！"她冲梁溪喊道。

梁溪反手扯着跌落的医药箱，拉开车后座的门。他额头不住冒冷汗，刀伤不浅，子弹很深，人几乎是一头栽进车中："……回公馆……我要见……乐婕……"欧阳书晴脸色不豫，对梁溪的话充耳不闻，调转方向去了自己的公寓。

梁溪没力气再多说，只是紧紧攥住那只医药箱——电台在里面。他告诉郑迪的那个秘密，成了他俩单独的约定，至死的约定。

"无论高木得或不得电台，你都没好结局。"梁溪说完这句又问郑迪，"我听说，你会雕刻，蛋壳到你手上都能变出花来？"

郑迪凄惨地笑道："你以为当时'绿檀'真的杀不了我？他有自己的谋划，知道放我走，才能通过我旁敲侧击掌握到关于日本人对那批古籍的处置想法。还有那个靳世纯，也是睁一只眼闭一只眼。"

欧阳书晴在公寓里为梁溪取出了子弹。他捏着带血子弹就要去取出药箱里的电台，电台下方放着一本《茶经》。

郑迪打出的那枚子弹身上，用摩尔斯密码刻着那份古籍的存放处。郑迪本想交给前田政男的，可最后，他还是交给了梁溪——他让梁溪中弹，这样，前田政男的人才不会怀疑他。

"你已经是现世的罪人了，就别再去争当千古罪人了。"梁溪横了郑迪一眼说。

郑迪惨白着脸，轻声地说："……论感情，我是个罪人；论家国，我也是个罪人……"他没告诉梁溪，自己很感激他为他出的主意，它让他减轻了罪恶感。

第二十五章　不　悔

1

"你听我说。"欧阳书晴从书桌正中抽屉的饼干盒里拿出两张船票，"上海已经不安全了，你和秦小姐必须马上走，躲回香港去！"她对梁溪说，秦乐婕已经在赶去十六铺码头的路上。梁溪脑子很懵，只想到章晨光没法和他一道走。

他还没想到的是，章晨光现下的处境的确危险，身边能商量的人只有杨婷婷。

当夜，梁溪带着秦乐婕回港。在船上，他就开始担心欧阳书晴的安全了。实际上，他们刚上船，欧阳书晴的公寓就被前田政男带人包围了，她的福特轿车也没被放过。手下的人正举着放大镜仔细如鹰犬般里外搜查着。前田政男让高木千雄的人在梁氏诊所搜查电台失利，那他就亲自出马。

在欧阳书晴的公寓，他自信一定找得出她窝藏共党的铁证！

"欧阳小姐，你有一半的日本血统，又是我亲自定下的中日亲善大使，是大日本帝国的朋友，希望你能好自为之。"前田政男的口气很生硬，也很可怕，像一只枭鹰。

欧阳书晴披着睡袍赤着脚，镇定自若地走在地毯上，走到酒柜边倒酒，又持着酒杯窝回了沙发里。不一会儿，一名手下在前田政男耳边低语了几句。

过了几日，前田政男带人又来到了她的公寓。他的手里，是一张血迹对比鉴定。欧阳书晴明白，自己已经没法作更多辩解。前田政男走到欧阳书晴面前说："麻烦欧阳小姐跟我们走一趟了。"

"请等一等。"欧阳书晴换了日语对前田政男说。她进到卧室，换了一件立领旗袍，是她和梁溪在上海久别重逢那一天穿的，印有大朵牡丹花。她又拿起梳妆台上的梳子，一下一下地刷着头发，还扑了粉，抹了口红。

她对着镜子，轻声地说："梁溪哥哥，这一切都是我自愿的，我不后悔！"

秦乐婕追着梁溪回到上海，不满一个月就又提心吊胆与他结伴坐船回到了香港。她与念念处出了感情，可毕竟是太小的孩子，利刃之下的生命是脆弱的，即使梁溪是医生也没用，因此秦乐婕格外地用心呵护着小小的她。

章晨光还没发出任何电报指示，梁溪只好窝在薄扶林道的家中养伤。

"喔，对了，"秦乐婕对梁溪说，"上回我生日，欧阳小姐给我的礼物里面有一只粉盒，我一直舍不得开。现在我想用用看，可又打不开。"她递给他一只套麂皮套子的粉盒。

梁溪对着它试了不短时间，还是打不开，也觉得奇怪："这粉是法国的高级货，我见过的，开口处好像……"

"有问题吗？"秦乐婕恍然道，"别是……"两人心照不宣，对望一眼。秦乐婕赶紧摘下发钗。

梁溪借着发钗拨开了粉盒。秦乐婕看粉盒里带着镜子，可镜片后有点脱胶："我去拿胶水。"

梁溪拿开脱胶的镜片，从镜片后撕下了一张小纸片，打开一看，却是空白的。他不由得将它捏在手中翻来覆去地仔细查看。

这时，秦乐婕拿了胶水下来："你又知道了什么？"梁溪回过神看着她，没说话，实则是不想她参与进来。当然，她也没资格参与。

秦乐婕若有所思，欲识趣地走开，却被梁溪一把牵住："你守在下面，我去下书房。"

二楼的书房里，梁溪打开台灯，食指和中指夹着那张小纸片，把它罩在台灯灯泡炽热的温度下。小纸片在梁溪断断续续地炙烤下，显现出了一行地址。这一回，梁溪不用依赖词典，认出了所有的汉字。他有印象，那是广州李记皮货行在香港的店址，父亲生前也同李记的店主有着不小的生意往来。如果他没记错，店主的名字叫李中勤。

梁溪在李记皮货店后面的小房间里见到了好久不见的刘宁。

刘宁提着一只半旧的皮箱，打开后对梁溪说："其实，这只蛋雕才是日本人不肯放过赵越平的根由。"

"可是，赵越平先生已经不在了。"梁溪很伤感。刘宁只好说："但是，他交给李生的东西还在。"

"这是？"梁溪看不懂青色鸸鹋蛋上整面的字。

刘宁解释道："这上面雕下的字帖有三幅，一是晋朝著名书法家王羲之的《快雪时晴帖》，二是王羲之儿子王献之的《中秋帖》，三是王献之侄子王珣的《伯远帖》。这三幅字帖的原迹，都是乾隆皇帝曾珍藏在'三希堂'压轴的宝贝。"这些都是李中勤让他记了好长时间的话。

刘宁说了一大堆，梁溪听得半懂不懂，应答也很敷衍："哦，看来这还真是宝贝啊！"

刘宁点点头，又接着说："日本人早就觊觎这三幅字帖，这个蛋雕刻了三帖，笔锋和原帖一样，鬼子贪婪想得，就咬定赵先生见过并藏着原帖。其实，这又怎么可能？"

梁溪心中失笑道：这样宝贝的东西，都是轮不上他们亲眼瞧的。

他又忍不住问："它们到底写了些什么东西，闹得日本人也争着要？"刘宁简单述说了三张帖子的内容。

"我听李老板说，赵生曾经过洛阳一位收藏家的引荐，见过北平琉璃厂一带的收藏家。"

刘宁还说，对这三幅帖子的真迹，日本人依旧没放弃寻找。

"他们得知赵生的这个蛋雕作品，觉得如获至宝，不仅想把它据为己有，也想活捉赵生去日本。"

"他就算被绑去日本有什么用？"梁溪不解，"写书法的人又不是他。"

"日本人拿他作人质，以方便找到真正收藏真迹的人啊。"刘宁悄声说，"共产党有人在 76 号做事的。那人得到这消息以后，赵生他也就知道了。为了断掉小鬼子这种念头，他就托李生藏好了三帖书法蛋雕，还连夜赶工，完成了另一只三帖书法的蛋雕作品，算是次品，好让他们把注意力转移到他身上。这样一来，就可以为那三幅墨宝的安全转移争取更多时间。"刘宁还说，赵越平为了更好地瞒天过海，又完成了一些不相干的雕刻作品。

结果如他所料，日本人最后倒对赵越平的蛋雕手艺更为佩服。

之前，梁溪和苏咏辰转移走蛋雕，开始只是单纯地认为这就是个任务，当时的他还理解不了雕琢间的那一份承载。

"照理说，蛋雕只是很普通的手工艺品，即使失去了，他可以再刻，怎么上头会让我们保护这东西？"梁溪说，"难道蛋雕上头还有什么秘密？"

蛋壳很轻，承载很重：或山水，或建筑，或风土人情，或书法画卷。每落下一笔都是深刻的，都在为后人的回忆佐证真伪。直到此刻，梁溪才觉出了他们保护行动的意义！它能够记录下历朝历代的文化秩序、进取精神和弘毅胸怀。

梁念晴记得父亲讲过：他当时没想错，蛋雕上面的确有桩秘密。

章晨光给梁溪挂了一通电话，听着好像拉家常。他回了一封电报，上面只有一组数字：22，28，47。梁溪小心翼翼地持着放大镜观察着蛋雕上的字，每个字都细心数过，一篇全文是 22 字，一篇全文是 28 字，最后一篇全文是 47 字。

章向晖放下筷子问父亲："梁伯伯知道那些数字是个电话号码吗？"

章晨光说："他那时候当然已经猜到了。"222847，是一条专线号码，梁溪拨过去才知道主人是位日本商人上岛纪夫。

章向晖又试探着问："他擅自去找上岛纪夫，不怕你又怪罪下来？"

章晨光却笑道："我那时把自己埋在 76 号，不肯轻易与人见面，却肯发这样的暗示，就是默许了他可以单独行动。"

只可惜，这份暗示也被 76 号截住了。

梁溪与上岛纪夫倒是一见如故，全程在讲日文。上岛纪夫年纪约四十多岁，有个年纪只有二十出头的妻子上岛凉子。

"他们都谈了些什么呢？"章向晖还是止不住自己的好奇心。

"你就那么想知道呀？"章晨光也卖关子，"那就先去把碗给我洗了。"

2

在极司菲尔路76号阴暗的审讯室里，李墨成解开了白衬衣最上面的两颗扣子，伸着一根汗津津的脖子，恶狠狠地盯着面前肋骨全断、浑身伤痕的欧阳书晴，似乎快要失去耐心了。这次，特高科的高木千雄也在场。梁溪杀了他亲妹妹高木惠子，他自然怀恨在心。李墨成还亲自挂电话给他，说梁溪有共党嫌疑，很可能是之前一直盯着追查的"布偶"，他就更不可能缺席了。

高木千雄神色阴鸷地问："欧阳小姐，请快告诉我们，梁先生他究竟在哪儿？"他看出了她对自己的嘲笑。而高木不知道的一件事，是妹妹高木惠子的尸体早被欧阳书晴派人处理掉了。

欧阳书晴气若游丝地说："……梁先生……我不认识他……"她的身体像是一个散架的模型，呼吸都是破碎的。

"你不可能不认识他。"高木千雄冷静地说，"他们梁家在南洋也是个大家，听说你的母亲还曾教他日文。"

"我或许可以再提醒你一句，就是家里开多处西药房，自己又只认得英文，不太认得汉字的那个人。"李墨成继续盘问，"据我们的人来报，他之前一直是待在香港的，突然间回了上海。"

"经常在香港的那个梁先生啊……"欧阳书晴淡淡哼了一声说，"这我就更不清楚了……在香港，梁姓是大姓，何止药房的少爷呀……住店掌柜、茶馆师傅，甚至是汉奸，都有可能姓梁……你们说的梁先生，究竟是谁，我不一定见过……"

"欧阳小姐，前田司令官送来的证据早该让你百口莫辩，而且你现在根本逃不出去，没有长官会愿意为你作保，可你还是不肯吐露关于他的一个字。他扔下你自己跑了，留你一个在这里受苦，你却还要包庇他。你说说，这又是何苦呢？"李墨成看着欧阳书晴已经被拔光指甲的十指，从桌上抽出一根竹签，冷血地刺在她的指头里。欧阳书晴已经无从感知疼痛了。她左手骨折过一回的小拇指被高木千雄掰断，软绵绵地耷拉着。

欧阳书晴说："每个人，都有自己想要护着的人……我是如此……高木先生，我想你也一样……"她看向高木千雄的微笑很虚弱。

高木千雄不置可否，他的确想起了小岛佳子。

欧阳书晴还说："李先生，我想起来你说的是哪一位梁先生了……"李墨成一听这话，欲给她松绑，谁知耳边又传来一句令他愤怒复发的话："可惜……他已经走了……你们是找不到他的……"

"你可是有日本血统的人，你不考虑大日本帝国的利益，不为天皇着想，你就是我们大日本帝国的罪人。"高木千雄对她说。

"我也有日本名字，叫晴子。"欧阳书晴说，"如果日本人没有这场掠夺，我可以说自己是日本人，但他们毫无缘由，在我的祖国无恶不作，毁祖国文明而丰己国虚名……那我也只好撕破脸皮，说我就是欧阳书晴，用的是中国的复姓，我就是中国人。"

此时，李墨成的神情像极了76号里的狼狗，他平静地亲自喂了欧阳书晴三颗子弹，轻轻说了一句："你走好，欧阳小姐。"

3

当章向晖提着"万年青"葱油饼干来到程昱延家里时，他正躺在上了年纪的床上午睡："今天天气热，真就自己不想弄饭了，这下老天爷送来了个烧饭的。"

"您要是喜欢，那我以后就天天过来给您烧饭。"章向晖停了一会，看见餐桌前方旧桌子上摆着香炉和供品，却唯独少了那张遗照，便默默上前烧了一炷香。程昱延纵然对洋子有着千丝万缕的思念，这时候都得乖乖压在心底。

程昱延有一段的日子不算好，还是章晨光一次次出面替他周旋，他才得以在石库门住上亭子间，还保住了洋子的遗照。对此，章晨光倒是看不上他对自己的感激涕零："我可不是为了我自己——你不是总说要做我闺女的干爹吗，客气啥？"

程昱延瞧见章向晖的眼睛红红的，就问她是不是哭过了，章向晖轻轻"嗯"了一声。程昱延说："你的眼睛都肿了。"他见章向晖直接到灶台前烧饭，想着一会儿再问她原因也不迟。

饭桌上，程昱延问她："你到底为什么哭成那样子，外头那帮人在造反，你们父女俩在里头唱反调？"

章向晖说，她前几天检查饼干桶，发现快见底了，只留有一些碎渣渣，就想着把它们带给巷口的哈巴狗吃，自己再给章晨光买新的："谁知道我喂狗被他瞧见了，挨了批评，也不让我做饭，也不稀罕这饼干了。"她越说越觉得委屈，一下子又哭了起来。

"所以，你才拿东西来做我的人情？"程昱延失笑道，"你是真不懂你爹啊！"

章向晖歪着脑袋，她很不解。

"你拿饼干喂狗，这就撞他枪口上了。"

4

章晨光照常回到特工总部。中午吃饭时，他的跟班小熊碎嘴和同事们说，特工总部昨夜截获了一条来自共党方面的密电，是一组数字：22、28和47，李主任怀疑它和前田政男想要的那批宝贝有关。他还说，李墨成听说这发报手法很像共党的"布偶"。

"谁知道，这时候又插进一条电报，手法和之前那条数字的没区别。我们的人破译了是一个地址，舒队长从昨天起就没回总部，所以，是李主任亲自带人去的，抓到一个女的，她说她就是那个'布偶'，还在军统潜伏了不短时间。"小熊看见章晨光和杨婷婷各自拿着饭盒过来了，还闲不住嘴："这下可真是踏破铁鞋无觅处，得来全不费工夫。哎，挺漂亮一女的，可惜了，进了我们这儿。"直到有同事作态大声咳嗽，他才知趣不说。

审问"布偶"的事，是章晨光陪着李墨成一起在阴潮的审讯室完成的。实际上，是李墨成叫杨婷婷告诉他，他才答应的。

在 76 号章晨光的办公室里，唱片机不知疲倦地播着周璇的歌，掩去了二人密谈的声音。

杨婷婷紧张地问他："看来这一次，李墨成是紧咬着'布偶'不放了。"章晨光比了个"嘘"声，示意她有监听器。待他俩将监听器一律用胶布封上后，他才分析说："李墨成此举就是在试探我，他很可能已经知道我的真实身份了。"他发报一向谨慎：梁溪来电话，说是见过大伯父了，就说明他和上岛纪夫联系上了。现在这组号码被李墨成知道，就从侧面说明，特工总部里出现了叛徒！也可以说，他早就是个叛徒了！

"你还记得，三年前的那场宴会，那个晚上，军统上海站……"章晨光突然觉得胸口透不过气。

杨婷婷比他还紧张。他们想到一起去了：告诉李墨成号码的人就是舒念琛！

舒念琛回来了。杨婷婷再一次去黏着舒念琛，想在纸醉金迷的氛围中杀掉这个叛徒，却没想到舒念琛亲自破了这个局。

杨婷婷的双手被舒念琛反剪在背后，只听得见他阴鸷的冷笑："杨婷婷，你不用和我在这里花言巧语的。其实，我早就知道，你不过是想保住你的同志——"杨婷婷心下大惊，半身僵住了。

"你和章晨光是一伙的，我抓到的那个'布偶'，也许只是他其中的一个分身。"舒念琛得意道，"除了他当年的假意投诚，你现在也跟他学上了，你们都是共产党！他开饭店，开武馆，进军统，投诚 76 号……他的这些身份都是伪装，你所做的一切也都是为了掩人耳目。"

"你是怎么知道的？"杨婷婷忍住发颤的声音问道。

"反正你们一个都逃不掉，告诉你也无妨。"舒念琛说，"方博豪可以是他章晨光的线人，只要加重回报的筹码，他自然也可以是我舒念琛的线人了。"那个秘密的专线号码，正是舒念琛赔上自己的相好，花了比章晨光更多的金条，向他打听来的。

在舒念琛提起电话听筒的那一刹，突地手腕被震得酸麻无比——杨婷婷在舒念琛拨号之前抬腿踢飞了听筒，又反手从自己大衣口袋中拔出一支脱了笔帽的钢笔，迅速地扎在舒念琛的颈部动脉处，他的血喷了她一脸。

杨婷婷因舒念琛的断气而松了口气，心下却也禁不住如受惊白兔般惶恐。她拔下了致命的钢笔，又费了好大的力气，把他的尸体藏进自己办公室的衣柜。做完这一切后，杨婷婷用手帕包住满是血迹的手，一通电话打去了晨曦饭店。

章晨光亲自接了杨婷婷到晨曦饭店，并允诺她会处理好舒念琛的尸体。

"等过了这一阵就安排你离开上海，去延安。"章晨光对她说。

5

此刻，章晨光无可回避地面对了他曾设想过千万次的场面，却没有一场像眼前这样残酷。

看到"布偶"的那一刻，他的心犹如被架在炭火上炙烤。梁溪在抗战结束后才得知，组织上派出的"布偶"是两个人，章晨光算一个，杨柳就是另一个。他们二人是夫妻。不过为了地下工作的需要，用的身份都是单身。孩子被带回上海后，杨柳一直很注意丈夫章晨光一切行动的踪迹。为保险起见，上司"何首乌"也住到了她楼上。

梁溪后来还知道了一件事，就是杨柳竟然是章晨光的入党介绍人。在她美国的小公寓中，章晨光身着正装，右手成拳，站在杨柳身后，跟着她立在鲜艳的党旗前，念完了入党宣誓词。

"还有一件事，你听了可别激动。"章晨光对梁溪说，"你那堂妹是高木惠子的消息，也是她带给我的。"章晨光仿佛又听见了卖糖粥的竹梆声。

"那个小贩是我们的同志'黄石'，经历千辛万苦才从香港逃回上海。高木千智被高木惠子所杀的消息，就是'黄石'通过线人知道的。他知道后，就在杨柳的弄堂口敲响了糖粥竹梆声，传来了这一个重要消息。"章晨光对梁溪说。

章晨光本来不想和梁溪说这件事的，最后却还是和他说了。

他又想起妻子那身月白色玫瑰花刺绣图案的新旗袍，想起她喝糖粥时孩子般的幸福。

而现在，钉在章晨光眼里的只是满身血污的杨柳，她像一个刚从水里被捞上来的女鬼。李墨成难得颇有耐心，期待着她主动开口。杨柳却不配合："……你审问我，我开不了口的……"李墨成想要通过极刑，让杨柳说出同伙，说出她丈夫的身份，还紧逼着要她说出蛋雕、根雕、《寻根赋》、粤绣和古籍的下落。

"……我不是说了吗？他原来是军统的人，后来为了转移那篇日本人想得到的《寻根赋》，还有那十二根破木头，发报时情报被截获，早就被杀了……"杨柳在危险中说的谎还挺像那么回事。

"……让他来问……"杨柳微微抬了抬下颌。李墨成顺着看过去，章晨光正板着一张脸在吸烟。

"……让他来问……我就回答……"杨柳冲着章晨光一笑，"你长得比他英俊，也比他有善意，我对好看的人和友善的人就会说实话了……"

在章晨光的眼皮底下，杨柳已受过了惨无人道的绳刑，鲜血滑到了她的小腿肚，她在中途已昏迷过两三次。章晨光暗中将指甲掐在了掌心，他担心的事还是发生了！

章晨光掐掉烟，走到李墨成身边，嬉皮笑脸地道："主任别看她骨头硬嘴贱，其实就是个不足惧的小丫头。"

"你怕了？"李墨成问他。章晨光神色有点黯淡，这自然逃不过李墨成的眼睛。

李墨成瞥了一眼杨柳身下的血迹，冷笑道："交给章组长来也好。我们都明白，她的孩子已经没了。"他用半开玩笑半认真的语气对章晨光说，"你反正这么久了还是一个人。老天开眼，挤走了上一个孩子，她的肚子原来是为了等你才腾的位置。"说完哈哈大笑。

"李主任要这么讲，那现在根本就不必下这样的狠手。"章晨光故意吹了一声口哨说，"先把她关起来吧，明儿个再审也不晚。"他这样对李墨成说。

章晨光也不怕他会抢先一步处死杨柳。她可是"布偶"，他不会轻易处决她。

"怎么了？难道你舍不得她？"李墨成问。

"没有。"章晨光一面摆摆手，一面打着哈欠说，"昨晚上在俱乐部玩得太晚了，困了。"

"又和那些姑娘闹到通宵了吧？"李墨成嗔怪他。

"不是，我去那边吹口琴呢。"

6

"老人家，请问您这儿有大一些的马桶卖吗？"一位穿着素色旗袍、梳着短发、挺着大肚子的少妇走进一家杂货店问道。

"婆婆，有客人来啦。"依依冲着店后头的厨房喊道。

"有……有有有……"正在烧午饭的王婆婆双手擦着围裙走到前店，好脾气地给楚池拿了一只新的马桶。

楚池已经通过丈夫给她看过的照片认出了章晨光的女儿依依，便从手包里掏出一张照片，蹲下身对她说："依依，你认识他们吗？"那是一张章晨光和杨柳在美国时的合影。

小姑娘有些懵，但还是点着照片说："这是妈妈。"她胖胖的手指点到章晨光那边，很久才说："这是那个叔叔。"

章向晖从程昱延家回来，路上买了酒，这会儿正陪章晨光喝地瓜烧。她说自己还记得，当年来杂货店带她走的那位楚阿姨很亲切，也很漂亮："当年真的是！您怎么就不愿早跟我说呢。"

楚池提着那只笨重的新马桶上了一辆黄包车，对车夫说："先随便转转，一刻钟后去永安百货，再去石库门，五点半最后去一趟弘光武馆，我出一条小黄鱼。"

章晨光和杨柳的最后一次会面就在那天晚上。他隔着牢门叫她的名字。杨柳听见，又把身子蜷得更紧，两条伤痕累累的腿绞在一起，哽咽着说："……我……我不想见你……你快走……"两个看守的人都以为这女人在说胡话。

章晨光心中大恸，险些兜不住悲伤，强自稳住声音，故作冷漠地说："你这女人可真是硬骨头，会硌牙的硬骨头，孩子都没了还嘴硬。"

陪他来的还有小熊和另一名新来的跟班，章晨光背对着他们，他们看不透他真正的悲痛。

小熊给了那新跟班一些钱，让他带外头看守的兄弟出去喝酒："这里有我和章组长，犯人跑不了的。"

过了许久，杨柳才慢慢走到章晨光跟前。他们之间隔着一道冰冷锐利的铁栏杆。她苍白萎靡的脸上挂着许多处化不开的瘀紫，咧着嘴朝着他笑。他静静地看着她的手，默默地把自己的手递了进去，握住，包住她细瘦的一只手。

小熊当然不会注意到——是故意无视——章晨光自然知道他家中还有病重的父亲，来76号只是为了混口饭吃。选子弹还是选金条，他心里有数，不会那么傻。自然，他能接触到的只有金条，再无其他。

其时，杨柳的一根食指已经在章晨光的掩护中敲下了一句摩尔斯密码：李墨成相信'布偶'只有我一个人了吗？

她口中说出的句子却是："没想到你和他们不一样，不怕我这副鬼样子，我佩服你。"

章晨光故意轻笑一声："你是共党，是76号的头号要犯。无论你变成什么样子，是鬼样子还是人样子，我都不会怕你的。"

说话的空档，他戳在杨柳手背上的话是很痛的：据我看还没有。这个细微的动作，只有杨柳能懂。

"可惜了，你要是早认识我，愿意同我交换一些东西，我说不定能发发慈悲放了你。"章晨光又故意惋惜道，"你的丈夫，他要是知道你现在的处境，一定会觉得自己窝囊。"

"我知道，你是想从我这里套到他的信息。"杨柳有意拖慢语速说，"可他不是软骨头，我也不是。我可以说，但我答应你没用，要他也答应才行。"

杨柳继续在他掌心中敲着密码：你别怪我，是组织上说的，这样做你们就安全了。她知道章晨光知道，"你们"指的是梁溪、程昱延、杨婷婷和他自己。

章晨光也接着点密码：放心，密报虽被截，'石狮'任务已了，前田有软肋。

"其实，你刚才还真把我说动了。只可惜我嫁人太早，又挺过肚子，不然——"章晨光感到手心又多了一行字：我用了你的发报手法，所以你之后要换一种。

"不然我真愿意跟着你，至少不用上这里来，就算来这里也不受欺负。"

她跟着传递自己最后的遗愿：你现在最重要的任务，就是要保护好自己和同志，还有我们的女儿。

章晨光想要得知杨柳孤身犯险的原因。他的神色黯了下去，硬起心肠结束了这番虚假的暧昧，阴狠地说道："只怕你是痴心妄想！"杨柳的手背上是二人最后的悄悄话：一定，你放心。

最后，他听见她说："还要麻烦你给我送一盆水来，我想梳洗一下。"

杨柳不再说话了，她的目光越过铁栏杆，目送章晨光走了出去。

杨柳被李墨成处以犬刑的时候，章晨光也在现场。他的思维全程处于游离状态：他想起了他们在美国时跳的那支探戈 *La Cumparsita*，想起了那支《一步之遥》，想起了她曾取笑他的话，说他是哈巴狗。

那一刻，章晨光真是一条丧家之犬。

第二十六章　布　偶

1

章晨光回到晨曦饭店，找到杨婷婷。他检查了房间里的微型监控摄像针，用胶带封上，又将留声机的音量开到最大分贝，对杨婷婷说："给上面打电话，就说永安百货里买的布偶坏了一只。"

"'布偶'同志……"杨婷婷那句'布偶'像是唇语。她想出言安慰他，却被他无力地抬手制止。杨婷婷会意，开始拨号码。

回到饭店办公室，章晨光拨通了苏咏辰家的电话："哎……好的好的……难得你想在我的前面……真是麻烦弟妹了……我下午就回去了……"

快到家家户户准备晚饭的时候，楚池才提着马桶，一高一低地踩着步子，拍开了弘光武馆的门。

是章晨光亲自开的门。他接过马桶，把盖子揭开，一个小姑娘的脑袋就从中冒了出来，那是扎着两根麻花辫的依依。

章晨光把依依抱出来，抱得很紧。过了很久，他才静静地看着女儿，欣喜若狂地问："你还记得我吗？"

"章叔叔……"依依先是呆呆地看着楚池，得到她肯定的示意后才怯怯开口。两天前，妈妈慌慌张张地把她送去王婆婆店里，至今还没音讯。

章晨光突然想起曾经在豆干挑子旁的对话。那时候，他让女儿喊他叔叔。

现在，他一字一句地告诉女儿："我是你爸爸。"

那夜，章晨光没有回晨曦饭店，就留在弘光武馆陪女儿。依依给章晨光写自己的学名：章向晖。那个"晖"字被她写得太胖，看着就像"日军"。

"妈妈说，这个名字是我在她肚子里的时候就有了。她又说这个名字太像男孩子了，没想到我会是女孩子。她还答应我，以后见到爸爸，让爸爸改一个名字。"依依很认真地对章晨光说。

"不用改，这个名字就很好。"章晨光抱着依依说。章向晖这名字的确很好：向着日军举起刀枪，总有一天也会向着光明！她的小名后来改成了"小笼包"，因为"依依"会让章晨光不自觉地联想到杨柳，徒增伤感！

临睡前，章晨光发现女儿脖子上的一根细红绳，上面挂着一大一小两只戒指。他认得出来，它们是他和杨柳的婚戒。

"妈妈送我去王婆婆店里之前，叫我把这两个圆圈圈戴在绒线衣里面，别让别人知道，但是可以让爸爸知道。"

章晨光亲了一口女儿的脸颊，把大的那枚戒指套回自己左手无名指。杨柳的戒指太小，章晨光只好换了一根红绳，把它挂在了自己的脖子上，贴身戴着。他对女儿笑道："妈妈说得对，这两个圆圈圈只有爸爸可以知道。"

"爸爸有圆圈圈，我也有圆圈圈，比爸爸的要大。"章向晖举起自己的一双小胖手，手腕上各戴着一只银镯子，不太一样的两种款式。

章晨光也认出来了：那对可以调节腕口大小的银镯子，一只是他外婆给他的，一只是杨柳外婆留给她的。

"你就戴给我看看嘛……"杨柳对章晨光的那对小孩银镯子很有兴趣，她央求他道。

章晨光皱眉说："这是我小时候戴的，现在我手臂都这样结实了，手腕子也长粗了，还怎么戴呢——戴手指上？"

他点点杨柳的那对小孩手镯道："让我试，你也试试啊，我可不信你能戴上！"

杨柳自然也没法戴上，就转移话题说："我们戴不进去，总有人能替我们戴进去吧？"

章晨光顿了一会儿，失笑道："是啊。生两个孩子，是双胞胎，最好是龙凤胎，咱们一人给一对。"

"你想得美！"

之后，二人因为频繁搬家的缘故，各自差了一只镯子。

"这下可倒好了。"杨柳丧气地说，"只能凑一对儿了。"

"免得你辛苦，犯不上生双胞胎了。"章晨光说。

他们把各自的那单只小手镯收在了一起，由杨柳保管着。

外头开始下雨。最早是淅淅沥沥的，逐渐成了雨帘。黑夜放开了哭声，做了一道雨幕，更喧哗了。章晨光的心里也在下雨，也像是下刀子。杨柳被抛在一片荒林外，雨水泡发了她的尸体。章晨光不敢有动作，不能有动作。

那个雨夜，和章晨光一样心如刀绞的还有一个男人，就是程昱延。自他从浙西赶回上海后，洋子照例照顾着他的饮食起居，却不住一间屋子了。程昱延把床让给她，自己在客厅打地铺："你做饭我吃，我让床你睡，很公平。"

程昱延被雨声搅得心烦，索性爬起来热糖粥。他盛出满满一碗，想了想，又分成两份，一手端一只碗，朝卧房走去。

洋子拧开了台灯，半倚在床头，从一只竹篾箩筐里取出针线穿好。丝线是姜黄色的，她在一条绛红色的发带上做着刺绣。

"'绿檀'先生，我知道你和昱延君是做什么的。"洋子悠悠地说。

"洋子小姐，你只知道程昱延是你的丈夫，却还不知道，他也是我的弟弟吧？"丛弈问她。

正专心致志绣着发带的她听见推门声，不由得一激灵，赶忙把发带塞进筐下。程昱延看见了妻子这个动作，却没说什么，只把粥递给她。瞧她很犹豫，便失笑道："怕有毒呀？"他把自己的碗换给她，洋子还是不肯动，硬梗着脾气。

程昱延将递过去的碗收回，仰脖喝下去一多半："喝完早些睡。"

洋子听丈夫躺下的动静，才又翻出绣了个开头的发带。

2

章晨光、程昱延和梁溪三人赶到了衢城的孔府家庙里。梁溪在从上海来衢的路上就听章晨光说：在北宋末年，孔子第四十八代孙衍圣公孔端友，就曾抱着孔子和亓官夫人的楷木像从山东曲阜南迁，在衢城建立了孔氏家庙，把楷木像奉在了孔庙思鲁阁中。

"前一阵，那一对楷木像被日本人盯上了，孔家人就带了赝品——"章晨光看梁溪一脸的不理解，就换了个说法，"就是带着它的仿制品，逃去了龙泉，真的那两个反而留下了。偷梁换柱，才躲过了鬼子的视线。"

"但现在……衢州的南宗孔庙已经被他们伤得不成样子了。"章晨光低声对梁溪说。既然如此，他们也将以牙还牙，就在孔庙前让敌人付出代价！

在满目疮痍的孔氏家庙前，章晨光即将面对的人，是被自己以古籍为饵，从上海骗来衢州的杀妻仇人李墨成。他相信自己如今的抉择，一定得对得起他未出世的儿子和他的女儿小笼包。

章晨光对程昱延说："前田政男就交给你了。"他说完又朝梁溪看了一眼。梁溪明白：高木千雄是由他负责的。

"梁先生，让你久等了。"那人讲的是日语。梁溪感觉背心处被一支冰冷的金属顶着，却依然从容地用日语回道："你不该一见我就提着枪对着我。我们之间有太多的新仇旧账，应该好好说说，好好清算一下。"

"梁先生，"高木千雄放下枪，用一口假意的温柔语气说，"你可能不清楚，这套明代崇祯帝的'四书''五经'，对我们大日本帝国有多重要。"

"我愿闻其详。"梁溪尽力不失好姿态。

"我听说梁家人的西药行'荣生堂'在中国久负盛名。"高木千雄换了中文继续说，"既然如此，你应该也听说过，70年前，日本也开了一家很著名的西药行，叫'资生堂'。"

梁溪失笑道："它们之间没什么关系吧？"他顿了一顿，突然收起笑容说："不，不不不，还是有点联系——我家名不见经传的药店名字，学了你岛上最出名的药店名！对了，一定是这样的。"

"梁先生，我非常欣赏你的自知之明。"高木千雄满意地说，"'资生堂'一名，便是来自中国'五经'之首《易经》里一句有名的话，'至哉坤元，万物资生。'"

"梁某不才，还请高木君指点。"梁溪又换回了日语。

"这句子原来是中国的古籍上的，可中国人对自己国家的文化还没有开化，你们不懂它们的价值。"高木千雄没看出梁溪脸上的不豫，继续侃侃而谈，"我们大日本帝国，也是礼仪之邦，懂得温良恭俭让，还请你记得。"

"高木，我现在就告诉你'荣生堂'是什么意思。"梁溪打断他说，"离离原上草，一岁一枯荣。野火烧不尽，春风吹又生。你是中国通，我不来多解释。"

"梁先生，你虽为中国人，但从小生在南洋，只是个不精通中国话的华侨，对博大精深的中华文化了解很少。为了这样一处偏僻的小地方，付出这样不匹配的努力不值得！"

高木千雄原以为事情有了转机，便趁机挖苦他。谁料，梁溪却轻声说道："不管哪一处地方，不管贫穷还是富庶，每一寸土地，该是我们的就是我们的，我们不会放弃！"

高木千雄脸色铁青，枪口再次对准梁溪。

"我了解多少中华文化不重要。"梁溪很从容，"只是你，还有你们那个所谓的日出之国，根本不配和我们的同胞讲温良恭俭让！"在他看来，高木千雄口中的"温良恭俭让"只配作如此解释：温，是温热无辜的鲜血；良，是良莠不齐的协约；恭，是却之不恭的贪婪；俭，是掩耳盗铃奴性的勤俭；让，是中国黎民百姓不得已而为之的退让！

从小，他总是不常能见到父亲梁忆华。梁溪因母亲的事不愿多见他是一方面，另一重原因是老爷子喜欢长时间待在书房。不为别的，就为屋里面那一大堆古董珍奇。梁忆华有时心血来潮，也会拉上儿子当听众，梁溪就被迫看一些他不明白意思的汉字。

"梁溪，你虽然是在新加坡出生的，可断不能忘自己身体里流着中华的血脉，你的根是在中国，你是炎黄子孙。"梁忆华说着，把自己的名字写给儿子看。

"笔画好多。"当时年幼的梁溪只说了这一句。

"你可别小看了它们！"梁忆华正色道，"汉字的每一笔，每一划，都是文化的骨骼，像人的骨骼一样。"梁溪对汉字的记忆回来了，汉字带着千年的墨香，他追着墨香赶上了它。

"您的这个'华'（華）字中间，有好多十字架。"梁溪用食指划着父亲名字里的那些小小十字。

"汉字的本领是很大的：在笔画的起落之间，告诉我们黑与白，是与非，对与错，曲与直，爱与恨，因与果……"

梁溪突地会心一笑：自己和中华文化，今生真是有缘，有因生爱，不会成恨；黑白对错，总有分晓；是非曲直，皆有定论。五千年的善因，应得善果。

"都讲'盗亦有道'，你们这样的吃相不好看！"梁溪最后对着高木千雄来了一句。

高木千雄中枪了，开枪的人竟是秦乐婕。

"你怎么会来这里？"梁溪从心底看不起自己，紧要关头，又是女人救了他。上一次是欧阳书晴。

"我要让你永远欠我的！"秦乐婕哭着抱住梁溪，"这样你就不会离开我们了！"

"我们？"梁溪迎着秦乐婕幸福带泪的笑容，若有所思。

另一边，程昱延正毫无畏惧地对着前田政男的枪口。

"岳父大人，我们好久不见了。"

此时，洋子正坐在赶往孔庙赶去的黄包车上，她身后追着另一辆黄包车，车上坐着上岛凉子，她是程昱延能够活下来的筹码。

前田政男怨毒地盯着程昱延说："你小子，从日本留学回来，到头来用在日本学来的本事，为这个愚昧的民族效劳。现在又来守着这块贫穷的土地，还抢走我女儿，让她背叛自己的国家！"他激动地用日文指着面前冷静的男子破口大骂。

"父亲——"上岛凉子的声音突然响起，"您放过他们吧。"程昱延倒很惊讶，他走到洋子身边。

"父亲，我跟您回去，我们回日本！"凉子哀求着他。

前田政男完全听不进去，他气得双目通红，他觉得无法忍受养女的背叛，尤其是为了一个跟自己完全对立的男人。

中日战争里，他被迫流落到中国，途中失去了女儿凉子。洋子是一种对他的补偿，是凉子的替代品。既然是替代品，坏了，碎了，残废了，他都不足为惜！

程昱延知道洋子那晚在晨曦饭店对他说的话，她的意思就是她已经知道自己在柴房藏了微型发报机，可他却始终没告诉她：当年他在柴房发报机里截获的密电，正是前田政男的亲生女儿凉子还活着的讯息。情报里还说，她对蛋雕极度痴迷，曾与赵越平交情不浅，十分欣赏他的"三希帖"雕刻成品。还一度想拜他为师，自己也曾亲手在蛋壳上刻下"三希帖"的全文，想获得他的青睐。

凉子是前田政男一生的软肋。只要拿住她，就算天皇有令，他对古籍也不敢轻举妄动。正因如此，组织上这才想到了唤醒代号为"月牙"的赵越平出山，打了个"华夏英魂"和"八女投江图"的烟幕弹，用以稳住凉子，以便在关键时刻打出她这张王牌，或可在千钧一发之际保住洋子的性命。程昱延是真的害怕算卦先生一语成谶。

3

可是此时，凉子已来不及阻止前田政男，洋子的背心中了一枪——前田政男原想杀掉程昱延。

"我没想到，不光是我的养女，连我自己的亲生女儿都要背叛我！"

"你想不到的事还有很多，比如，我就是那个在军统里用'长音'伪装出来的‘琴键’。"

"其实，我一直在找共党的‘琴键’，原来你就是那个‘琴键’。"这是前田政男欲再次开枪前说的话。

他方才那一枪，也像一记重重的琴音，震碎了程昱延的心房，心房里住着洋子和他们未出世的孩子。

"快劫持我！"凉子趁着洋子身体倒地的空隙，用日语冲着程昱延喊道。

凉子这一喊，为程昱延争取了开枪的时间：凉子倒在了前田政男的枪下，前田政男倒在了程昱延的枪下。

"我早该想到，那个杨柳不过是‘布偶’的傀儡，你才是真正的‘布偶’。她一直在保护着的人，其实是你！"李墨成的身上有多处枪伤，他被赤手空拳的章晨光逼到一处墙角，却还在苦苦强撑。

"李主任，你只说对了一半，"章晨光一字一顿地说，"‘布偶’不是一个人，从来不是！"

"你也受了不少伤……你的枪没子弹了，我不信你还能逃出这里……"李墨成被章晨光单臂逼迫得喘不过气来，"……我们……一起死在这里……也好……孔老夫子……在天之灵……"

章晨光面色不豫，艰难开口道："你这种人，还是别玷污孔老夫子了！"他更用力地挤压着李墨成的颈部，停在了那里。

李墨成的动脉破裂，黑红的鲜血报复似的淌着。满身鲜血的章晨光在最后关头用藏在靴子里的刀片割开了李墨成的颈动脉。他记得，杨柳生前就总爱替他清理胡须，总会十分小心，不让刀片刮伤他。

"差点忘了告诉你，我有妻子，杨柳就是我的妻子。我是‘布偶’，她也是‘布偶’。"章晨光冷漠地盯着快要断气的李墨成说，"我们还有个女儿，本来还应该有个孩子，没福气出世呢。他是被你杀死的……"

等梁溪和程昱延循声赶来的时候，他们看到的，是正跪在地上失声痛哭的章晨光。

尾　声

抗战胜利了！

章晨光和梁溪坐在十六铺码头附近的咖啡馆里。梁溪身旁坐着秦乐婕。

"你还记得，你第一次向我提出想退出党组织，是哪一年吗？"章晨光搅着咖啡问梁溪。

梁溪听了，倒显得很讪讪，脸上一热说："是六年前了吧？还是四年前？"他懊恼地摇摇头。当时，他的确为章程的死感到歉疚。

章晨光说："组织上已经派人把根雕和《寻根赋》送往延安了，也要求你前往新加坡，'蓝钻'同志已经在出发的路上了，你要过去和她会合。"

"谢谢。"梁溪说，"我很惭愧。我知道郑迪那件事，也是你在帮我，我自己一个人是没能力做到的。"

"那件事不全是我出力了。"章晨光说，"你可知道，你送去上岛纪夫家的那只蛋雕出自谁的手吗？"

"不会就是郑迪吧？"这回说话的是秦乐婕。

章晨光点头。

梁溪听郑迪自己说过，他是会雕刻手艺的。

"而郑迪的软肋，是秦小姐。"章晨光看向惊愕的秦乐婕说，"是你的妹妹秦乐怡。"乱世中，总有值得令人交付的真心。

章晨光说，赵越平亲手刻下的"三希帖"蛋雕，已和"华夏英魂""八女投江图"一道被送往延安。

梁溪又想起郑迪用摩尔斯密码刻在子弹壳上的古籍地址，不是浙西衢州的那座孔庙，而是金华的诸葛八卦村。这中间，是"绿檀"同志出的主意。他还听说，苏咏辰和楚池将带着孩子去延安，是夫妇俩向组织上请求的。他们的第二个孩子就快出世了。

不管怎样，东西没有损失就好。华夏文化的火种得以留存，他可以不必愧疚了。

他们登船了。章晨光透过咖啡馆的玻璃窗目送他们上船。船开走了，程昱延来了。

"小笼包还好吗？"程昱延问。如果洋子不是为了告诉他古籍的真正保存地址，他现在也该有自己的孩子了。那个地址，被洋子以摩尔斯密码的形式绣在了那条绛红缎带上：金华诸葛八卦村。

明眼人早就知道洋子的死是多余的，是为了向程昱延赎罪。但程昱延认为，洋子应该活着陪他度过余生，那才是她最好的赎罪方式。

"她还好。"章晨光看着精神不佳的程昱延问，"接下来，你打算去哪儿？"

"回一趟浙西的马金老街，找我哥。"程昱延说。在洋子的弥留之际，她告诉程昱延，丛弈是他的亲哥哥。那一晚，在四马路一带的弄堂里，是丛弈亲口对她说的。

程昱延也有印象。在他的印象里，他的父亲和祖父长得完全不像。小时候不好意思问祖母，但事实总是事实。还有一个原因让他不好开口：他父亲算是倒插门，母亲又是父亲的续弦。母亲原是池州一带的大小姐，外公的绸缎生意很红火。程昱延不晓得父亲给母亲灌了什么迷魂汤，她会愿意放着好日子不过，跑去台州穷困人家当填房。他只知道父亲在与母亲成婚前，母亲的陪嫁里有一间铺子，后来让祖母夺了去，不算儿媳妇的份。祖母或许始终咽不下儿子是倒插门这口气。

"你呢，你有什么打算？"程昱延问。

"我现在不是'布偶'了。"章晨光说。

他的新上级叫"枫叶"，给他换了一个新代号"柳叶刀"，命令他前往军统杭州站继续潜伏。

程昱延懂他的意思："那也好。"

在程昱延的印象里，这是他第三回独自来浙西的马金老街。第一回，是和丛弈碰头交接密码本和新电台；第二回，是让丛弈带走西药；现在是第三回，他只是单纯地来找丛弈。

他回到碧菡茶行的原址，那儿已经改成一家小吃店。抗战胜利了，程昱延的心满载喜悦，可也越坠越沉。很多的缘分是要战争来成全的。战争成全了自己，是用许多人的分离换来的。

他走进店里，要了一碗咸豆花、两个油炸馃和一只糯米猪肚包。问起伙计离这儿不远的一个算卦摊，伙计说他是新来的，不知道那个摊子。

程昱延回想曾经在算卦摊上听到的有关他和洋子缘分的负面解读，望着热气腾腾的豆花，不禁扯着笑容落下泪来。

"老板，一碗咸豆花，两个油炸馃，再来个糯米猪肚包。"程昱延听到了一个沙哑的南方口音。偏头一看，正是他此行想来找的丛弈！

丛弈朝着程昱延坐的那个位置，投去粲然的一笑！

程昱延的脖颈处，挂着一颗水头很好的玉观音。

我有些许深情的独白

——代后记

2008年，我无意间看到了根据程乃珊老师《上海街情话》改编的电视剧《一世情缘》，里面中国香港演员谢君豪演了一位旗袍裁缝陆小毛，他为女主角沈英做的第一件旗袍，是一件阴丹士林的月白色斜格纹旗袍。在小说里，我写女主角杨柳在男主角章晨光35岁生日时穿的一件月白色细格纹旗袍，就是对《一世情缘》的一点小记忆。

我出生在1992年的8月13日。如果我把自己的出生时间往前倒推80年，那么1937年8月13日的我，是25岁。我去那位手工极好的小毛师傅的裁缝铺取新旗袍，在铺子里听到了炮火声，小毛师傅还没来得及把旗袍给我，先拉上我躲了起来。很多年之后，我才知道裁缝只是他的一个掩护身份，他的另一重身份是个双面间谍，任务是保护被日军觊觎的一批贵重文物。我脑海里曾一遍又一遍地幻想着这一帧情景，在历史的时间轴上，我借助文字与"八·一三"那场淞沪会战重逢，不辜负隔了五十五年的那份具有使命感的巧合。

据不完全统计，自1931年"九·一八"日军侵华战争起，到1945年日本投降期间，故宫受损、被掠和失踪的中国文物至少在一千万件以上。而故宫里的共计19557箱文物精品，自1933年2月至5月，历时近四个月，先后五批南迁，完成了世界战争史上规模最大的一次文物迁移。

2022年的北京冬奥会上，中国冰舞选手王诗玥和柳鑫宇的中国风考斯滕（costume）在赛场上十分抢眼，它夺目的设计中就有着一段鲜为人知的故事：溥仪在退位前，曾以赏赐为名，将大量书画作品偷运出宫，转移至长春伪满皇宫的小白楼里，其中就有一幅宋朝画家王希孟所作的《千里江山图》，这是他的处女作，也是他的绝笔。选手们服装的灵感，正是来源于此。王柳二人用优美流畅的舞姿作为载体，向世界展示中国古典山水画的绵长意境。

中华人民共和国成立初期，《千里江山图》到了靳伯声手中，后又辗转到他弟弟靳蕴青手里。当时的文化部文物事业管理局以一万元的价格收购了这幅画，1953 年 1 月，转交给故宫博物院。

传统的谍战剧里，心有信仰的共产党员们，多数舍身传递的是有关前线战役的重要情报。哪怕在引领国潮文化复兴的今天，也很少有人会关注、思考一个问题：战争时期的国宝是否安然无恙？

诚然，不是每一件文物都有《千里江山图》的好运气，诸多字画的完好幸存是一群文物守护者和无数的无名英雄的牺牲换来的。小说里，我选了若干宝贝，协助那群英雄去完成这项壮举：蛋雕、根雕、甲骨文、粤绣、古籍……这些宝贝是那些被敌人觊觎的文物的代言人，它们经历了战争和炮火。中华大地有伤痛，它们也有伤痛。

所幸，它们安然地度过了那段伤痛。穿越烽火，经过岁月的洗濯，这些劫后重生的文物散发着更为迷人的光彩，给予了华夏更为醇厚的文化自信！

2023 年 2 月，是故宫文物南迁九十周年，从 1933 年走到 2023 年，整整九十年。不忘记，就是对这段历史最好的纪念。

最后，我要对为这本书付出了巨大心血的凌鼎年老师，以及为此书顺利出版付出努力的所有老师们深表感谢！

壬寅年癸丑月

于浙江衢州